서문문고
97

숲속의 생활

소   로 지음

양 병 탁 옮김

Walden' or life in the worlds

by

Henry David Thoreau

차　례

해　설

양병탁(梁炳鐸)

　H. D. 소로(Henry David Thoreau, 1817~1862)는 1817년 미국 동북부의 매사추세츠 주 콩코드에서 프랑스계 연필 제조업자의 차남으로 태어났다. 하버드 대학을 마친 그는 교사·측량사·목수·연필 제조공·날품팔이꾼 등 닥치는대로 일을 하기도 했다. 1837년 철학자인 에머슨과의 교우가 시작되면서 '초절자(超絶者)' 클럽의 일원이 되어 이 클럽의 기관지인 〈다이얼〉에 여러 가지 글을 발표했는데, 그 중에는 동양의 종교에 대한 의견이 두드러지게 많은 것을 알 수 있다.

　이 클럽의 주의는 물론 초절주의였는데, 이것은 1836년에서 1860년대 초에 걸쳐 미국 문학의 전성지였던 콩코드에서 에머슨을 중심으로 한 종교·사상·문학 전반에 걸친 운동이었다. 즉, 이 운동은 캘빈주의의 비평에서 이상주의화된 유니테리언 파에 반항하여 의식(儀式)과 규범의 종교를 버리고 심정의 종교를 구했으며, 또한 칸트의 철학에 접해서 오감(五感)의 경험을 초절하여 진리를 파악할 것을 주장했다.

에머슨은 소로에 관하여, "그는 자라서 직업을 갖지 않았다. 결혼도 하지 않고 혼자 살았다. 교회에도 가지 않고 투표도 하지 않았으며 국가에 세금도 바치지 않았다. 그는 술도 담배도 몰랐다. 그리고 자연주의자였으나 덫이나 엽총을 사용한 적이 없었다"라고 그의 인품을 단적으로 표현하고 있다.

1849년 〈콩코드 강에서 메리멕 강까지의 일 주일간〉이라는 처녀작을 발표했으나 실패였다. 그후 그는 콩코드에서 남쪽으로 약 1마일 반 떨어진 월든 호반에 오두막집을 짓고 실험적인 자연생활을 시작했는데, 여기에서 우러난 것이 ≪월든 숲속의 생활(Walden or life in the worlds≫(1854)이며 작가로서의 소로의 진수가 담겨져 있다.

〈숲속의 생활〉은 처녀작의 실패를 톡톡히 맛본 5년 후인 1854년 어느 출판사의 알선으로 2천 부가 발행되어 다시 독서계의 주의를 환기시키긴 했으나 대단한 것은 아니었고, 재정적으로도 큰 이득을 보지 못했다. 이렇게 그의 생전에 출판된 단 두 권의 책이 인색한 대접을 받은 소로는 분명 그 당시의 평자(評者)에 의해서도 어빙, 롱펠로, 로웰, 홉스, 에머슨 등의 일류에 뒤따른 풋내기 문필가로밖에 인정되지 않았다. 그러나 오늘날엔 그러한 사실이 역전되어 소로는 미국 문학의 주류에서 흔들리지 않는 지위를 차지한 위대한 고전작가로 알려져 있고, 그의 걸작으로 인정된 〈숲속의 생활〉은 19세기를 대변할 세계의 고전으로 더욱 메아리치고 있다.

이 책은 단순한 수필이 아니다. 이는 경제적 속박이 없는 단순한 자연생활 속에서 인간은 얼마나 자유로울 수 있는가 하는 데 대한 인생관의 실험보고이며, 그의 심오한 사상을 체험을 통해 피력한 것이다.

소로의 저서는 이밖에도 ≪소요(Excursions)≫, 미국 메인 주의 삼림지방을 몇 차례 답사하고 기록한 ≪메인의 숲(The Main woods)≫, 대서양에서 튀어나온 모래가 많은 곳을 방문한 기록인 ≪캐나다의 양키(A yankee in Canada)≫가 그의 사후(死後)에 발간되었다. 그의 저작의 태반의 바탕이 되었던 1837년부터 기록해 온 방대한 일기는 1906년 ≪일기(Journal)≫란 이름으로 14권에 담겨 나왔고, 1943년에는 ≪시집(Collected poems)≫이 출판되었다.

소로의 논문 중 가장 큰 영향력을 가진 것은 〈시민의 반항(Civil disobedience)〉이라는 글이다. 이것은 그가 월든 호반에서 자연을 벗으로 삼고 있을 때, 인두세(人頭稅)를 지불하는 것은 자기주의에 어긋나는 일이라 하여 이를 거부하고 이 때문에 감옥에서 하룻밤 구류당한 일이 있었는데, 그때의 경험이 동기가 되어 쓰여진 것이다. 후일에 간디는 소극적 저항에 대한 소로의 이 조리정연한 이론을 읽고 크게 감동하여, 이 미국의 개인주의 사도의 열렬한 숭배자가 되었다고 한다.

　이 글에서 그는 최소한도로 통치하는 정부만이 최상의 정부라는 자유주의적 정치사상과 레지스탕스 정신을 강력히 내뿜었던 것이다. 이밖에도 그는 탁상(卓上)의 열변으로 그치지 않고 노예제도를 반대하기 위하여 손수 군중대회의 연사가 된 적도 한두 번이 아니었다. 소로는 결코 은자(隱者)나 도피자는 아니었다. 그는 자기의 이상을 실천한 행동가였다.

숲속의 생활

경제생활

　내가 다음의 글을 쓸 당시는 마을에서 1마일이나 떨어진 숲속, 매사추세츠 주(州) 콩코드에 있는 월든 호숫가의, 내가 손수 지은 집에서 내 손으로 생계를 이어가며 혼자 살고 있었던 시절이었다. 나는 그곳에서 2년 2개월 동안 살았다. 그리고 지금은 다시 문명생활로 돌아와서 살고 있다.

　만약 우리 마을 사람들이 나의 생활방식에 대하여 유달리 캐묻지 않았더라면, 나도 나의 사사로운 일들을 독자들의 눈앞에 내보이지 않았을 것이다. 나의 생활이 부당하다고 보는 사람들이 있을지 모르나 제반 사정을 생각해 보면 그것은 아주 자연스러우며 당연한 일같이 보인다. 어떤 사람들은 내가 무엇을 먹어야 했으며, 외롭지는 않았는지? 무섭지는 않았는지? 하는 따위를 캐물었다. 또 어떤 사람들은 내가 내 수입의 얼마만큼을 자선사업에 바쳤는가를 알고 싶어했으며, 대가족을 거느린 어떤 사람들은 내가 얼마나 많은 가엾은 아이들을 길렀는가를 알고 싶어했다.

　그러므로 나에 대해서 별다른 관심이 없는 독자들은 내가 이 책에서 이와 같은 질문에 대답한다고 하더라도 용서해 주길 바란다. 대부분의 저서에서는 '나', 즉 제1인칭은 생략되는 법이다. 그러나 이 책에서는 생략하지 않고 그대로 두겠다. 나를 내세우는 자기 중심적이라는 점에서 이 책은 다른 책과 크게 다르다. 우리는 대개 말하고 있는 사람이 언제나 제1인칭이라는 사실을 잊는다. 만일 다른 어떤 사람을 내 자신만큼 잘 알고 있었다면, 내 자신에 관해 이렇게 말은 하지 않아도 좋으리라.

불행히도 나의 경험이 부족한 탓으로 나라는 주제에 국한하게 되었다. 더욱이 나로서는 모든 저자(著者)들이 저자 자신의 생활을 솔직하고 진지하게 설명해 주길 바란다. 저자가 다른 사람의 생활에 대해서 들은 것뿐만 아니라, 저자가 먼 나라에서 친척에게 적어 보내는 그러한 설명이기를 바란다. 만약 저자가 진지한 생활을 했다면 그 저자의 생활이란 나에게는 먼 나라의 생활임에 틀림이 없을 것이다. 이 글은 누구보다도 특히 가난한 학생들에게 호소하는 글이 될 것이다. 그 밖의 독자들은 각자에게 해당되는 부분만을 받아들이리라. 맞지 않는 외투를 억지로 입으려고 잡아당기는 사람은 한 사람도 없을 것으로 안다. 외투는 맞는 사람이 입어야 하니까.

나는 중국인이나 하와이 토인(土人)에 관해서보다도 이 글을 읽게 될 독자, 즉 뉴잉글랜드에 거주하는 여러분에 관해서 말하고자 한다. 여러분의 사정, 특히 미국이라는 이 도시에서의 여러분의 외적(外的) 생활의 생태 내지 환경에 관하여 그것이 현재처럼 과연 비참해야 하는 것인지, 그것이 과연 개선될 수는 없는 것인지 등에 관하여 말하고자 한다.

나는 콩코드 지방을 여러 번 여행했는데, 내게는 가게·사무실·농장 등 도처에서 주민들이 여러 가지 면에서 마치 고행이라도 하고 있는 것처럼 보였다. 내가 들은 바에 의하면 바라문 교도들은 그들 주위에 네 개의 장작불을 피워 놓고 앉아서 태양을 쳐다보고 있는가 하면, 화염 위에 머리를 거꾸로 달아매거나, 혹은 어깨너머로 하늘을 쳐다보다가 목이 비틀어져서 액체 이외는 위(胃) 속에 어떤 음식도 넘어가지 못하는 상태가 되기도 하며, 혹은 일생 동안 쇠사슬에 묶이어 나무 밑에서 지내는가 하면 광대한 왕국을 벌레처럼 기어다니고, 혹은 기둥 꼭대기에 한 발로 서는 등등의 고행을 한다고 한다.

그러나 이와 같은 의식적인 고행은 내가 매일처럼 목격하는 광경에 비한다면 그다지 놀랄 만한 광경은 아니다. 헤라클레스의 12고행도 나의 이웃 사람들이 겪고 있는 고행에 비하면 문제가 안 된다. 그 고행은 열두 개뿐이며 끝이 있었으나, 나의 이웃 사람들이 어떤 괴물을 살해했거나 생포했다는 것을 보지 못했으며 그들이 고행을 끝마쳤다는 것도 보지 못했다. 그들은 구두사(九頭蛇)의 머리를 불에 단 쇠로 지져 주는 이올라스[1]와 같은 벗도 없을 뿐더러, 머리 하나가 잘리면 즉시 그곳에서 두 개가 생겨나는 것이다.

내가 보기에는 우리 고장 젊은이들은 불행히도 농장·가옥·창고·가축 및 농기구 등을 상속받고 있다. 이런 것들은 버리기보다는 손에 넣기가 더욱 쉽다. 그들이 어떤 분야

에서 일하도록 요청되고 있는가를 똑똑한 눈으로 볼 수 있
도록, 그들이 차라리 넓은 목장에서 태어나 늑대의 젖을 먹
고 자랐으면 좋았을 것이 아니겠는가. 누가 그들을 흙의 노
예로 만들어 놓았는가? 인간이란 죽을 때까지 다만 다섯
되 정도의 흙을 먹기로 되어 있는데 어째서 60에이커나 되
는 흙을 먹어야 한단 말인가? 왜 그들은 이 세상에 태어나
자마자 자신의 무덤을 파기 시작해야 한단 말인가?

 ' 그들은 이런 모든 것을 앞으로 밀어 던지면서 일생을 살
아가야 하며 어떻게 해서든지 성공해야 한다. 불멸의 영혼
을 가진 인간들이 가련하게도 짐에 눌려 질식하면서 인생
의 여정을 기어가며, 75피트의 길이와 40피트의 폭을 가진
광과 늘 더러운 '아우지아스'의 외양간[2]과 백 에이커나 되
는 전답·목장·삼림 등을 앞으로 내밀고 가는 광경을 나
는 여러 차례 본 일이 있다. 그런 불필요하고도 방해가 되
는 상속과 씨름하지 않는 배당 없는 상속자들도 5척의 육
체 하나를 극복하며 개발시키는 것이 퍽 힘든 일임을 발견
하리라.

   그러나 인간은 그릇된 생각으로 인해 고생을 하고 있다.
인간들 대부분은 죽으면 흙 속에 깔려서 비료가 되고 만다.
그런데 세상 사람들은 대개 필연성이라고 불리는 가짜 운
명에 따라, 성서(聖書)에서 말하고 있듯이, 좀이 파먹고 녹
이 슬어서 썩으며, 도둑이 들어와서 훔쳐갈 재물들을 쌓아
올리는 데 급급하고 있다. 이러한 생활이란 미리 알 수는

없다 하더라도 인생의 종말에 이르러 알게 되듯이 우인(愚人)의 생활이다. 그리스 신화의 데우칼리온과 피라[3]는 돌을 머리 뒤에 던져서 인간을 창조했다고 한다. 월터 로리는 그 사실을 유창한 운율로 노래하고 있다.

그리하여 인간의 마음은 돌과 같아서 근심 걱정을 참으며
인간의 육체 또한 돌과 같이 탄탄함을 증명하느니라.[4]

어리석은 신탁(神託)에 맹목적으로 복종하여 돌이 떨어지는 곳도 보지 않고 멋대로 머리 뒤로 내던졌으니 고작 이런 결과가 될 수밖에 없는 것이다.

대부분의 사람들은 비교적 자유스런 이 나라에서도 단지 무지하고 오해로 인하여 부질없는 근심과 불필요하고 조잡한 노고에 너무나도 사로잡혀 있으니, 그들은 인생의 훌륭한 열매를 딸 수가 없다. 그들의 열 손가락은 지나친 노동으로 인해서 열매를 따기에는 너무나도 떨린다. 사실 노동자는 하루의 참다운 고결(高潔)을 보전할 틈도 없으며 인간다운 대인관계를 유지할 여유도 가질 수 없다.

그리하여 그의 노동은 시장가치를 잃어가는 것이다. 노동자는 기계가 되는 것 이외에 아무 여유도 없다. 인간이 향상하려면 자기의 무식을 명심해야 하거늘 자기 지식을 곧잘 휘두르고 있는 인간이 어찌 자기 무식을 명심할 수 있으랴? 우리도 그런 인간을 판단하기 전에 간혹 그에게 무상(無償)으로 의식을 주며, 우리의 강장제로 기운을 북돋아

주어야 한다. 인간성에서 가장 훌륭한 특질은 마치 과일껍질에 붙은 솜털과도 같이 아주 조심스럽게 다루어야만 비로소 보존될 수 있는 것이다. 그러나 우리들은 자기 자신이나 남들을 그렇게 부드럽게 다루지 않는다.

　모두들 알다시피 독자 여러분 중 어떤 분들은 가난하여 생계가 어려우며, 때로는 허덕이고 있는 것이다. 이 책을 읽는 독자들 중에는 실제로 먹는 식사값이나 혹은 이미 낡아버린 의복이니 신발값도 제대로 지불할 수 없으며, 또는 주인의 눈을 속여 한 시간을 마련하여 이 책을 읽게 될 분이 있다는 것을 의심치 않는다. 나의 시력은 경험으로 날카로워지고 있기 때문에 여러분 중 많은 분들이 그야말로 비천하고도 비굴한 생활을 하고 있다는 것을 명약관화(明若觀火)하게 볼 수 있다. 즉, 여러분은 사업을 하려고 애쓴다든가, 혹은 빚에서 벗어나려고 허덕인다든가 항상 어느 쪽에 매달려 있다.

　빚이란 태고적부터 있어온 진흙구덩인데, 로마인들은 그들의 화폐를 구리로 만들었기 때문에 '남의 구리'라고 불렀다. 그런데 그 '남의 구리' 때문에 살기도 하고 죽기도 하고 매장을 당하기도 한다. 그리고 언제나 갚겠다고 약속한다. 그것도 내일 당장 갚겠다고 약속하면서 갚지 못한 채 오늘 죽어간다. 법망(法網)에 걸리지 않을 정도의 별별 수단을 다하며 남의 환심을 사려고 비위를 맞춘다.

　여러분은 거짓말하고 아첨하고 선거 때는 한표를 던져

주고, 스스로를 공손의 표본으로 만들며, 혹은 공기처럼 엷은 관대한 분위기 속에 펴넣기도 하며, 이웃 사람을 설득시켜 그들의 신발이나 모자나 외투 등을 만드는 일감이나 또는 그들의 잡화를 수입하는 일감을 맡으려고 애쓴다. 그리고 병이 들 날에 대비하여 돈을 좀 저축하여 낡은 궤짝 속에 감추기도 하며 혹은 양말짝에 넣어 벽 속에, 아니 좀더 안전하게 벽돌로 만든 은행에 맡겨 둔다. 그 장소가 어디건, 그 금액이 많건 적건 상관할 바가 아니다. 그러나 돈을 벌려고 너무나 무리하여 결국 여러분은 병이 들게 된다.

우리가 그처럼 경솔해질 수 있을까 하고 이상히 여길 때가 있는데, 이른바 흑인노예 제도라는 야비하고 외래적인 제도에 빠져 있을 만큼 미국의 남부와 북부에는 날카롭고도 민첩한 노예 주민들이 허다하게 많다. 남부지방에 노예 감독이 있다는 것은 불행한 일이다. 북부지방에도 그런 자가 있다는 것은 한층 더 불행한 일이다. 그러나 무엇보다도 더욱 나쁜 것은 여러분이 여러분 자신을 노예처럼 몰고다니는 것이다.

인간에게 신성(神聖)이 깃들여 있다니! 밤이고 낮이고 말을 끌고 시장으로 향하는 길가의 마부(馬夫)를 보라. 그 마부 속에 신성이 꿈틀거리고 있단 말인가? 그 마부의 최대 의무란 자기 말에게 먹이와 물을 먹이는 일이다. 그의 운명이 해운업자에 비하여 무엇이 낫단 말인가? 그는 명사들을 위하여 말을 몰고 있는 것이 아닌가? 그가 얼마나 성스러우며 영혼 불멸이란 말인가? 그가 비겁하고 비굴하게 구는 꼴을 좀 보라. 온 종일 공포에 떠는 꼴을 좀 보라. 그는 불멸의 신성을 지닌 것이 아니라 자기 자신에 대한 스스로의 평가, 즉 자기 자신의 행위로 얻는 명예의 노예이며 죄수인 것이다.

여론이란 개인 의견에 비하면 무력한 폭군이다. 자기가 자신에게 내리는 평가가 곧 그의 생애를 결정한다. 아니 오히려 지시하는 요인이다. 환상과 상상의 나라 서인도 지방에서조차 자기를 해방시키기도 쉬운 일이 아닌데, 이 일을 성취시키기 위해 윌버포스[5) 같은 사람은 없는가? 그리고 또 자기네들 운명에 너무도 생생한 관심을 드러내지 않으려고, 최후의 심판날에 대비하여 방석을 짜고 있는 이 나라의 부인네들을 생각해 보라! 마치 영원(永遠)을 해치지 않고도 시간을 죽일 수 있다는 태도가 아니고 무엇인가.

많은 사람들은 절망의 인생을 조용히 보내고 있다. 소위 단념이라는 것은 확인된 절망이다. 여러분은 절망의 도시에서 절망의 시골로 들어가 족제비와 사향쥐〔麝香鼠〕의 용기를 갖고 자신을 달래지 않으면 안 된다. 무의식적이나마 판에 박힌 절망은 이른바 인류의 유희와 오락 밑까지 숨어든 것이다. 이것들 속에는 기쁨이 없다. 기쁨이란 일하고 난 후에 오는 것이니까. 그러나 절망적인 행동은 하지 않는 것이 지혜의 한 특징이다.

인간의 주목적은 무엇이며, 인생의 진정한 필요성과 방

법은 무엇이냐고 교리문답적인 용어를 써서 생각해 볼 때, 사람들은 보통의 생활방식을 다른 생활방식보다 더 좋아하기 때문에 그런 생활방식을 일부러 선택한 것같이 보인다. 그래도 그들은 솔직히 그럴 수밖에 딴 도리가 없었다고 생각한다.

그러나 영리하고 건전한 천성(天性)을 가진 사람들은 천지가 무사히 운행하고 있음을 기억한다. 우리의 편견은 이미 때가 늦어서 버릴 수 없다는 일은 절대로 없다. 태고적부터 내려온 여하한 형태의 사고나 행위도 증명되지 않고는 믿을 수 없다. 오늘날엔 진리라고 모든 사람들이 받아들이거나 묵과한 것이 내일이면 허위로 판명될지도 모른다. 농장에 단비를 뿌려 줄 구름으로 믿었던 것이 한갓 견해라는 이름의 연기에 지나지 않듯이, 옛사람들이 불가능하다고 말하는 것도 여러분이 해보면 가능하다는 것을 발견한다.

옛사람들에게는 옛 행위가 있고 새 시대 사람들에게는 새 행위가 있다. 옛사람들은 불을 계속 피우기 위하여 새 장작을 가져와야 한다는 것을 아마 몰랐을 것이다. 그러나 새 사람들은 증기기관(機關) 밑에 마른 장작을 넣어, 속담에 있듯이 노인들이 넋을 잃을 지경으로 새처럼 빨리 지구 주위를 회전하고 있는 것이다. 노인은 청년만큼 지도자로서의 자격이 넉넉하지 않을 뿐 아니라 비등하지도 않다. 왜냐하면 이익을 주었다기보다 손해를 더 많이 주었으니까.

가장 현명한 인간일지라도 인생을 살아가며 어떤 절대적

가치를 배웠는지 나는 의심을 한다. 실제로 노인들에게는 젊은이에게 줄 만한 매우 중요한 충고가 없다. 노인들 자신의 경험은 매우 편파적이었으며, 그들의 생애는 개인적인 사정으로 그들도 인정하듯, 처참한 실패의 연속이었기 때문이다. 아마 그들에게도 그와 같은 경험을 못마땅히 여기는 마음이 조금은 남아 있으며, 또 그들이 그때보다는 더 나이를 먹었을 것이라고 하겠다.

나는 이 지구상에서 30여 년을 살아왔으나 아직껏 선배들한테서 유익한 가르침이나 진심에서 우러난 충고를 한마디도 들어 보지 못했다. 그들은 나에게 한마디도 적절한 이야기를 들려주지 않았다. 아마 그들은 내게 적절한 말을 해 줄 수 없었으리라. 여기에 인생이라는, 내가 아직 그 대부분을 겪어 보지 못한 하나의 실험이 있다. 그런데 육체에다 골격 원료를 공급하느라고 하루의 일부분을 거룩하게 바치고 있는 것이다.

어떤 농부는 나에게 이런 말을 한다.

"채소만 먹고는 살 수 없습니다. 채소에는 뼈를 만드는 성분이 전혀 없으니까요."

그 사람은 그런 말을 하는 동안에도 내내 소 뒤를 따라다니는데, 그 소는 풀만 먹고 자란 뼈를 갖고서도 온갖 장애물을 헤치고 그 농부와 그 농부의 육중한 쟁기를 끌고간다. 어떤 물건은 노인들이나 병자들 사이에서는 생활 필수품이기도 하지만, 다른 사람들에게는 사치품에 지나지 않으며, 또 다른 사람들에게는 전혀 알려져 있지도 않다.

사람에 따라서는 인류생활의 모든 근거지는 산간이건 계곡이건 모두 선인들에 의해서 답사되었을 뿐 아니라, 만사가 다 처리되고 있다고 생각할지 모른다. 이블린[6]의 말에 의하면 현명했던 솔로몬 왕은 수목의 간격까지 법령으로 정했으며, 로마의 관리들은 백성들이 이웃 사람의 땅에 들어가 몇 차례나 땅에 떨어진 도토리를 주울 수 있으며, 그것을 토지의 주인과 어떤 비율로 분배할 것인가까지도 정해 놓았다는 것이다.

또 히포크라테스[7]는 손톱을 자르는 법까지 후세에 남겨 놓았는데, 손톱을 손가락 끝에서 길지도 않고 짧지도 않게 적당히 자르라고 한 것이다. 인생의 변화와 기쁨을 고갈시킨 것으로 생각되는 권태와 싫증이라는 것은 확실히 아담 시대부터 존재한 것이다. 그러나 인간의 능력은 한번도 측정된 적이 없었다. 그러니 우리는 인간의 능력을 그다지 많이 시도해 보지도 않았던 선례(先例)에 따라서 판단해서는 안 된다. 이제까지의 어떠한 실패를 거듭해 왔건간에 '나의 아들아, 슬퍼하지 말라. 네가 미처 하지 못한 일을 누가 너에게 강요하겠느냐?'

우리는 여러 가지 단순한 방법으로 우리의 인생을 시험해 볼 수 있다. 이를테면 우리의 콩을 익혀 주는 태양은 지구와 같은 태양계의 다른 유성을 역시 비춰 주고 있다고 생각해 보는 것도 한 방법이겠다. 이 사실을 기억하고 있었던

들 과오를 범하지 않았을 것이다. 그러나 콩밭을 갈고 있었던 시절엔 거기까지 생각이 미치지 못했다. 별들은 신기한 창공의 정점(頂點)에 박혀 있지 않은가? 우주 도처에서 얼마나 거리가 멀고도 각기 다른 존재들이, 같은 순간에 같은 것을 응시하고 있는 것일까!

자연과 인류의 생활은 저마다의 체질이 다르듯이 가지각색이다. 누가 남의 앞날을 예언할 수 있을 것인가? 우리들이 잠깐 사이에 서로의 눈동자를 꿰뚫는 것만큼 더 큰 기적이 일어날 수 있겠는가? 우리는 한 시간 내에 세계의 온 시대, 아니 태고적부터의 모든 세계에 젖어야 한다. 역사, 시가(詩歌), 신화 등 내가 남의 경험을 읽는 것만큼 흥미 있고도 계발적(啓發的)인 것을 나는 모른다.

나는 나의 이웃 사람들이 선(善)이라고 부르는 것의 대부분을 악(惡)이라고 진심으로 믿는다. 그리고 만일 내게 후회할 것이 있다면 그것은 내가 예의범절을 지켰다는 것이다. 내가 그토록 범절을 지켰다니 어떤 마귀에게 홀렸던 것일까. 노인들은—70년을 그래도 명예롭게 살아온 노인들은 그들이 할 수 있는 현명한 말을 할지도 모르지만, 내게는 하나의 저항할 수밖에 없는 소리로 들리니 나는 노인들의 말을 한사코 피한다. 젊은 세대는 낡은 세대의 사업을 마치 좌초한 배를 버리듯 돌보지 않는다.

우리는 우리들이 믿고 있는 것보다 더욱 많은 것을 믿어도 괜찮을 거라고 생각한다. 우리는 우리들 자신에 대한 걱정은 그만 버리고 그만큼 남을 진심으로 생각하는 게 좋을 것이다. 자연은 우리의 장점과 단점에 다같이 알맞게 되어 있다. 어떤 사람들의 부단한 근심 걱정과 긴장은 난치병(難治病)이라고 할 수도 있다. 우리는 우리가 하고 있는 일의 중요성을 과장하는 경향이 있다. 그러면서도 이루지 못하는 수가 허다하지 않은가! 아니, 그러다가 병에 걸리기라도 하면 어떻게 할 것인가? 우리는 근심으로 밤을 지새우지 않는가! 그것을 버릴 수만 있다면 버리고 살겠다고 결심하면서 온종일 근심 걱정을 하고 밤이면 마지못해 기도를 올리고 자신도 모르는 일에 몸을 내맡기는 것이다. 우리는 우리의 인생을 너무나도 존중하여 변화의 가능성을 거부하며 살고 있다.

우리는 이것이 유일무이한 길이라고 말한다. 그러나 원(圓)의 중심에서 얼마든지 반경(半徑)을 그을 수 있듯이 길은 얼마든지 있다. 모든 변화는 생각해 보면 기적이다. 그러나 그것은 시시각각으로 발생하고 있는 기적이다. 공자(孔子)도 '아는 것을 안다고 하고, 모르는 것을 모른다고 하는 것, 그것이 진실로 아는 것이다.'[8]라고 하였다. 한 인간이 상상한 일을 오성(悟性)상의 사실로 귀착시킨다면 인간은 누구나 이 기초 위에 자기 인생을 세울 것이라고 나는 내다본다.

내가 앞에서 언급한 고민이나 걱정은 대체 무엇에 대한 것이며, 그리고 우리가 고민하거나 적어도 걱정하는 것이 어느 정도 필요한 것인지 잠깐 생각해 보기로 하자.

외면적인 문명의 한복판에서, 원시적이며 변경적(邊境的)인 생활을 해보는 것도 다소 이익이 될 것이다. 그리고 인생의 제일 가는 필수품이 무엇인지, 그것을 손에 넣기 위해 어떠한 방법을 취하는지를 아는 것만 해도 이익이 되겠고, 또 상인(商人)들의 옛 장부를 조사하며 사람들이 상점에서 가장 흔히 구입하고 있는 것이 무엇인지, 상점에는 무엇이 있는지, 다시 말하면 일상에서 사용하는 제 잡화가 무엇인지 등을 알아보는 것도 다소 이익이 될 것이다. 그 까닭은 시대가 개선되어도 인류의 존재원칙에는 거의 영향을 미치지 않기 때문이며, 이것은 마치 우리의 두개골이 조상(祖上)들의 두개골과 별 차이가 없는 것과 같다.

내가 말하는 생활 필수품이란 인간이 자기 노력으로 얻는 모든 것 중에서, 인류의 시초부터 오랫동안 사용되어 온 것으로 인류생활에 매우 중요한 역할을 해온데다, 그 물건들이 없이 살아보려고 하는 자로는 야만인, 가난뱅이, 철인(哲人)이 아니고는 거의 없는 그런 모든 것을 의미한다. 그런 의미에서 볼 때 많은 동물에게는 단 하나의 생활 필수품, 즉 식량이 있을 뿐이다. 그것은 대평원(大平原)의 들소가 숲속이나 산 그늘에 누울 곳을 찾지 않는다면 그의 필수품이란 입에 맞는 손바닥만한 넓이의 풀밭과 목을 축일 물일 것이다. 야생동물은 먹을 것과 몸 둘 곳밖에는 요구하지 않는다.

우리가 사는 이 온대성 기후에서 인간이 요하는 생활 필수품은 정확히 말해서 몇 가지 항목으로—즉 식량·숙소·의복·연료 등으로 나눌 수 있다. 왜냐하면 이러한 것을 확보하지 않고서는 자유와 성공할 가망을 지닌 참다운 인생 문제는 누릴 준비가 돼 있다고 할 수 없기 때문이다. 인간은 주거뿐만 아니라 의복과 가공된 음식을 발명하였다. 그리고 우연히 불을 발명하여 이용해 오던 중, 처음에는 사치로 계속 사용해 오다가 마침내 불 옆에 앉아야 할 필요성이 생기게 되었을 것이다.

우리는 고양이와 개들이 이와 같은 제2의 천성에 젖어드는 것을 본다. 적절한 주거와 의복으로 우리는 적당한 체온을 유지한다. 그러나 이러한 것이 지나치거나 연료가 과하면, 즉 의복의 열보다 체내의 열이 과하면 요리가 시작된다고 말해도 좋지 않을까? 박물학자인 다윈은 띠에라 델 후에고 섬의 원주민에 관해서 이렇게 말하고 있다. 즉, 그의 일행은 옷을 두툼하게 입고 불 옆에 바싹 다가앉아 있어도 과히 덥지가 않았는데 이곳 나체 토인들은 불가에서 멀리 떨어져 앉아 있으면서도 놀랄 정도로 '구워져 땀을 줄줄 흘리고 있었다'는 것이다. 그래서 서구인들이 옷을 입고서도 추위를 타는데 오스트레일리아 토인들은 아무 탈없이 나체로 지내고 있다는 것이다.

토인들의 튼튼한 육체와 문명인의 지성(知性)을 결합시키기란 불가능할까? 화학가 리비히의 설을 따르면 인간의 육체는 난로이며, 식량은 폐(肺) 속에서 내부 연소를 지탱하는 연료라고 한다. 우리는 추운 날씨에 음식을 많이 먹고 더운 날씨에는 적게 먹는다. 동물적 열은 몸 안에서 서서히 연소가 행해진 결과이며, 그 연소가 빠르면 병이 나거나 죽게 된다. 혹은 연료가 부족하거나 배기(排氣)가 안 되거나 하면 연소작용이 정지된다. 물론 체온을 불과 혼동해서는 안 될 것이니 비유는 이 정도로 해두자.

그러므로 위에서 말한 것으로 볼 때, 동물의 생명이라는 표현은 동물의 열이라는 표현과 거의 같은 뜻을 지니고 있는 것 같다. 왜냐하면 음식은 우리 체내에서 불을 유지해 주는 연료라고 볼 수 있고―그리고 연료는 그 음식을 요리하거나 혹은 바깥에서 체온을 보태 주는 데에만 도움이 되고 있는 데 반하여, 주거와 의복 역시 그렇게 하여 발생되고 흡수된 체온을 유지하는 데만 도움이 되기 때문이다.

그러므로 우리들 인체에서 가장 필요한 것은 보온, 즉 생명의 열을 체내에다 항상 유지하는 일이다. 그러기에 우리는 갖은 애를 다 써가면서 각자의 식료·의복·주택 그리고 침대 등을 마련하는 것이다. 침대로 말하자면 마치 두더지가 굴 한구석에 풀잎으로 잠자리를 마련하듯이 우리도 주택 안에 밤의 옷인 침대를 마련하려고 새집과 새의 가슴털을 훔친다. 가난한 사람들은 세상이 차다고 곧잘 불평을 한다. 사실 우리들의 고통 대부분은 신체적인 냉기 이상으로 사회적 냉기에 기인한다.

어떤 지방에서는 여름철엔 극락(極樂)과도 같은 생활을 할 수 있다. 그때 연료는 음식을 요리하는 데밖에는 필요치 않다. 태양이 불을 대신해 주며 뭇과일들은 햇볕으로 무르익는다. 한편 일상의 식량은 대체로 풍부하게, 비교적 손쉽게 손에 넣을 수 있으며, 의복이나 주택은 전혀, 아니면 거의 필요가 없다. 오늘날 이 나라에서 나 자신의 경험에 비추어 보면 의식주 다음에 필요한 것은 몇 가지의 도구, 즉 칼·도끼·삽·손수레 등이며 공부하는 사람에겐 등불·문방구, 그리고 몇 권의 책들인데 이런 것은 모두 사소한 비용으로 마련할 수 있다.

그러나 어떤 현명치 못한 사람들은 지구 저쪽, 불건전한 미개지(未開地)에까지 가서, 살아나가기 위하여—다시 말하면 체온을 유지하기 위하여 10년이고 20년이고 사업에 몸을 바친다. 그리고는 마지막엔 고향인 뉴잉글랜드로 돌아와서 죽는다. 사치를 일삼는 부자들은 체온을 적당히 유지하는 게 아니라 부자연할 정도로 열(熱)을 취한다. 즉, 내가 앞서 말한 바와 같이 그 사람들은, 물론 현대적인 표현이기는 하지만 요리(料理)되고 있는 것이다.

대부분의 사치품과 이른바 인생의 위안품 등은 인간의 향상에 불가결한 것이 아닐 뿐만 아니라 적극적인 방해가 되고 있다. 사치와 위안에 관해서는 가장 현명한 사람들이 가난한 사람들보다 더 단순하고도 가난한 인생을 살아왔다. 중국, 그리스, 페르시아 등의 고대 철인들은 외관상으로는 누구보다도 가난했으나 내면적으로는 누구보다도 부유했던 계급이었다.

우리는 그들 철인에 대해서 아는 바가 그다지 많지 않다. 우리 서구인들이 그들 철인을 이 정도로 알고 있다는 것도 기특한 일이다. 뿐만 아니라 근대의 개혁가들이나 특지가(特志家)들에 대해서도 마찬가지다. 우리가 자발적인 빈곤이라고 불러야 할 그런 유리한 입장에서가 아니면 누구나 공정하고도 현명한 인생 관찰자가 될 수 없다. 농업·상업·문학·예술 등을 막론하고 사치스런 생활의 결과는 사치밖에 되지 않는다.

오늘날에는 철학교수는 있으나 철인은 없다. 그러나 철인 생활을 하는 것이 한때 칭찬을 받았기 때문에 철학을 강의하는 일은 칭찬할 만한 것이다. 철인이 된다는 것은 단순히 심오한 사상을 갖는다거나 어떤 학파를 창설한다든가 하는 것이 아니고, 지혜를 사랑하고 지혜가 명하는 바에 따라 간소·자립·고매(高邁)·신뢰의 생활을 영위하는 것을 말한다. 그리고 인생의 문제를 이론적으로는 물론 실제적으로 해결하는 것을 말한다.

위대한 학자와 사상가들의 성공이란 대개 군주(君主)다운 남성적인 성공이 아니고 아첨하는 신하의 성공이다. 그들은 사실 조상들의 생활을 답습하여 타협적으로 이럭저럭 살아가고 있을 뿐이어서 어느 모로 보나 고귀한 인류의 창조자는 아닌 것이다. 그러나 인간은 왜 자꾸 퇴보하고만 있을까? 여러 가문을 몰락시키는 것은 무엇인가? 여러 민족을 타락하게 하고 전멸시키는 사치품의 본성은 대체 무엇인가? 우리들의 생활엔 그런 것이 전혀 없다고 단언할 수 있는가?

철인이란 외면적인 생활양식에 있어서도 역시 시대의 선구자이다. 철인은 동시에 사람들과 의식주를 똑같이 하지 않는다. 어떻게 철인이면서도 남보다 더 나은 방법으로 생명의 열을 유지할 수 없었는가?

내가 기술한 바와 같이 인간이 몇 가지 방법으로 체온을 유지하면 그 다음은 무엇을 원하겠는가? 똑같은 종류의 열을 더 이상 바라지 않을 것은 확실하다. 즉, 더 많은 값비싼 음식이나, 넓고 훌륭한 주택이나, 좋고, 입고 남을 정도의 의복이나, 항상 덥고 더러운 불 등을 원하지 않을 것이다. 사람이 생활에 필요한 그러한 물건을 장만한 다음에는 여분의 것들을 마련하느니보다는 다른 할일이 있다. 즉, 천역(賤役)에서 벗어나 이제는 생을 모험하는 것이다.

흙은 종자에 안성맞춤인 것 같다. 종자는 흙 속에 뿌리를 박고 다음은 그 싹을 공중으로 자신 있게 뻗을 수 있으니 말이다. 인간이 땅 속에 단단히 뿌리박고 있는 까닭은 같은 비율로 공중으로 뻗을 수 있다는 것이 아닌가?—귀중한 식물들은 땅 위 높은 곳, 공기와 일광 속에서 마침내 맺은 과일 때문에 소중히 여겨지며 야채와 같은 대우를 받지 않으니 말이다. 야채란 2년생인 것일지라도 뿌리가 다 될 때까지만 가꾸어지며 뿌리를 잘 키울 목적으로 잎을 잘라 내는 일이 흔하다. 그래서 대부분의 사람들은 그것들의 개화기(開花期)도 알지 못하곤 한다.

나는 굳세고 용감한 천성을 지닌 사람들에게 어떤 규칙을 강요할 뜻은 없다. 그런 사람들은 천당에서나 지옥에서나 자기의 할일을 명심할 거고, 가진 돈을 낭비하지 않으면서도 어느 부자들보다 더 호화스런 집을 짓고 풍성하게 돈을 쓸 것이다. 그러나 과연 그런 사람들이 얼마나 될 것인지는 모를 일이다.

그리고 또 현상태 하에서 각자의 용기나 영감(靈感)을 찾아 그것을 마치 애인처럼 소중히 그리고 열성적으로 간직하는 사람들에게 그러한 처방을 해주려는 것도 아니다. 어느 정도까진 나 자신도 이 부류에 속한다고 생각한다. 그리고 끝으로는 어떠한 환경에서건 잘 고용되고 있으며, 게다가 자기가 잘 고용되고 있는지 아닌지를 알고 있는 사람들에게 말하는 것도 아니다.

내가 말하고자 하는 대상은 주로 불만을 품고 있는 대중들, 그들의 불운이나 팔자를 얼마든지 개선해 나갈 수 있을 텐데도 한탄만 하고 있는 사람들이다. 세상 사람들 중에는 자칭 자기의 의무를 다하고 있다는데도 이 모양이라며 목청을 돋우며 불평을 하는 사람들이 있다. 그리고 나는 또한 외관상으로는 부유하나 실상은 누구보다도 형용할 수 없이 가난한 계급을 알고 있는데, 이 계급은 재화(財貨)를 축적하고는 있으나 그것을 쓸 줄 모르며 그것에서 벗어날 줄도 모르고 있으니 그들은 금과 은으로 스스로의 쇠사슬을 만들어 버렸다.

지나간 과거에 내가 어떤 생활을 희망했던가를 말한다면 내 생활의 역사를 알고 있는 독자들은 아마 놀랄 것이다. 전혀 모르고 있는 독자들도 물론 깜짝 놀랄 것이다. 나도 내 가슴에 품고 있는 몇 가지 계획을 다소 암시해 보겠다.

어떠한 날씨에나, 밤과 낮의 어떠한 시간에나 알맞은 때를 선용하고, 또 그 시간을 나의 지팡이에다가도 새겨 놓으려고 애써 왔다. 과거와 미래가 영원히 만나는 때, 즉 바로 현재라는 순간에 서서 그것을 딛고 있으려고 애써 왔다. 독자 여러분은 나의 말에 애매한 곳이 있더라도 용서하리라 믿는다. 왜냐하면 나의 일은 다른 사람들의 일보다 비밀이 많으며 그것이 고의로 지켜지는 것이 아니라, 일의 성질상 불가분한 것이기 때문이다. 나도 그것에 대해 내가 아는 바를 기꺼이 말하겠으며, 문 입구에 '입장 금지'라는 팻말을 걸지 않겠다.

나는 오래 전에 사냥개 한 마리와 밤색 말 한 필과 비둘기 한 마리를 잃었는데 지금도 그 행방을 찾고 있다. 많은 여행자들에게 그들에 관한 이야기를 하면서 그들이 잘 다니던 곳과, 무어라고 불러야 알아듣는가를 말해 주었다. 내가 만난 두 사람은 내 사냥개의 짖는 소리와 내 말의 말굽

소리를 들었으며, 심지어는 비둘기가 구름 속으로 사라지는 것까지 보았다고 했으며, 그들은 마치 자기 것을 잃어버린 것처럼 찾아내고 싶어하는 것 같았다.

새벽과 해뜰 시각뿐만 아니라 가능하다면 자연 그 자체보다 앞지른다는 것, 이웃 사람이 아무도 자기 일을 시작하기 전에 얼마나 많은 아침을, 여름이건 겨울이건 나의 일을 시작했던 것인가! 어렴풋한 새벽녘에 보스턴의 농장으로 떠나는 농부, 산으로 일하러 가는 나무꾼들, 이미 일을 마치고 돌아오는 나와, 일을 시작하러 가는 마을 사람들과 만나는 일이 흔했다. 사실 일출을 실질적으로 도운 일은 없었으나, 해가 뜨는 현장에 있었다는 것만도 대단한 일이 아니었던가.

수많은 가을과 겨울날, 교외로 나가서 바람 속에 무엇이 있는가를 들으려고 애쓰며, 듣고 나서 그것을 적으려고 얼마나 애썼던가! 나는 그 일에 나의 자본을 모두 탕진했을 뿐 아니라, 그 일과 정면으로 씨름하느라고 숨이 끊어질 지경이었다. 만일 그 일이 어느 정당에 관계된 것이었다면, 그 소식은 재빠르게 기관지에 보도되었을 것이다. 어떤 때는 절벽이나 나무 위 망루에서 사방을 살피다가 새로운 소식이 있으면 곧 전보를 쳤다. 혹은 저녁때면 언덕 위에 올라가서 무엇을 붙잡기 위해—비록 많이 잡지는 못했으며, 그것도 감로(甘露)처럼 햇볕을 쬐면 다시 사라져 버렸지만—하늘이 무너져서 무엇인가가 떨어져 내리기를 기다리기도 했다.

나는 오랫동안 신문기자 노릇을 했는데 그 신문은 그다지 널리 보급되지 않았으며, 편집은 결코 나의 기고(寄稿)의 대부분이 인쇄되기에 적절하다고는 보지 않았다. 그리고 기자들이 으레 그렇듯이 고통을 보수삼아 일했을 뿐이었다. 그러나 내 경우에도 내가 겪은 고통에는 그런 대로의 보수가 있었다.

여러 해 동안 나는 눈보라와 폭풍우의 관찰자로 자칭하면서 나의 직무를 충실히 이행했다. 또 나는 측량사로서 공로(公路)는 아니라도 숲속의 모든 샛길을 측량하며, 사람이 다녀봐서 그 유효성이 밝혀진 곳에는 길을 만들고 계곡에는 다리를 놓아 사철 지나다닐 수 있게 했다.

나는, 울타리를 뛰어넘어 충실한 목동에게 많은 애를 먹이는 마을의 사나운 가축을 돌보았다. 그리고 사람들이 잘 드나들지 않는 농장의 이 구석 저 구석을 살폈다. 하지만 농부인 조나스 솔로몬이 그날 어떤 밭에서 일하고 있는지 없는지 그리 관심이 없었다. 그것은 내가 상관할 바가 아니었다. 그러나 나는 빨간 월귤·센드체리·팽나무·홍송(紅松)·흰 포도·노란 오랑캐꽃 등에는 물을 주었다. 내가 만약 물을 안 주었더라면 가문 날씨에 말라죽었을지도 모른다.

요컨대(자랑삼아 말하는 것은 아니지만) 내가 이처럼 여러 해 동안 내 일을 충실히 해왔는데도 불구하고 점점 명백해진 사실은, 결국 마을 사람들은 나를 마을의 공직 명부(公職名簿)에 넣어 주려고 하지 않았으며 또 웬만한 급료의 관직자리 하나 주려고 하지 않았다는 것이다. 나는 장부를 충실하게 적어 왔다고 단언할 수 있는데 한번도 감사를 받은 적이 없었으며, 하물며 승인을 받거나 지불이나 결산을 받은 일은 더구나 없었다. 그러나 나는 그런 일엔 아예 마음을 둔 일이 없었다.

얼마 전에 어느 인디언 행상인이 바구니를 팔려고 나의 이웃인 저명한 변호사댁에 왔었다. "바구니를 사시겠습니까?" 하고 그가 물으니 "아니, 우린 필요없소" 하고 변호사가 대답했다. "제기랄! 우린 굶어 죽으란 말인가?" 하고 인디언은 그 집 대문을 나서면서 중얼거렸다. 주위의 부지런한 백인들은 모두 잘살고 있는 것을 본 그는—이 변호사만 하더라도 변론(辯論)을 짜내기만 하면 무슨 마력처럼 복과 지위가 따르고 있으니—자기 자신에게 이렇게 타일렀다. '나도 일을 해야겠어. 바구니를 엮어야겠어. 그것이 내가 할 수 있는 일이니까.' 하고.

그는 바구니를 다 만들고 나면 자기의 일은 끝난 셈이며, 바구니를 사주는 것은 백인들이 할일일 거라고 생각하고 있었다. 반면 그는 남이 살 만한 가치 있는 물건, 적어도 살 만한 가치가 있다고 생각되는 물건, 또는 남이 사서 손해를 보지 않을 만한 물건을 만들어야 한다는 사실은 발견하지 못했다.

나 역시 일종의 올이 섬세한 바구니를 만들었으나 남이 그것을 살 만한 가치 있는 것으로는 만들지 않았다. 내 경우에는 그래도 역시 그것을 만들 가치가 있다고 생각되었으며, 내가 만든 바구니를 남이 살 만한 가치가 있도록 하는 방법을 연구하는 대신, 나는 오히려 그것을 팔지 않아도 될 방법을 연구하였다. 인간들이 찬양하고 성공했다고 여기는 생활은 단 한 가지밖에 없다. 왜 우리는 다른 여러 종류의 생활을 희생하면서까지 한 가지의 생활만을 과장해서 판단하는 것일까.

내 동료 시민들이 나에게 법원의 한 자리나 부목사(副牧師)나 혹은 어디 터전을 마련해 주지 않을 것을 알고, 내 자신이 생활을 개척해 나가야 하리라는 것을 안 나는 그 어느 때보다 더욱 나를 잘 알고 있는 숲속으로 얼굴을 돌리게 되었다. 나는 곧 일에 착수하기로 결심하고 보통의 자본을 손에 넣기를 기다리지 않고, 수중에 있는 몇 푼 안 되는 자본으로 곧 일을 시작하기로 했다. 내가 월든 호반으로 간 목적은 내가 간소하게, 혹은 호화롭게 살자는 것이 아니라, 되도록 방해를 받지 않고 나의 개인적인 일을 하자는 데 있었다. 약간의 상식과 기업심(企業心)과 사업적 재능이 없어서 이 일을 성취하지 못한다는 것은 서글프기보다는 오히려 어리석어 보였다.

나는 항상 일을 엄격히 처리하는 습성을 얻으려고 애썼다. 이것은 누구에게나 불가결한 것이다. 만약 여러분의 일이 중국과 무역을 하는 것이라면, 어디 세일럼 같은 해안가에 지은 작은 사무소라면 시설로서는 충분할 것이다. 여러분은 이 나라에서 산출되는 물건, 이를테면 얼음과 목재 그리고 약간의 대리석 등의 순수한 국산품을 미국의 배밑바닥에 실어 수출할 것이다.

다음과 같은 것은 좋은 사업이 될 것이다. 즉, 여러분 자신이 모든 일을 직접 감독하는 것이다. 여러분 자신이 운전사·선장·해상 보험업자를 겸하며, 손수 매매와 회계를 맡아 하며, 받은 편지를 다 읽으며, 보내는 편지를 다 쓰고, 밤이고 낮이고 수입품의 양륙(揚陸)을 감독한다.

그리고 동시에 해안의 이곳 저곳을 뛰어다니며 감독을 한다. 값비싼 하물이 종종 저어지 해안에 양륙되고 있으니까. 또 여러분 자신이 무전사가 되어 쉴 새 없이 지평선을 둘러보며 연안을 항해하는 모든 선박과 일일이 통화하며, 가격이 뛰어오른 시장에 늘 상품을 공급하도록 한다. 도처의 시장경기와 전쟁과 평화의 전도에 관한 정보에 정통하며 무역과 문명의 동향을 예측하되, 그러기 위해서는 모든 탐험의 결과를 이용하여 새로운 항로와 개선된 항해술을 이용해야 한다.

또 해도(海圖)를 연구하여 암초·등대·부표(浮漂) 등의 위치를 늘 확인하며, 대수표(對數表)를 항상 수정해야 한다. 그 까닭은 정든 부두에 입항해야 할 선박이 대수 계산원(對數計算員)의 잘못으로 암초에 부딪히는 일이 종종 있

기 때문이다. 라 페루스의 난파 내용은 아무도 모르지 않는
가. 한노와 페니키아인(人) 이래 오늘날까지의 대탐험가·
대항해가·대모험가·대상인 등의 전기(傳記)를 연구하여
세계적인 과학과 보조를 맞춘다. 또한 수시로 재고를 조사
하여 현황 파악을 해야 한다.

이상의 일은 한 사람의 능력 한계를 벗어나는 힘든 일이
다. 즉, 그것은 득실(得失)·이자·정미 중량(正味重量)·
운임 중량, 그 모든 종류의 예측 등 광범위한 지식을 요하
는 문제들인 것이다.

나는 월든 호수가 사업을 하기에 좋은 곳이라고 생각했
다. 철도가 있고 채빙 사업(採氷事業) 때문만은 아니다. 이
호수는 그 밖에도 여러 가지 이점을 제공해 주고 있는데,
그 이점을 공표하는 것은 그리 현명한 일이라고는 할 수 없
을지도 모르겠다. 또한 이 호수는 좋은 항구요, 토대도 훌
륭하다. 그곳은 메워야 할 네바 강과 같은 늪이 아니다. 하
기야 어디서나 말뚝을 박아 집을 지어야 하지만, 들리는 소
문에 의하면 네바 강에 서풍이 몰아쳐 얼어붙으면 부풀어
오른 물결로 페테르부르크 시(市)는 지구 표면에서 사라지
고 만다는 것이다.

나의 일은 으레 있어야 할 자본 없이 시작해야 했으니,
그러한 일을 시작하려면 반드시 소용되는 여러 가지 재원
을 어디서 마련해야 할 것인지를 짐작하는 것은 쉽지 않을

것이다. 그럼 당장 실제 문제로 들어가서 의복을 본다면, 우리는 그 참다운 효용성보다는 새로운 것을 좋아하며 사람들의 의견을 고려하여 의복을 마련하는 일이 허다하다. 일을 해야 할 사람이 옷을 입는 목적은 첫째 체온을 유지하는 일이며, 둘째는 현 사회 상태에서는 알몸을 가리기 위함이라는 사실을 상기시켜 보자.

그는 자기 옷장에 의복을 더 준비하지 않고서도 필요하고 중요한 사업을 얼마든지 할 수 있다는 것을 판단하게 될 것이다. 몇 사람의 재단사가 바친 것일지라도 옷 한 가지를 단 한번 입었다 버리는 왕이나 왕비들은, 몸에 맞는 옷을 입는 기분을 알지 못한다. 그들은 새 옷을 걸친 목마(木馬)나 다름이 없다. 우리의 의복은 입는 사람의 성격의 특징을 받아들여 날이 갈수록 점점 더 신체의 일부로 동화된다. 그리하여 마침내 우리는 의복을 우리의 몸과 같이, 의료기구를 대보지도 않고 의식(儀式)도 갖춤이 없이 벗어던지기를 주저한다.

나는 어떤 사람이 기운 옷을 입었다고 해서 그 사람을 낮게 평가한 적이 없다. 그러나 사람들은 건전한 양심을 갖기보다는 대체로 유행에 맞는 옷, 적어도 깨끗하고 깁지 않은 옷을 입으려고 무척 마음을 애태우고 있는 것은 확실하다. 그러나 설사 떨어진 곳이 꿰매지지 않고 있더라도 그것이 드러내는 최악의 악덕은 고작 부주의 정도일 것이다.

나는 가끔씩 친구들을 다음과 같이 테스트해 본다. 무릎

위를 기운 것이나 혹은 두어 줄의 실밥이 붙어 있는 것을
누가 입을 수 있을까? 대개는 그들이 그런 바지를 입으면
마치 자신의 앞길이 망쳐질 거라고 믿고 있는 것처럼 행동
한다. 그들에게는 떨어진 바지를 입고 가기보다는 부러진
다리로 절룩거리며 마을로 걸어가는 게 속편할 것이다. 혹
신사의 다리에 무슨 사고라도 생긴다면 치료라도 받을 수
있지만 같은 사고가 그의 바짓가랑이에 일어난다면 어찌할
도리가 없을 것이다. 왜냐하면 그 사람은 진정으로 존경할
만한 것을 존경하지 않고, 세상이 존경하고 있는 것을 존경
하고 있기 때문이다.

우리는 몇 사람의 인간밖에 모르고 있으면서 외투나 바
지에 대해서는 무던히도 많이 알고 있다. 여러분이 마지막
입었던 헌옷을 허수아비에게 입혀 놓고 그 옆에 알몸으로
서 있어 보라. 그러면 허수아비에게 인사하지 당신에게 인
사할 사람이 누가 있겠는가? 어느 날 나는 옥수수밭을 지
나가다가 그 밭 주인이 모자와 외투를 나무말뚝에 입혀 놓
은 것을 보고 그 밭이 누구의 밭인가를 알았었다. 그는 전
번에 보았을 때보다 약간 풍우에 시달려 보였다.

내가 들은 바에 의하면, 어떤 개는 낯선 사람이 옷을 입
고 주인집에 들어오면 짖어댔으나 벌거벗고 침입한 도둑에
게는 가만히 있더라는 것이다. 만일 인간들이 각자의 의복
을 벗어 버린다면 어느 정도까지 각자의 지위를 유지할 것
인가 하는 것은 흥미 있는 문제이다. 그런 경우 당신은 가

장 존경받는 계급에 속하고 있는 문명인들을 틀림없이 가려낼 수 있을 것인가?

파이퍼 부인이 동서로 세계일주 여행을 할 때 자기 고국 근방인 러시아령(領)에 와서 고위층을 만나러 갈 때에는 여행복 아닌 다른 옷을 입을 필요성을 느꼈다고 한다. 왜냐하면 부인은 '이제 의복을 보고 사람을 판단하는 소위 문명국에 왔으니까'라고 했다. 우리의 민주적인 뉴잉글랜드에서도 누가 우연히 재산을 소유하여 그 표적을 의복이나 몸치장에 나타내면 모든 사람들로부터 존경을 받는다. 그러한 존경을 바치는 사람들은 그야말로 부지기수이며 지독한 이단자들이므로, 그들에게는 선교사를 보낼 필요가 있다. 게다가 옷을 해입게 되면서부터 바느질을 하게 되었는데, 이것은 그야말로 끝이 없는 그런 종류의 일이다. 적어도 여자의 옷은 결코 완성될 날이 없을 것이다.

마침내 무슨 할일을 발견한 사람은 그 일을 하기 위해 새 옷을 마련할 필요는 없을 것이다. 그에게는 여러 해 동안 다락 속에 먼지가 뿌옇게 쌓여 있는 헌 옷으로도 족할 것이다. 헌 신발은 영웅이 신으면 그의 종이 신을 때보다도 (만일 종이 있다면 말인데) 더 오래 갈 것이다. 맨발은 신발보다 더 오래된 것이어도, 영웅은 맨발로 족할 수 있다. 만찬회나 입법기관에 드나드는 사람들만은, 사람 자체가 수시로 달라지므로 자주 갈아 입을 의복을 필요로 한다.

그러나 나의 조끼나 바지, 모자나 신발이 그 차림으로 하느님을 예배하기에 어울린다면 그것으로 족할 것이 아니겠는가? 자기의 헌 옷, 헌 외투가 너무 낡아서 결국 원래의 원소(元素)로 되돌아가는 것을 본 사람이 있는가? 그래서 그 옷을 불쌍한 아이에게 준다 해도 자비로운 행동이 못 될 것이며, 그 불쌍한 아이는 그것을 받는 즉시 아마 자기보다 더 불쌍한 아이, 아니 이런 것조차 없이도 살 수 있으니까 더 부자라고 말해야 할 그런 아이에게 줄 정도의 그런 헌 옷을 말이다.

내가 말하는 것은 새 옷을 입는 사람보다 오히려 새옷을 입어야 하는 모든 일을 조심하라는 것이다. 만일 새 사람이 없다면 어떻게 몸에 맞는 새 옷을 만들 수 있겠는가? 만일 여러분 앞에 무슨 할 일이 있다면 헌 옷을 입고 하라. 모든 인간이 원하는 것은 '처리할' 무엇이 아니고 '해야 할' 무엇이나 '그래야 마땅할' 그 무엇이다. 우리는 헌 옷을 입고 새 사람같이 느끼도록, 그리고 그렇게 되는 것에 마치 헌 술병에다 새 술을 담는 것이 될 만큼 일하고 처신하는 날까지는 헌 옷이 아무리 떨어지고 초라하더라도 결코 새 옷을 장만해서는 안 될 것이다.

우리가 옷을 갈아입는 시기는 날짐승이 털을 갈아입는 것처럼 우리 인생에 있어 하나의 위기일 때라야 한다. 되강오리는 조용한 호숫가로 가서 털갈이 시기를 맞는다. 내부의 활동과 팽창에 의해서 뱀 역시 허물을 벗고, 유충 역시 유충의 허물을 벗는다. 왜냐하면 의복이란 우리의 외피(外

皮)이며 치명적인 코일에 지나지 않는다. 만약 그렇지 않으면 우리는 다른 나라 국기를 달고 항해하는 격이 될 것이며, 마침내는 인류 전체의 의견뿐만 아니라 우리 자신의 의견으로 불가피하게 사회에서 면제되고 말 것이다.

우리는 마치 외부만 자라는 외장식물(外長植物)처럼 의복 위에 의복을 끼여 입는다. 우리의 얇고도 멋진 외의(外衣)는 외피 혹은 위조 피부여서 생명에는 아무 관계가 없으며, 치명적인 상처는 입지 않는다. 우리가 늘 입고 있는 두터운 의복은 우리의 세포질 피부, 즉 피질(皮質)이다. 그러나 우리가 입고 있는 내의는 내부 피부, 즉 진짜 껍질로서 따라서 내의를 벗긴다면 인간은 시들어 죽어 버릴 것이다.

나는 모든 인종은 일정한 시기에는 내의에 해당되는 무엇을 입는다고 믿는다. 바람직한 것은 인간이 아주 간단하게 옷을 입어 어둠 속에서도 제 자신을 더듬어볼 수 있게 할 것이며, 모든 점에서 아주 간결하고 용의주도하게 생활하여, 만일 적이 마을을 점령하더라도 옛날 철인(哲人)처럼, 빈손으로 아무 걱정 없이 문 밖을 걸어나갈 수 있도록 하자는 것이다.

한 벌의 두터운 옷은 대개 세 벌의 얇은 옷의 역할을 하며, 모든 사람들이 사입을 수 있는 값싼 옷들이 있다. 몇 년이고 입을 수 있는 두터운 코트를 5달러에 살 수 있는 데 반하여 두터운 바지는 2달러, 소가죽 구두 한 켤레는 1달러 50센트, 여름 모자는 25센트, 겨울 모자는 62센트 선

(線)으로 살 수 있다. 아니 이런 근소한 비용으로 가정에서는 더 좋은 옷이 장만될 것이다. 이렇게 자기 손으로 장만한 옷을 입고서도, 자기에게 경의를 표해 주는 현명한 사람들을 발견하지 못할 만큼 가난한 사람이 어디 있겠는가?

내가 마을의 여자 재봉사에게 가서 어떤 특수한 모양의 옷을 주문하자 그 여자는 정색을 하며, "요즘 사람들은 그런 옷을 맞추지 않아요." 한다. 그 여자도 마치 운명의 여신과 같은 비인간적인 권위를 인용하는 것처럼 '사람들'이라는 말은 전혀 강조하지 않는다. 내 말이 진심일 리 없고, 또 내가 그렇게 경박할 리 없다는 그 여자의 믿음 때문에 나는 내가 원하는 옷도 만들어 입기가 힘든 것이다.

나는 이 신탁(信託)과도 같은 말을 듣고서 잠시 그 한마디를 강조해 보면서 그 뜻을 이해하려고 하며 '사람들'과 '나' 사이에 어느 정도의 혈연관계가 있는지, 내게 그처럼 영향을 미치는 일에 그 사람들이 어떤 권위를 갖고 있는 것인지 알아보려고 한다. 그리고 마지막에 나도 '사람들'이라는 말엔 힘을 주지 않고 그 여자처럼 신비스럽게 이렇게 대답해 주고 싶다. '사실 사람들은 얼마전까진 그런 옷을 맞추지 않았습니다만 요즘엔 맞추고 있지요.' 그런데 만일 그 재봉사가 나의 성격을 재지 않고 마치 옷을 걸어놓은 옷걸이나 되는 것처럼 내 어깨넓이만을 잰다면 나를 잰들 무슨 소용이 있겠는가?

우리는 예술의 여신인 그레이스나 운명의 여신인 파아시

를 존경하지 않고 유행의 여신을 존경하고 있다. 이 유행의 여신은 아주 권위 있게 실을 뽑아서 옷감을 짜고 옷감을 재단한다. 파리의 원숭이 두목이 어떤 여행모자를 쓰면 미국 원숭이들이 모두 그 흉내를 낸다. 나는 남의 도움으로는 아주 단순하고 정직한 일도 할 수 없다는 것에 절망할 때가 간혹 있다. 세상 사람들을 우선 강력한 압축기에 넣어 그들의 낡은 사상을 짜내어 다시는 일어서지 못하게 해야 할 것이다. 그래도 그 무리 속에는 아무도 모르는 사이에 까놓은 쉬에서 구더기 같은 생각이 우글거리고 있을 것이다. 그놈은 불을 질러도 죽지 않는 것들이니 결국 애쓴 보람이 없게 되는 것이다. 그러나 이집트의 보리가 미라에 의해서 우리들에게 전해졌다는 사실을 잊지 않을 것이다.[9]

대체로 이 나라에서나 다른 나라에서나 의상(衣裳)이 예술의 지위에까지 올라섰다는 설은 부당하다고 생각한다. 오늘날 사람들은 손에 넣을 수 있는 것이면 무엇이나 되는 대로 입는다. 마치 난파한 선원들이 해변가에 오르자, 닥치는 대로 주워 입는 것과도 같다. 그러나 시간이나 공간이 얼마쯤 지나면 서로의 어릿광대꼴을 비웃는다. 어느 세대고 낡은 유행을 비웃으며 새로운 유행을 경건한 마음으로 좇는다. 우리는 헨리 8세나 엘리자베스 여왕의 의상을 보고, 그것이 마치 식인종이 사는 섬의 왕이나 여왕의 의상이나 되는 것처럼 재미있어한다.

사람의 몸에서 벗겨진 옷이란 보잘것없고 망측스럽다.

다만 옷을 웃음거리가 되지 않게 하고 성스럽게까지 하는 것이 있다면, 그것은 그 옷을 입은 사람의 눈빛이 진지하게 반짝이며 그 안에 참다운 생명이 살아 있기 때문이다. 어릿광대가 토사곽란의 발작을 일으키면 그가 입은 성장(盛裝) 역시 그런 기분을 나타내게 될 것이다. 병사가 포탄에 쓰러지면 그 갈기갈기 찢어진 군복은 왕후의 제복처럼 격에 맞게 되는 것이다.

오늘날의 세대가 요구하는 새 무늬를 만들어 내려고 많은 사람들은 만화경(萬華鏡)을 뒤흔들면서 열심히 그 속을 들여다보고 특수한 형태를 찾아내려 한다. 이는 세상 남녀들의 어린애 같은 야비한 취미 때문이다. 의상 제조업자들은 그 취미가 단순히 변덕스러운 것임을 잘 알고 있다. 어떤 특정한 색깔의 실올이 다소 다를 뿐인 두 가지 천 중에서 한쪽 천은 잘 팔리는데 다른 쪽은 그대로 선반 위에 남아 있게 되지만 계절이 바뀌면 다른쪽 천이 날개돋친 듯이 잘 팔리는 일이 흔히 있다. 피부에 문신을 하는 것은 흉악한 습관이라 하지만, 유행이란 것과 비교해 볼 때는 꼭 그렇다고 할 수는 없다. 문신한 것이 피부에 박혀져서 일생 동안 지워지지 않는다는 이유만으로 그 습성을 야만적이라고 할 수는 없는 게 아닐까.

나는 우리의 공장 조직이 옷감을 구할 수 있는 최상의 조직이라고는 믿을 수 없다. 직공들의 사정은 날마다 영국의 직공들을 닮아가고 있다. 그것은 별로 이상한 것이 아니다. 왜냐하면 내가 듣고 본 바에 의하면 주목적은 인류가 옷을 잘 입고, 그리고 올바르게 입을 수 있도록 하려는 것이 아니라 의심할 여지도 없이 회사가 돈을 벌도록 하자는 것이기 때문이다. 결국 인간은 목적하는 바에 도달할 따름이다. 그러니까 비록 당장은 실패하더라도 어떤 드높은 목적을 가지고 살아가는 것이 좋지 않겠는가.

주택에 관해서 말하자면, 비록 인간이 주택 없이도 이 나라보다 더 추운 지방에서 오랫동안 살았다는 실례가 있긴 하지만, 오늘날 주택이 생활 필수품이라는 사실은 부인하지 않는다. 새무얼 래잉은, "라프랜드인(人)은 가죽옷과 가죽자루를 머리와 어깨까지 쓰고 밤마다 눈 위에서 잠을 자는데, 그 추위란 어떤 털옷을 입어도 얼어죽을 정도였다."고 말했다. 래잉은 그들이 그렇게 잠자는 것을 직접 목격했던 것이다. 그러나 그는 덧붙여 말하기를 "그렇다고 그들은 다른 종족보다 더 강한 것도 아니다."라고 했다. 인간은 주택의 위안—이 말은 원래는 가족적 만족이라기보다도 가옥의 만족을 의미했을 것이지만—즉 인간은 지상에서 산 지 얼마 안 되어서 주택이라는 것이 갖는 편의를 발견했을 것이다.
하지만 가옥을 생각하면 주로 추운 겨울이나 우기(雨期)를 연상하게 하고, 1년 중 3분의 2를 파라솔 하나만으로도 살 수 있는 열대지방에서는 주택의 만족은 극히 부분적이며 임시적인 것일 것이다. 역시 앞에서 말한 사정에는 다름이 없겠다. 이곳 뉴잉글랜드 지방의 기후에서는 여름철의 주택은 옛날의 순전히 밤의 덮개에 지나지 않았을 것이다. 인디언의 화보(畵報)를 보면 그들의 오두막집은 그날그날의 이동의 상징이었다. 나무껍질에 새겨졌거나 그려진 일련의 오두막집들은 그들이 야영 생활을 몇 번이나 했는가에 대한 표시인 것이다.

인간이란 기골이 장대하고 강인하게 만들어져 있지 않아서 자기에게 알맞은 공간에다 담을 쌓게 마련이다. 인간은 원래 알몸으로 야외에서 살았다. 그런 생활은 맑고 따뜻한 날씨의 대낮에는 어지간히 쾌적했을 것이다. 그러나 만일 인간이 서둘러서 몸을 담을 집을 마련하지 않았더라면, 인류는 아마 뜨거운 햇볕은 말할 것도 없고, 우기나 엄동(嚴冬)으로 초창기에 멸망했을 것이다. 성서에 따르면 아담과 이브는 다른 옷보다도 먼저 나뭇잎을 걸쳤다고 한다. 인간은 맨처음에 육체를, 즉 따뜻한 장소 혹은 안락의 장소를 구했으며, 그 다음엔 사랑의 따뜻함을 구했다.

우리는 인류의 초창기에 어느 진취적인 사람이 바위굴로 기어 들어가 그곳을 집으로 삼았으리라는 것을 상상할 수 있다. 모든 아이들은 어느 정도까지는 세상을 처음부터 다시 살아보게 되는 것이어서 비오는 날이건 추운 날이건 바깥에 나가 놀기를 좋아한다. 그들은 그러한 본능을 갖고 있기 때문에 집놀이·말놀이 등을 하고 논다. 어렸을 때 바위동굴이나 동굴의 입구를 보고 흥미를 느끼지 않았던 사람이 있을까? 그것은 우리들의 가장 원시적인 조상의 일부가 아직도 우리들 속에 살아남아 있는 데 대한 자연적인 동경이라 할 것이다.

인류는 그 동굴로부터 한걸음 발전하여 종려나뭇잎, 나뭇가지와 껍질, 헝겊을 짜서 펼친 아마포(亞麻布), 풀로 이은 지붕, 짚·판자 등으로 지붕을 만들어서 사용했으며 돌과 기와로 된 지붕도 갖게 되었다. 마침내 우리는 실외(室外) 생활이 무엇인가를 모르게 되었고, 따라서 인류의 많은 생활은 생각하지 못할 만큼 여러 의미에서 가정적이 되었다. 이제 들[野]은 난로에서 아마득히 멀어졌다.

만약 우리가 우리와 천체(天體) 사이에 아무런 방해물을 두지 않고 산다면 얼마나 좋을 것인가. 그리고 만일 시인들이 지붕 밑에서 그다지 떠들어대지 않고, 혹은 성인들이 그토록 지붕 밑에서 은거하지 않았다면 얼마나 좋을 것인가. 새는 동굴 속에서 노래하지 않으며, 비둘기 역시 그들의 집에서는 그들의 순결성을 간직하지 않는다.

그러나 주택을 건설할 계획을 한다면 그 사람은 마치 미국인 특유의 재치를 다소나마 발휘해서, 결국 자기 집이 공장이나 갈피를 잡지 못할 미궁(迷宮), 혹은 박물관, 자선원(慈善院)이나·감옥 혹은 영묘(靈廟)가 되지 않도록 조심해야 한다. 우선 집으로서의 기본 요건만을 갖춘 간소한 집은 어떤 것인가를 생각해 보라.

나도 이 마을 근처에서 페납스카트 족 인디언들이 얇은

무명천막을 치고 살고 있는 광경을 보았는데, 눈이 그들 주위에 한 척 가량이나 쌓여 있었다. 그때 나는 바람을 막기 위해 눈이 더 많이 쌓였으면 하고 바랐었다. 예전에 나는 일을 자유롭게 추구하면서도 어떻게 하는 것이 정직하게 사는 것일까 하는 문제로 지금보다 더 고민하고 있을 때(지금은 불행히도 다소 냉담해져 버렸지만) 철로가에 있는 큰 상자를 자주 바라보곤 했었다. 그 상자는 길이 6피트에 넓이는 3피트 정도 되었는데, 철도 인부들이 밤에 연장을 간수하는 곳이었다.

나는 그것을 보고, 아주 형편이 어려운 사람이라면 한 1달러쯤 주고 그러한 상자를 하나 사서 거기에 송곳으로 몇 개 구멍을 뚫어 적어도 공기를 통하게 하고, 비가 올 때나 밤에는 그 속으로 들어가 뚜껑을 내리면 영혼 깊숙이 자유를 얻게 될 것이 아닌가 하는 생각이 떠올랐다. 이것은 최악의 경우도 아닐 뿐더러 절대로 경시할 만한 것도 아닌 것 같이 보였다. 그런 데서 살면 마음대로 밤늦게까지 깨어 있어도 될 것이고, 아침에 일어나서도 집세 때문에 집주인이 으르렁거리는 일은 당하지 않을 것이다. 또, 언제든지 나가고 싶을 때는 나갈 수 있다. 사람들은 그런 상자 속에서는 얼어죽지 않을 텐데, 좀더 넓고 호화로운 상자를 빌려서 살며 그 대금을 치르느라고 죽을 고생을 하고 있다.

나는 절대로 농담을 하고 있는 것이 아니다. 한때 이곳에는 주로 야외생활만을 하던, 미개했으나 강인한 인디언들은 대개 자연 속에서 쉽게 마련되는 재료만으로 집을 지어 살았다. 매사추세츠 식민지의 인디언 문제 담당관이었던 구우킨은 1674년에 쓴 글에서 다음과 같이 말하고 있다.

"그들의 가장 훌륭한 집들은 나무껍질로 아주 빈틈없이 따스하게 덮여 있다. 그 나무껍질은 나무에 물이 오르는 계절에 나무줄기에서 벗겨내어, 푸른 기가 가시기 전에 그 위에 묵직한 통나무로 짓눌러 얇은 조각으로 만든 것이다. 비교적 간소한 집들은 일종의 왕골로 만든 돗자리로 덮었고, 이 역시 빈틈없고 따스하나 전자(前者)만큼은 훌륭하지 못하였다. 내가 본 것 중에는 길이가 60피트 내지 백 피트에 폭이 30피트였다…….

나도 그런 오두막집에서 숙박한 적이 있었는데 영국의 일류 주택 못지않게 따뜻했다."

그는 덧붙여 말하기를, 이런 오두막집에도 대개 바닥에는 양탄자가 깔려 있고, 내부의 가장자리에는 솜씨 있게 짠 데다 수를 놓은 돗자리가 깔려 있었으며 여러 가지 가구가 비치되어 있다고 한다. 이들 인디언들은 상당히 개화되어 있어서, 지붕에 구멍을 뚫어 돗자리로 공기를 조절했으며, 그 돗자리에 줄을 달아 열고 닫고 하였다. 이러한 주택은 첫째, 기껏해야 하루 이틀 사이에 지을 수 있고 불과 몇 시간이면 뜯어 치울 수 있었다. 그리고 인디언들은 가족마다 그런 오두막집 하나를 갖고 있거나, 그렇지 않으면 그런 집에 방 한 칸을 갖고 있었다.

　미개상태에서도 각 가정은 제일 좋은 집을 갖고 있는데, 그것은 그만큼 소박하고 단순한 그들의 욕망을 충족시키기에는 충분했다. 하늘을 나는 새는 둥지를 가지고 있고, 여우는 굴을 갖고 있고, 야만인들은 오두막집을 갖고 있었다. 그러나, 현대의 문명사회에서는 자기 집을 가지고 있는 가정은 반수도 못 된다고 해도 지나친 말은 아닐 것이다. 특히 문명이 판을 치고 있는 대도시에서는 자기 주택을 소유하고 있는 사람은 전 인구의 극소수밖에 안 된다는 것이다. 집 없는 나머지 사람들은 여름과 겨울철엔 불가피한 이 외의(外衣)라는 주택에 대하여 해마다 집세를 물고 있는데 아마 그 집세만 가지고도 인디언의 오두막집을 살 수 있었을 것이다. 그리고 그 집세 때문에 죽는 날까지 가난을 면치 못하고 있다.

　나는 여기서 집을 소유하는 것보다 빌려서 사는 것의 단점을 역설하려는 건 아니다. 그러나 미개인들은 비용이 적게 들기 때문에 자기 집을 마련할 수 있는 데 비해 문명인은 자기 주택을 마련할 만한 자력(資力)이 없기 때문에 셋집을 얻는다는 것만은 명백한 사실이다. 아니 문명인은 결국 셋집을 얻을 자력조차 없는 것이다. 그러나 가난한 문명인일지라도 단지 집세를 냄으로써 인디언의 오두막집에 비하여 대궐 같은 주택을 사는 것이 아니냐고 반박하는 사람도 있을 것이다. 전국적인 시세인 연 25달러에서 백 달러의 집세만 내면 수세기에 걸쳐 개량되어 온 넓은 방, 칠을 하고 종이를 바른 깨끗한 벽, 럼포드식 벽난로, 석고 세공을 한 뒷벽, 베니스식 덮개, 구리 펌프, 스프링이 달린 자물쇠, 편리한 지하실, 이밖에도 여러가지 편의를 누릴 수 있다.

그러나 그러한 것을 갖지 못한 미개인들은 미개인으로서 살 만큼 사는데, 그와 같은 것을 누리고 있다는 문명인들은 어째서 대개 가난한 사람들일까? 만일 문명이란 것이 인간의 진보에 있어 참다운 발전이라고 주장한다면―비록 현명한 사람들만이 자기들의 복리를 증진시키긴 하지만―그 문명은 비용을 더 들이지 않고도 보다 훌륭한 주택을 마련하였다는 것이 증명되어야 할 것이다. 그런데 내가 말하는 비용이라는 것은 당장에 혹은 결국에 있어 그 비용하고 바꿔어야 할 생명의 양(量)을 말하는 것이다. 이 근처의 보통 가옥은 약 8백 달러 정도 하는데, 그만한 돈을 모으려면 노동자가 가족을 부양하지 않고도 10년 내지 15년은 걸려야 할 것이다. 이 계산은 노동자의 하루 수입에도 많고 적은 차이가 있지만 평균 1달러로 쳐서 계산한 것이다.

그러므로 노동자가 자기 집을 마련하려면 대개 반생(半生) 이상을 바쳐야 할 것이다. 만일 노동자가 집을 장만하는 대신 집세를 내고 있다고 해도 상황은 나아질 것이 없다. 토인들이 그런 조건으로 그들의 막사를 대궐과 바꾸고자 했다면 그것은 현명한 일인가? 그것이 개인에 관하는 한, 이 쓸데 없는 재산을 미래에 대비한 적금으로 가지고 있는 데서 얻을 수 있는 이득이란, 주로 자기가 죽은 다음에 장례 비용을 치르는 이득밖에 없다.

그러나 인간은 자기 장례식을 자기가 치를 필요는 없다. 그렇지만 이것은 문명인과 야만인과의 중요한 차이점이 된다. 그리고 사회가 문명인의 생활을 하나의 유기적(有機的) 조직체로 만들어 종족의 생명을 보존하고 완성하기 위해서 개개인의 생활을 그 안에 크게 흡수되도록 한 데에는 물론 우리의 이익을 위한 기도가 깃들여 있다. 그러나 나도 그 이익이 지금 어떠한 희생에서 얻어지고 있는가를 밝히고자 하는 동시에 손해를 전혀 입지 않고 이익만을 얻을 수 있는 생활방식이 있다는 사실을 말하고자 한다. 그럼 다음과 같은 말은 무엇을 의미하는 것일까?

'가난한 자는 늘 그대와 함께 있도다' 혹은 '아버지가 신 포도를 먹었으므로 아들의 이가 시다고 함은 도대체 무엇을 의미하는 것인가?'

'주께서 말씀하길, 내가 나의 삶을 두고 맹세하노니 너희가 이스라엘 가운데서 다시는 이 속담을 쓰지 못하게 되리라.'

'모든 영혼이 다 내게 속한지라 아비의 영혼이 내게 속함 같이 아들의 영혼도 내게 속하였나니 범죄하는 그 영혼이 죽으리라.'

나도 나의 이웃 사람들, 적어도 다른 계급의 사람들만큼 잘 살고 있는 콩코드의 농민들을 생각할 때 그들 대부분이 20년, 30년, 아니 40년을 일해 왔다는 것을 알게 된다. 그

들이 그런 수고를 한 것은 저당이 잡힌 채 상속받은 전답이
나 혹은 빚을 내어 구입한 전답의 사실상의 주인이 되어 보
려고 한 것인데, 그들 노력의 3분의 1은 집값에 충당되었
을 것이고 전답에 대한 빚은 아직 갚지 못하고 있는 형편이
다. 실상 채무가 전답 가격을 넘는 경우가 종종 있으므로
전답 자체가 크나큰 골칫덩어리가 되고 있다. 그런데도 당
사자는 그런 실정을 잘 알면서도 전답을 상속받는다. 재산
평가인(財産評價人)에게 물어 본즉, 우리 마을에서 채무 없
이 전답을 소유하고 있는 농민은 10명도 못 된다는 말을
듣고 놀라지 않을 수 없었다.

혹 여러분들이 이들 전답의 내력을 알고 싶다면 그 전답
이 저당되어 있는 은행에 가서 물어 보라. 실제로 자기 노
동으로 채무를 갚은 농민은 매우 드물기 때문에 모든 이웃
사람들은 그 농민의 이름을 댈 수 있을 정도다. 그런데 콩
코드에 그런 농민이 단 세 사람이라도 있다고는 생각지 않
는다. 상인들의 경우에도 백 명 중 97명이라는 대다수는
영락없이 실패한다고 말하고 있는데, 이것은 농민의 경우에
도 마찬가지다. 그러나 상인들에 관해서 실패자 중의 한 사
람의 말에 의하면, 그들 실패의 대부분은 순전히 금전상의
실패가 아니라 사정이 여의치 않아서 계약을 이행하지 못
한 것에 지나지 않는다는 것이다. 즉, 땅에 떨어진 것은 도
의적(道義的)인 인격인 것이다.

그러나 실패의 성질이 그런 것이라면 실제로 흉악한 실

패가 될 것이며, 더구나 아마 성공한 그 세 사람마저도 영혼을 구하지 못할 뿐 아니라, 정직하게 실패한 사람들보다 더욱 나쁜 의미에서 파산한 것임을 암시한다. 파산이니 지불 불능은 발판이며 이 발판에서 우리의 문명은 뛰며 재주를 넘는다. 그러나 야만인은 기아(飢餓)라는 탄력성 없는 널판을 딛고 서 있다. 그래도 마치 농업제도의 모든 조직이 순조롭게 움직이고 있는 것처럼 미들섹스 군의 가축 전시회도 매년 성대히 개최되고 있다.

농민은 생계 문제를 문제 그 자체보다 더 복잡한 공식으로써 해결하려고 애쓰고 있다. 농민은 신발끈을 사려고 많은 수의 가축을 투기하듯 사들인다. 즉, 농민은 안락과 자립을 손에 넣기 위해 더할 나위 없는 솜씨를 부려 머리칼로 덫을 놓았는데 그 덫에 걸려든건 자기 자신의 발이었다. 이것이 농민이 가난하다는 이유이다. 비슷한 이유에서 우리들은 사치품에 둘러싸여 있으면서도 여러 가지 원시적인 즐거움의 면에서는 모두 다 가난하기 짝이 없다. 채프맨[10]의 노래와도 같이,

허위의 인간사회여,
세속의 명성을 찾기에
하늘의 안락은 모두 공중에 흩어진다.

그리고 농민이 자기 집을 마련하게 되었을 때도 그는 아마 그 집 때문에 더 부자가 되는 것이 아니고 더 가난하게

될지도 모르며, 그가 집을 소유하는 것이 아니라 집이 그를 소유하는 격이 될 것이다. 미네르바 여신이 집을 지었을 때 '이동할 수 있는 집을 지어 나쁜 이웃을 피할 수 있도록 하지 않았다'고 비난의 신인 모무스가 미네르바 여신을 문책했다고 했는데, 나도 그것이 타당한 힐난이라고 생각한다. 더욱이 우리의 집은 다루기 어려운 재산이어서 우리가 그 집에 살고 있다기보다 차라리 그 집에 감금당하고 있는 수가 허다하며, 우리가 피해야 할 이웃이란 바로 우리 자신의 야비한 몸이기 때문이고 보면 그런 힐난은 더욱더 타당하다고 하겠다. 내가 알고 있는 이 고을의 한두 가정은 거의 한평생을 두고 교외에 있는 집을 팔고 시내로 들어오려고 했으나 그 뜻을 이루지 못했으니, 죽어서나 자유의 몸이 될는지.

대다수의 사람들이 결국 온갖 편의가 다 구비된 근대식 주택을 소유하거나 빌릴 능력이 있다고 가정하자. 문명은 이처럼 우리의 주택을 개선해 왔으나, 그 안에 사는 사람을 똑같이 개선시키지는 못했다. 문명은 궁전을 창건했으나 귀인이나 왕후를 창조하기란 그리 쉬운 일이 아니었다. 그런데 만일 문명인의 목적이 미개인의 목적보다 훌륭한 것이 아니라면, 그리고 문명인이 단지 필수품과 위안을 얻는 데 생의 대부분을 소비하고 있다면, 어째서 문명인이 미개인보다 더 훌륭한 주택을 가져야 한단 말인가?

그러면 가난한 소수자들은 어떻게 살아가고 있는가? 그

들 중에는 외관상 미개인보다 나은 사람들이 있는 데 비례해서, 미개인보다 더 못한 생활을 하고 있다는 것을 알게 될 것이다. 한 계급의 사치스런 생활은 다른 계급의 비천한 생활로 균형이 취해지고 있다. 한편에는 대궐이 있는가 하면 다른 한편에는 자선원과 '말 없는 가난뱅이들'이 있다. 이집트 왕의 능(陵)인 피라밋을 지은 수백만의 사람들은 마늘을 먹으며 하루하루를 겨우 연명해 갔으며, 죽은 후에도 제대로 격식도 갖추지 못하고 묻혔을 것이다. 궁성의 코니스(벽기둥 꼭대기에 두른 쇠시리 수평 돌출부)를 완성하는 석공들은 아마 밤이면 인디언의 오두막집보다 못한 오두막집으로 돌아갔으리라.

문명의 여러 증거가 존재하고 있는 나라에서는 대다수 주민들의 사정이 미개인의 그것만큼 타락하고 있지 않을 거라고 상상하는 것은 잘못이다. 나는 타락한 부자층을 말하는 것이 아니라 타락한 영세민을 두고 하는 말이다. 이런 사정을 알기 위해 나는 멀리 바라볼 필요도 없이 이른바 문명의 발전상인 철도 연변에 늘어선 판잣집을 바라보기만 하면 되었다.

매일의 산책길에서 나는 돼지우리 같은 곳에서 사는 인간들이 겨우내 장작개비 하나 땔 수 없는 상황에서 햇볕을 얻기 위해 문을 활짝 열어놓고 지내는 것을 보았다. 그리고 남녀노소 할 것 없이 그들은 추위와 가난으로 늘 움츠리는 버릇이 있어 몸이 영원히 오므라들어 사지와 지능의 발달이 저해되고 있다. 그 사람들의 노동으로 이 세대를 현저하게 하는 문명사업이 이룩되었으니만큼 그 계급을 주시하는 것은 당연한 일일 것이다.

이러한 사정은 다소의 정도 차이는 있으나 세계의 공장이라는 영국의 각종 노동자들이 처해 있는 실태이기도 하다. 또한 개화된 백인 지역의 하나로서 지도에 표시되어 있는 네덜란드의 예를 들 수도 있다. 네덜란드인의 신체조건을 문명인과 접촉하여 타파되기 이전의 북아케리카 인디언이나 남태평양의 원주민, 혹은 다른 야만민족의 그것과 비교해 보라. 나는 아일랜드의 통치자들이 여느 문명국의 지배자에 비해 어리석다고는 의심하지 않는다. 아일랜드 노동자들의 실정은 비참할 정도의 가난이 문명과 양립할 수 있다는 것을 증명하고 있을 뿐이다.

나는 이 나라의 주요한 수출품을 생산하고 있으며 그들 자신, 남부의 주요 산물이 되고 있는 미국 남부의 흑인 노예를 언급할 필요는 없으리라고 본다. 나는 이른바 보통 정도라고 보여지고 있는 사람들에 한해서 말해 보려고 한다.

대부분의 사람들은 주택이 무엇인지 한번도 생각해 보지 않았던 것 같으며, 이웃 사람들이 모두 집을 가졌으니 나도 가져야겠다고 생각하기 때문에 그럴 필요가 없는데도 실제로는 일생을 가난하게 보내고 있다. 그것은 마치 재단사가 만들어 준 의복이면 그것이 어떤 것이든 주워 입는 것과 같다. 다시 말하자면 종려나무 잎이나 들쥐 가죽으로 만든 모자를 점차로 벗어던지고, 왕관을 살 여유가 없다고 하여 자기의 생활고를 한탄하는 것과 같은 것이 아니겠는가?

우리는 우리가 가지고 있는 집보다 훨씬 더 편리하고 호화스러운 집을 고안해 낼 수도 있다. 비록 그런 집을 살 능력이 없다고 해도 말이다. 우리는 언제까지나 더 많은 것을 얻으려고만 할 것이다. 우리가 가진 것만으로도 만족하는 법을 배워야 하지 않을 것인가? 존경할 만한 시민이 젊은 사람들에게, 그가 죽기 전에 몇 켤레 여분의 번쩍이는 신발과 양산과, 오지도 않는 손님을 위한 응접실 등을 장만해야 한다고 교훈과 선례(先例)를 쳐들며 엄숙하게 가르쳐야 한단 말인가? 왜 우리들의 가구는 아랍인이나 인디언들의 가구들처럼 소박해서는 안 된단 말인가?

소위 하느님의 사자(使者)이며 인류에게 신의 선물을 전해 주는 자로서 신격화(神格化)된 인류의 은인들을 생각해 볼 때, 그들 뒤를 좇는 어떠한 추종자도, 유행식 가구를 실은 어떠한 수레도 내 마음속에 떠오르지 않는다. 아니 우리들은 아랍인보다 지적으로나 도덕적으로 우수하니 따라서 가구도 그만큼 더 복잡한 것을 가져야 할 것이라고 내가 인정한다면 어떻게 되겠는가? 하기야 이것은 기묘한 가정이긴 하지만. 현재 우리의 집에는 그러한 가구가 잔뜩 흩어져 있다. 현명한 주부라면 그 가구의 대부분을 쓰레기통에 쓸어넣어 버림으로써 아침의 일을 끝마칠 것이다. 아침의 일이라고! 오로라의 붉은 얼굴과 그의 아들인 멤논[11]과 더불어 이 세상에서 인간이 아침에 해야 할 일이 무엇이겠는가?

내 책상 위에는 석회석 조각이 세 개 놓여 있었는데 이 것을 아침마다 먼지를 털어 주어야 한다는 것을 알고 나는 무척 놀랐다. 내 마음속의 가구에는 먼지가 조금도 끼지 않고 깨끗했으니 말이다. 그래서 나는 싫증이 나서 그것들을 창 밖으로 내동댕이쳐 버리고 말았다. 그렇다면 내가 어떻게 가구가 있는 집을 가질 수 있겠는가? 차라리 나는 야외에 나가 앉아 있고 싶다. 야외란 인간이 땅을 파헤치지 않는 한, 풀잎에 먼지 하나 앉지 않을 테니 말이다.

뭇사람들이 그토록 열심히 좇는 그런 유행을 시작한 사람은 사치스럽고도 방탕한 인간이다. 가장 좋은 여관에 투숙하는 여행자는 곧 그 사실을 발견할 것이다. 왜냐하면 여관 주인들은 여행자를 사르다나팔루스 왕[12]과 같은 분으로 모시는데, 만일 그들의 농락에 넘어가면 그는 곧 완전히 유약한 인간이 되고 말기 때문이다.

내 생각엔 기차는 안전과 편리를 도모한다기보다 사치에 더 힘쓰고 있는 것 같다. 안전과 편의는 도모하지 않고 터키식의 긴의자, 오토만식 소파, 차양, 우리가 동양에서 가져온 양식의 물건들을 비치한 현대식 응접실에서 서투른 흉내를 내고 있다.

그런데 그 동양식 물건들은 하렘의 여자들이나 중국의 문약(文弱)한 본토박이들을 위해서 발명된 것이니, 우리 미국인들은 그런 이름을 아는 것만으로도 낯을 붉혀야 할 것이다. 나는 벨벳 방석에서 앉아 있으니 차라리 호박 위에 앉아서 내 자신을 즐기겠다. 나는 멋진 유람차를 타고 유독한 공기를 마시며 천국에 가느니보다 차라리 신선한 공기를 마음껏 마실 수 있는 우차(牛車)를 타고 지상을 여행하겠다.

원시시대의 소박하고도 적나라한 인간생활은 적어도 그 소박성으로 말미암아, 인간은 언제나 자연 속에 살도록 방치했다는 이점이 있다. 원시인은 음식과 수선으로 원기를 회복하면 다시 하루의 여행을 생각했다. 원시인은 이 세상을 천막삼아 기거했으며, 계곡과 평원을 건너며 더러는 마루 위에 오르기도 했다.

그런데 가련하게도 이제 인간은 자기가 쓰는 도구(道具)의 도구가 되어 버렸다. 배가 고플 땐 마음대로 과일을 따 먹었던 인간이 이제는 농부가 되었고, 피난처를 구해 나무 밑에 들어간 인간은 가옥의 소유자가 되었다. 우리는 이미 밤을 야영으로 보내던 생활을 청산했다. 지상에 정주하고 보니 하늘을 잊어버렸다. 우리는 기독교의 교의를 단지 개선된 지상계몽법(地上啓蒙法)으로만 받아들였다.

가장 훌륭한 예술작품이란 인간이 그러한 상태에서 자유롭게 되려는 인간의 투쟁을 표현한 것인데, 우리 예술의 효과는 현재의 비굴한 사태를 안락하게 마련하여 세계의 고상한 상태를 잊게 할 따름이다. 우리의 생활, 우리의 주택 및 가로(街路)는 예술의 토대를 마련하고 있지 않으므로 이 세상에 예술작품이 혹 우리에게 전해진 것이 있다 하더라도 그것을 세워 둘 만한 자리가 없는 것이다. 그림 한 폭 걸어 놓을 못도 없으며, 영웅·성인의 흉상을 얹어 놓을 선반도 없다.

우리의 주택은 어떻게 지어지며 그 주택에 대한 비용은 어떻게 치러지는 것인가, 혹은 치러지지 않는 것인가. 그리고 주택의 내부, 경제의 관리 및 유지는 어떻게 이루어지고 있는가 등의 문제를 생각할 때, 방문객이 벽난로 위에 놓인 값싼 장식물을 감상하고 있는 동안 마룻바닥이 꺼져서 그 방문객을 지하실로 떨어지게 하여 탄탄하고도 정직한 흙바닥 위에 눕게 할 사건이 발생하지 않는 것이 이상할 따름이다.

내가 인정하지 않을 수 없는 것은 이른바 부유하고 세련된 생활이란 껑충 뛰어서 쟁취한 것이라는 점이다. 그리하여 나의 관심은 전적으로 뛰는 것에 사로잡혀 있기 때문에 생활의 장식물인 미술품을 차근차근 감상할 수가 없다. 왜냐하면 인간이 육체만으로의 최고 도약(跳躍)의 기록은 어느 방랑하는 아랍인이 세운 것이라고 하는데, 지상에서 25피트나 뛰었다는 것을 기억하고 있기 때문이다. 인위적인 지지가 없는 한, 인간은 그 이상의 거리면 다시 지상에 떨어지는 법이다. 그런 괴상한 힘을 지닌 소유자에게 내가 묻고 싶은 것은 첫째, 누가 당신을 받들어 주는가, 당신은 실패한 97명 중의 한 사람인가? 아니면 성공한 세 사람 중의 한 사람인가 하는 것이다.

이 질문에 대답해 보라. 그러면 나는 당신의 값싼 물건들을 쳐다보고 그것들이 장식물임을 알아보기로 하겠다. 말〔馬〕 앞에 달린 본말전도(本末顚倒)는 아름답지도 않으며 이롭지도 않다. 우리는 먼저 울타리는 집어치우고 우리의 생활을 적나라하게 하고 아름다운 가정과 아름다운 생계로 토대를 이루어야 한다. 그런 다음이 아니면 우리는 주택을 아름다운 물건으로 장식할 수가 없다. 그러므로 아름다움에 대한 취미는 가옥도 가정도 없는 야외에서 가장 잘 계발되는 것이다.

존스 옹은 그의 저서인 《기적을 일으키는 섭리(攝理)》라는 책에서 자기와 같은 시대에 이 도시에 최초로 정착한 사람들에 관하여 이렇게 말하고 있다. '그들은 최초의 집으로서 언덕에 땅을 파서 위에 목재를 걸쳐 흙을 덮고 가장 높은 곳에서 불을 피운다.' 그는 말을 계속한다. 그들은 '하느님의 축복으로 땅에서 곡식이 생산되기 전에는 집을 짓지 않았다'는 것이며, 첫해의 수확이 매우 적었으므로 '그들은 빵을 조금씩 절약하여 긴 계절에 대비하지 않을 수 없었다.' 뉴네덜란드의 지방장관은 1650년 이 지방에 토지를 구하려는 사람들에게 참고가 되도록 1650년에 네덜란드어(語)로 더욱 구체적으로 밝히고 있다. 특히 뉴잉글랜드 지방의 농민들과 자기 뜻대로 농사를 지을 만한 자력이 없는 뉴네덜란드 지방 사람들은 그들이 적당하다고 보는 넓이와 길이의 토굴을 지하실처럼 6, 7피트 깊이로 파고, 나무로 사방을 가리며, 흙이 떨어지지 않도록 나무껍질이나 다른 것을 그 위에 댄다. 바닥에는 널판때기를 깔며 천장에는 판자를 대고 지붕에는 통나무를 걸쳐 나무껍질이나 떼를 덮는다.

그리하여 그들 전가족은 2년, 3년, 혹은 4년을 습기 없고 따뜻한 집에서 살 수 있다. 그리고 이런 토굴은 가족수에 따라 칸이 막혀져 있다는 것이다. 식민지 초기의 뉴잉글랜드의 부유한 저명인사들은 두 가지 이유에서 처음엔 그와 같은 토굴집을 지었다고 하는데, 첫째 이유는 집을 짓는데 시간을 들이지 않고 다음 추수때까지 식량이 떨어지지 않게 하기 위해서라는 것이며, 둘째 이유는 고국에서 데려온 수많은 불쌍한 노동자들에게 위화감은 주지 않기 위해서였다. 3,4년이 경과하는 사이에 그 지방이 농업에 적합하게 되었을 때 그들은 비로소 많은 비용을 들여 훌륭한 집을 지었다.

우리 조상들이 취한 이와 같은 방법에서, 나는 그들이 먼저 가장 긴급한 욕구를 충족시키는 게 급선무라는 것을 알고 있는 신중함을 느낀다. 그러나 이보다 더 절실한 욕구가 오늘날은 충족되어 있는가? 내 자신이 호화로운 주택을 한 채 가져보자고 생각해도 마음이 내키지 않는데, 그 까닭을 말하자면 우리 나라가 아직 인간 계발에 적당치 않으며 우리는 우리 조상들이 그들의 빵을 얇게 잘랐던 것보다 더 얇게 우리의 정신적 빵을 잘라야 하기 때문이다. 그렇다고 아무리 미개시대라 할지라도 건축사의 모든 상식을 무시해도 좋다는 것은 아니다. 우리의 생활과 접촉하는 곳은, 마치 조개껍질의 내부와도 같이 아름답게 장식하되, 집의 겉치레만을 하지 말자는 것이다. 그러나 가엾게도 나는 한두 집의 내부를 본 적이 있어 그 내부의 실정을 알고 있다.

비록 우리의 체질이 아무리 퇴화했다 한들 동굴이나 오두막집에 살 수 없는 것도 아니고 또 수피(獸皮)를 입을 수 없는 것도 아니다. 그러나 인류의 발명과 노력이 제공하는 편의를—비록 값비싸게 샀을망정—받아들이는 편이 분명 나을 것이다. 우리 마을 같은 곳에서는 판자나 잔돌·석회·벽돌 등을 구하는 것이 살기에는 알맞는 동굴이나, 흠없는 통나무, 풍부한 양의 나무껍질, 잘 이겨 놓은 점토, 혹은 평석(平石) 등을 구하는 것보다 쉽고 값도 싸다. 나는 내 자신이 이론적으로나 실제적으로나 이 문제를 잘 알고 있기 때문에 자신 있게 말한다. 우리가 머리를 조금만 더 써서 이런 자재들을 잘 이용하면, 부자들보다도 더 부유하게 살 수 있고 또 인류의 문명을 더 축복되게 할 수도 있을 것이다. 문명인이란 좀더 경험을 쌓고 현명해진 야만인들일 뿐이기 때문이다. 그러면 내 자신의 경험한 바를 말하기로 하겠다.

1845년 3월 말경 나는 도끼 한 자루를 빌려 월든 호반의, 내가 집을 지으려고 한 숲 가까이로 들어가 높이 우거진 어린 백송(白松)들을 재목으로 쓰려고 자르기 시작했다. 아무 물건도 빌리지 않고 일을 시작하기란 어려운 일이었으나, 그렇게 함으로써 이웃들로 하여금 자기가 하는 일에 관심을 갖도록 하는 것은 아마 가장 친절한 처사일 것이다. 도끼의 주인은 내게 도끼를 빌려 주면서 그것은 자기 눈동자와 같이 아끼는 것이라고 말했다. 그러나 나는 그것을 빌렸을 때보다 더 잘 들게 해서 돌려 주었다.

내가 일했던 곳은 소나무가 우거진 기분좋은 언덕바지였는데, 그 숲 사이로 호수와 어린 소나무들과 호두나무들이 자라고 있는 숲속의 조그마한 빈 터를 바라볼 수 있었다. 호수의 얼음은 아직 다 녹지 않았고, 군데군데 얼음이 녹은 자리가 있었으며 얼음은 온통 거무스레한 빛깔을 하고 물기에 젖어 있었다. 내가 그곳에서 일하고 있는 낮 동안에도 때때로 눈발이 날리기도 했다. 그러나 집으로 돌아가는 도중 철로가로 나왔을 때는 대개 선로(線路)의 누런 모랫더미는 어렴풋한 공기 속에 멀리 뻗쳐 번쩍이고 있었으며, 선로는 봄의 햇볕에 빛나고 있었다. 종달새·울새 그 밖의 여러 새들은 우리와 함께 새해를 시작하려고 벌써들 와서 노래를 하고 있었다. 그 나날은 기분좋은 봄철이어서 겨울 동안에 인간의 불만은 대지와 더불어 녹아가고 있었고, 동면하고 있었던 생명들도 기지개를 펴기 시작했다.

어느 날 도끼자루가 빠졌기에, 나는 쐐기를 박으려고 푸른 호두나무를 잘라 돌멩이로 못질을 했다. 그리고는 자루가 다시 빠지지 않도록 나뭇자루를 물에 불리려고 도끼 전체를 호수의 얼음 구멍에 담그다가 한 마리의 얼룩뱀이 도망가는 것을 보았다. 그러나 그 뱀은 내가 그곳에 머물고 있는 동안, 그러니까 15분 이상을 아무 불편도 느끼지 않고 호수바닥에 누워 있는 것이었다. 아마 그 뱀은 동면 상태에서 아직 완전히 깨어나지 않았던 것 같다. 그리고 나는 이와 비슷한 이유에서 인간 역시 현재의 비천하고도 원시적인 상태에 그냥 그대로 머물고 있는 것이 아닌가 하는 생각을 해보았다.

그러나 만약 봄의 참다운 힘이 그들을 깨우는 것을 느낀다면, 그들은 반드시 일어나 보다 더 고상하고 영묘한 생활을 지향할 것이다. 나는 이보다 앞서 서리가 하얗게 내린 아침 길에서 몇 차례 뱀을 본 일이 있는데, 그 뱀들은 아직도 몸이 굳어서 마비상태에 있었으며, 몸뚱이를 녹여 줄 햇볕을 기다리고 있었다. 4월 초하룻날에 비가 내리자 얼음이 녹았다. 그날 아침은 안개가 자욱이 끼었는데, 외톨이가 된 기러기 한 마리가 마치 절망한 것처럼, 아니 안개의 정령(精靈)과도 같이 우는 소리를 들었다.

그리하여 나는 며칠 동안 단 한 자루의 작은 도끼로 재목을 자르고 깎고 또한 기둥과 서까래를 다듬으면서 남에게 전할 만한 생각이나 혹은 학자다운 사색은 많이 하지도 않고 이렇게 혼자 노래를 불렀다.

사람들은 많이 안다고 떠들어대지만
보라! 그것들은 벌써 날아가 버렸다.
모든 예술과 과학이
그리고 무수한 발명품들이
산들 부는 바람
사람이 안다는 건 이것뿐이다.

나는 재목을 사방 6인치로 다듬었으며, 대들보는 대부분 양쪽만 깎았으며, 서까래와 널빤지는 한쪽만 깎고 나머지는 나무껍질 그대로 남겨 두었다. 그래서 이 재목들은 톱으로 썬 것처럼 고를 뿐 아니라 훨씬 더 튼튼하기도 했다. 그땐 다른 연장을 빌려 왔기 때문에 재목마다 그 통통한 밑쪽에 사개를 파서 조심스럽게 이었다. 나는 언제나 온종일을 숲속에서 일한 것은 아니었다. 그런데도 나는 버터를 바른 빵조각을 점심으로 가져와서 점심때가 되면 내가 베어낸 푸른 나무가지 사이에 앉아 점심을 싸왔던 신문을 읽었다. 내 손에는 송진이 붙어 있었기 때문에 내 빵에는 언제나 송진 냄새가 스며들어 있었다. 일을 다 끝내기도 전에 나는 몇 그루의 소나무를 잘라내고, 그 덕분에 더욱 소나무를 잘 알게 되어 나는 소나무의 원수라기보다는 그의 벗이 되었다. 가끔 가다 숲속을 거닐던 사람이 도끼소리에 끌려 들어와서는, 내가 잘라 놓은 나무토막에 앉아 유쾌하게 환담을 나누기도 했다.

나는 일을 서두르지 않고 공을 들여 했기 때문에 4월 중

순경이 되어서야 틀이 잡혀 세울 수 있게 되었다. 나는 피츠버그의 철도 노무자인 네덜란드인 제임스 콜린스의 판잣집을 판자로 사용하기 위해 이미 사놓았었다. 제임스 콜린스의 판잣집은 보기 드물게 좋은 판자로 만들어져 있었다. 내가 그 판잣집을 구경하려고 찾아갔을 때 주인은 부재중이었다. 그래서 나는 집 밖에서 왔다갔다했다. 그러나 창문이 길고 높이 달려 있어서 처음에는 내가 온 것이 안에서도 보이지 않았다. 그 판잣집은 퍽 작았었는데, 뾰족한 지붕이 덮여 있었고 그 주위엔 마치 토비(土肥)더미인 양 5피트가량 쓰레기가 둘러쌓여 있었기 때문에 지붕 밖의 다른 부분은 이렇다 할 만한 것이 눈에 띄지 않았다. 지붕은 비록 많은 부분이 햇볕에 말라 꽤 휘어져 있었고, 금시 부러질 것 같았지만, 그래도 가장 온전한 부분이었다. 문턱이란 전혀 없었으며 판자문 밑은 닭들이 무상 출입하는 통로로 되어 있었다.

콜린스 부인이 나와서 집 안을 구경하라고 했다. 내가 가까이 다가가니 닭들은 쫓기듯이 집 안으로 들어갔다. 내부는 컴컴하며 대부분 흙바닥이어서 축축하고 끈적끈적하여 학질에 걸릴 것 같았으며, 떼면 부서질 것 같은 판자가 여기저기 깔려 있었다. 안주인은 등불을 켜서 지붕과 벽의 내부를 보여 주었고 또한 마룻바닥이 침대 밑까지 깔려 있는 것을 보여 주면서, 깊이 2피트나 되는 일종의 쓰레기통인 지하실에는 발을 들여놓지 말라고 내게 주의를 주었다. 부인의 말에 의하면 '지붕과 벽의 판자, 그리고 유리창은 쓸 만한 물건'이며 그 유리창에는 원래 네모난 두 장의 유리가 달려 있었는데 요사이는 그 창문으로 고양이만이 왔다갔다 한다는 것이다. 이 집에 있는 물건은 난로 한 개, 침대 한 개, 의자 하나, 이 집에서 태어난 갓난아기, 비단 양산, 틀에 금도금을 한 거울, 어린 호두나무에 못을 박아 걸어둔 최신형의 커피 가는 기구 등이 전부였다.

그 동안에 주인이 돌아왔으므로 우리는 곧 매매계약을 했다. 그날 밤 안으로 내가 4달러 24센트를 지불하면, 집주인은 그 집을 누구에게도 파는 일 없이 다음 날 아침 5시까지 집을 비워 주기로 하고 나는 6시에 그 집을 소유하기로 하였다. 집주인은 나에게 아침에 좀 일찍 오는 것이 좋을 거라고 말했다. 땅값과 연료값에 대해 어떤 애매한, 그러나 전적으로 부당한 청구권을 주장하는 사람이 있어서 선수를 치는 것이 좋겠다는 이야기였다. 그 일만이 단 하나의 사고거리라고 내게 장담했다. 다음날 아침 6시에 나는 그의 가족을 길에서 만났다. 커다란 보따리 하나에다 그들의 전재산—침대·커피 가는 기계·거울·닭 등(그 고양이만을 제외하고. 그런데 그 고양이는 숲속으로 달아나 들고양이가 되었고, 나중에야 알았지만 그 고양이는 산쥐를 잡으려고 놓은 덫에 걸려서 마침내 죽는 신세가 되고 말았다)—을 담고 있었다.

나는 그날 아침으로 이 판잣집을 헐어서 못을 뽑아낸 뒤

조그마한 수레에 싣고 호숫가로 운반했다. 그러고는 햇볕에 쬐어 휘어진 판자들을 바로잡기 위해 그곳 풀 위에 펼쳐놓았다. 내가 수레를 끌고 숲속 길을 갈 때 개똥지빠귀가 벌써 일어나서 노래를 부르고 있었다. 그런데 패트릭이라는 어떤 꼬마가 자기 이웃의 실리라는 네덜란드인이 내가 수레를 끌고 가고 없는 사이에 아직 쓸 만한 못 몇 개와 꺾쇠니 대못 같은 것을 자기 주머니에 집어넣었다는 고자질을 했다. 그 남자는 그것들을 호주머니 속에 슬쩍 집어넣고는 내가 돌아오자 아무 일도 없었던 것처럼 서서 말을 걸며, 새삼스럽게 서운한 듯이 집 뜯은 자리를 바라보고 있었다. 그의 말에 의하면 일자리도 없고 해서 구경이나 하고 있다는 것이었다. 그자는 구경꾼을 대표하여 그곳에 온 셈인데, 그로 인해 이 보잘것없는 사건은 트로이의 신들을 옮기는 사건에 맞먹는 성황을 이루게 된 셈이다.

나는 남쪽을 향한 언덕에다 지하실을 팠는데, 그곳은 그 이전에 들쥐가 구멍을 파놓았던 곳이었다. 옻나무와 먹딸기 나무 등의 뿌리 밑을 헤치면서 나는 어떤 나무뿌리도 닿지 않고 아무리 추워도 고구마가 얼지 않을 정도로, 모래가 드러날 때까지 6피트 평방에 7피트 깊이로 팠다. 지하실 사면을 석축(石築)을 쌓지 않고 경사면 그대로 두었다. 그러나 햇볕이 비쳐들지 않았으므로 모래는 흘러내리지 않았다. 지하실을 파는 데는 두 시간밖에 걸리지 않았다. 일정불변의 온도를 얻으려면 어떤 위도(緯度)상에서 일정하게 땅 속을 파고 들어가야 하기 때문에 나는 땅을 파는 데 특히 흥미가 있었다. 도시의 고급주택에도 지하실이 있는데 ,사람들은 옛날과 다름없이 그런 곳에다 근채(根菜)식품을 저장해 둔다. 그 주택이 허물어지고 난 다음에도 오랫동안 후세 사람들은 땅 속에 팬 그 구멍을 보게 된다. 주택이란 아직도 지하실 입구에 붙은 일종의 현관에 지나지 않는 것이다.

드디어 5월 초순, 필요하다기보다 이웃과 사귈 좋은 기회를 얻고자 이웃 사람들의 도움을 받아 나는 상량(上樑)식을 했다. 상량꾼들 중에 나보다 더 축복받은 사람은 한 사람도 없었다. 그들은 언젠가 더 훌륭한 건축의 상량을 도와줄 운명을 타고난 것이라고 나는 믿는다. 4월 4일 나는 집에 판자벽과 지붕을 얹자마자 입주를 했다. 벽의 판자들은 모서리를 비스듬히 잘 깎아서 빈틈없이 겹쳐 놓았기에 비는 조금도 새지 않았다. 그러나 판자를 붙이기 전에 나는 손으로 두 수레 분의 돌을 호숫가에서 언덕으로 날라다 집 한 모퉁이에 굴뚝을 쌓아올렸다. 나는 가을에 풀을 벤 다음 추위로 불이 필요하게 되기 전에 굴뚝을 쌓았다. 그 동안 나는 아침 일찍이 집 밖의 한데에서 불을 피워 밥을 지었는데 이 방식이 어떤 점에서는 관례적인 방식보다 더 편리하며 마음에 드는 방식이라고 지금도 생각하고 있다. 빵이 다 구워지기도 전에 바람이 세차게 불면 나는 불 위에다 판자 몇 장을 세워 놓고 그 밑에 앉아 빵을 지켜 보면서 즐거운 몇 시간을 보내곤 하였다. 그 무렵엔 나는 어찌나 분주했던

지 독서는 거의 하지 못했다. 그러나 나에게는 나의 그릇이
며 책상보였던 종이조각들이, 그것이 아무리 작더라도 독서
에 못지 않을 만큼의 대단한 기쁨을 주었다. 그것들은 사실
호머의 일리아드와 똑같은 구실을 했던 것이다.

　나보다 더 공을 들여 집을 짓는다는 것은 가치 있는 일
일 것이다. 이를테면 문·창·지하실·다락 등을, 인간성의
어디에 근거를 둔 것인가를 생각하고 당장 우리의 필요성
이라는 이유보다 더 좋은 이유를 찾아내기 전에는 절대로
건물을 짓지 않는다면 말이다. 인간이 자기 집을 짓는 데에
는 새가 자신의 보금자리를 지을 때와 똑같은 목적성이 있
는 것이다. 만일 인간이 자기 집을 손수 지어 자기 자신과
가족을 아주 소박하고 정직하게 벌어먹인다면, 마치 새들이
그러할 때에 으레 노래를 부르듯 뭇인간들에게도 시적(詩
的) 기능이 발달되지 않겠는가? 그러나 우리는 비참하게도
박달새나 뻐꾹새들같이 굴고 있다. 그 새들은 다른 새들이
지어 놓은 새집에다 알을 까놓으며, 그것들의 소란하고 귀
찮은 울음소리는 나그네들을 조금도 즐겁게 하지 않는다.
　우리는 건축의 기쁨을 영원히 목수에게 맡겨 둘 것인가?
일반 대중의 경험 가운데서 건축에 대한 경험은 도대체 얼
마나 되는 것일까? 나는 세상을 두루 돌아다녀 봤으나 자
기 집을 짓는 일과 같은 단순하고도 자연스런 일에 종사하
고 있는 인간을 만난 적은 한 번도 없었다. 아홉 사람의 재

봉사가 모여야 한 사람의 온전한 인간이 된다는 속담이 있지만, 비단 재봉사만이 온전한 인간의 9분의 1이 되는 것은 아니다.[13] 목사·상인·농부 역시 재단사와 마찬가지로 온전한 인간이 못 되는 것이다. 그렇다면 노동의 분업은 어디서 끝나는 것인가? 분업이 결국 어떤 목적에 이바지할 것인가? 어쩌면 지금 어떤 사람이 나를 위해 생각을 하고 있을지도 모른다. 그러나 다른 사람이 그렇게 한다고 해서 내가 내 자신을 위해 생각하는 일을 그에게만 맡겨 둔다는 것은 바람직한 일이 아니다.

사실 우리 나라에는 소위 건축가들이라고 불리는 사람들이 있긴 하다. 어떤 건축가는 건축의 장식에다 무슨 진리의 핵심을 부여하여, 장식을 하나의 필요성으로 만들고 따라서 장식을 아름답게 해야 한다는 사상을 마치 신의 계시나 되는 것처럼 품고 있다는 말을 들은 적이 있다. 그의 관점에서는 아주 훌륭한 것이겠지만 실은 흔해 빠진 아마추어적 예술 취미에 다름 아니다. 감상적인 건축 개량가인 그는 기초부터 시작하지 않고 윗벽부터 시작했다. 문제는 어떻게 해서 장식 속에 진리의 핵심을 집어넣는가 하는 것인데, 그것은 모든 사탕과자 안에 아몬드나 캐러웨이의 열매를 넣는 것과도 같다. 물론 나는 아몬드를 설탕 없이 먹는 것이 가장 좋다고 생각하지만.

그것은 어떻게 하면 내부의 거주자, 즉 그 안에 사는 사람으로 하여금 내부와 외부를 참되게 지어나가게 하고 장식은 저절로 해결이 되도록 하자는 것은 아니었다. 그런 사람들이 장식이란 외부적인 것이며 표피일 뿐이라고 상상이라도 했겠는가? 거북이는 등에 점박이 껍질을 갖고 있으며 조개는 진주조개빛을 갖고 있는데, 그것은 마치 브로드웨이 주민들이 트리니티 교회를 건축업자에게 청부(請負)시켜서 지었듯이 그런 청부에 의한 것이라고 분별심 있는 사람치고 누가 감히 상상이나 했을까? 거북이가 자신의 의사와는 아무 상관도 없이 점박이 껍질을 가졌듯이 인간도 자기 집의 건축 양식과는 아무런 상관이 없는 것이다. 또한 군인도 한가한 틈을 이용해 자신의 용기를 자신의 방패에다 표시하지는 않을 것이다. 그렇게 하면 적의 눈에 띌 것이고, 그런 군인은 시련이 닥쳐오면 파랗게 질릴 것이다.

앞서 말한 건축가는 윗벽에 기대어 자기보다 더 잘 알고 있는 미개한 거주자들에게 자기의 반 쪽밖에 안 되는 진리를 속삭이고 있는 것이다. 내가 알고 있는 모든 건축미는 내부에서 외부로 점차 자라나가는, 유일한 건축자인 거주자의 필요성과 성격에서, 즉 외관을 무시한 무의식적인 진실과 기품에서—점차로 자라 밖으로 나가는 것이다. 그리고 이런 부가적인 미가 나타나기로 되어 있는 것은 무엇이건 역시 같은 무의식적인 인생미(人生美)가 앞서게 될 것이다.

화가들이 알고 있듯이 이 나라에서 가장 흥미 있는 주택이란 가난한 사람들의 전혀 꾸밈이 없는 겸손한 통나무집과 오두막집이다. 그런데 이런 집들을 한 폭의 그림처럼 만들고 있는 것은 그 껍질 속에 살고 있는 사람들의 생활 때문이지, 외관의 어떤 특이성 때문이 아니다. 그리고 교외에 사는 시민들의 오두막집 역시 그 안에 사는 시민의 생활이 소박하고 흔쾌한 것이 될 때, 또는 주택양식에 인위적인 효과를 내려고 굳이 애쓰지 않을 때 그 오두막집 역시 우리의 흥미를 끌 것이다. 건축장식의 대부분은 글자 그대로 공허한 것이며, 9월의 질풍이 한바탕 불면 마치 빌려서 단 깃털처럼 장식들은 벗겨져 버릴 것이다. 지하실에 올리브나 포도주를 저장해 놓지 않은 사람들은 건축술하고는 아주 상관 없이 살 수 있다.

만일 문학에서 문체(文體)의 장식 문제로 이와 똑같은 야단법석이 일어났고, 성서를 기록한 사람들이 오늘의 교회 건축가들이 하듯이 많은 시간을 윗벽을 꾸미는 데 시간을 보냈다고 한다면 어떻게 되겠는가? 그래서 순수문학과 순수미술, 그리고 이를 강의하는 교수들이 생겨난 것이다. 사실 사람들은 몇 개의 기둥을 자기 위에 혹은 자기 아래에 어떻게 비스듬히 세울 것인지, 자기 집에 어떠한 색깔을 칠할 것인지 등에 많은 관심을 기울인다. 그래도 그 집에 사는 사람 자신이 진정한 집주인이란 의미에서 기둥을 안배하며 색칠을 했다면 약간의 의의도 있겠지만, 그러나 거주자의 넋이 그 집에서 빠져 나가고 말았으니 그것은 자기의 관(棺)을 만드는 것과 같으며, 즉 죽음의 건축이며—그리고 건축가란 '관 제작인'의 별명에 지나지 않는다.

어떤 사람은 절망한 나머지, 혹은 인생에 냉담해진 나머지 이렇게 말한다. 즉, 당신들 발 밑의 흙 한줌을 집어들고 그 흙색으로 당신들의 집을 칠하라고. 그 사람은 자기의 마지막 좁은 집인 무덤을 생각하고 있는 것일까. 그런 사람들은 차라리 동전이라도 집어던져 결정해 보라고 하고 싶다. 그 사람은 무던히도 한가한가 보다. 왜 한줌의 흙을 집어들어야 하는가? 차라리 우리들 얼굴빛을 집에다 칠하는 게 좋을 것이다. 그러면 집이 주인을 대신해서 창백해졌다 붉어졌다 할 것이 아닌가? 오두막집의 건축양식을 개량하다니! 누가 내 장식을 마련해 놨다면 나는 그것을 걸쳐 볼 테다.

겨울이 오기 전에 나는 굴뚝을 만들었으며, 이미 비가 새어들지 않는 집이었지만 사방의 외벽에 판자를 댔다. 그런데 이 널빤지는 통나무를 처음 다듬을 때 쳐낸 들쭉날쭉한 생나무 쪽이어서 대패로 똑바로 밀어내지 않으면 안 되었다.

이리하여 나는 빈틈없이 판자를 대고 벽에 흙을 붙인 집을 갖게 되었는데, 이 집은 길이 15피트, 폭이 10피트, 그리고 기둥의 높이는 8피트였다. 다락과 골방 그리고 양쪽에 큰 유리창, 두 개의 뚜껑문, 한쪽에 출입문, 그 맞은편엔 벽돌로 된 벽난로가 있었다. 나는 이 집을 짓는 데에 든 정확한 건축 비용을 따져보았다. 모든 일을 나 혼자 했으니 노임은 제외했고, 사용한 자재에 대해서는 일반적인 시세로 계산했다. 자기 집의 건축비를 정확히 알고 있는 사람은 매우 적은데다, 설혹 있다 하더라도 건축 자재의 여러 비용을

분류해서 밝혀 낼 수 있는 사람은 더욱 드물기 때문에 나는
이 명세서를 적어 보는 것이다.

판자	8달러 3센트(대부분 판잣집의 것)
지붕과 벽에 쓴 헌 널빤지	4달러
창살 판자	1달러 25센트
유리가 달린 헌 창문 두 개	2달러 43센트
헌 벽돌 천 개	4달러
석회 두 통	2달러 40센트(값이 비쌌다)
석회 솜	31센트(필요 이상의 분량이었다)
벽난로용 철제틀	15센트
못	3달러 90센트
돌쩌귀와 나사못	14센트
빗장	10센트
백묵	1센트
운반비	1달러 40센트(대부분은 내 등으로 운반했다)
합계	28달러 12센트 반

위의 여러 자재는 내가 무단거주자(無斷居住者)의 권리
로서 마음대로 사용한 목재·석재·모래 등을 제외한 자재
의 전부이다. 그리고 이 집을 짓고 남은 재료로 옆에다 작
은 오두막집을 한 채 지었다.

나는 언젠가 콩코드의 큰 거리에 있는 어떤 집보다 더
화려하고 호화로운 집을 지을 작정이다. 단, 집짓는 데 이
집처럼 흥미가 있고 비용도 그 이상 들지 않는다면 말이다.

이리하여 내가 발견한 것은, 자기 집을 원하는 학생이라면 현재 그가 해마다 물고 있는 집세보다 많지 않은 비용으로 일생 동안 소유하게 될 집을 손에 넣을 수 있다는 것이다. 만약 내가 너무 지나치게 큰소리를 치고 있는 것같이 보인다면, 나는 나 개인을 위해서보다 오히려 인류를 위해서 큰소리를 치고 있는 것이라고 변명하겠다. 그리고 내가 결점과 모순을 지녔더라도 그것은 내가 한 말의 진실성에는 영향을 미치지 못할 것이다. 나 자신 큰소리치는 기질과 위선적인 면이 다소는 있지만 사실 자신의 쌀과 자신의 겨를 항상 가려내기란 힘든 일이고, 또 이에 대해선 누구 못지않게 유감으로 여기는 바이지만—나는 이 점에서 마음놓고 숨을 쉬며 사지를 쭉 펴보려고 한다. 그러는 것이 정신적·육체적으로도 커다란 위안이 된다. 그리고 나도 겸손하기 위해 악마의 대변인이 될 생각은 추호도 없다. 나는 진리를 위해 좋은 발언을 하고자 힘쓸 것이다.

케임브리지 대학에서는 학생의 방이 내 방보다 넓지도 않은데 1년에 30달러나 되는 방세를 받고 있다. 그런데 대학 당국은 한 채의 건물 속에 32개나 되는 방을 잇달아 지어서 이익을 보는 반면에 학생들은 이웃에 학생이 많고 소란스럽다는 불편과, 그리고 아마 4층 방에 배정되는 불이익까지 받아야 할지도 모른다. 만약 이러한 점에서 우리들이 참다운 지혜를 갖고 있다면 교육은 덜 필요할 뿐만 아니라, 교육을 받기 위한 비용도 대폭 줄어들 것이라고 나는 생각하지 않을 수 없다. 학생들이 케임브리지나 다른 곳에서 요구하는 그런 편리한 시설은 서로에게 알맞게 관리할 경우보다도 열 배나 더 되는 막대한 생활의 희생을 강요하고 있다. 가장 비용이 많이 드는 일은 학생들이 절실히 바라는 그런 것이 아니다. 예를 들면 수업료는 학비 가운데 가장 큰 몫을 차지하고 있지만, 같은 또래의 사람들 중 가장 교양 있는 부류, 즉 대학 동기생들과 접촉함으로써 얻을 수 있는 훨씬 가치 있는 교육은 돈이 들지 않는다.

대학을 설립하는 방식은 대개 몇 달러 몇 센트의 기부를 받은 다음 건축업자와 만나 공사 계약을 맺는 식으로 추진된다. 사실 극도의 신중성을 가지고 처리해야 할 분업의 원칙이 여기서는 그 수단까지 맹목적으로 추종되는 것이다. 이들 건축업자들은 이 사업을 투기적으로 하는 사람들인데, 기초공사를 하기 위하여 아일랜드 출신 노동자나 기타 기술자를 고용한다. 이렇게 하는 동안 이 대학에 들어오고자 하는 학생들은 이 대학 실정에 자기 자신을 적응시키고 있다는 것이다. 이러한 실책(實策)에 대해 후세 사람들은 그 대가를 치르지 않으면 안 된다. 나는 학생이나 이 대학에서 혜택을 받고자 하는 사람들이 이 공사에 직접 참여하는 것이 훨씬 좋을 거라고 생각한다. 만약 어떤 학생이 인간에게 필요한 노동을 계획적으로 회피함으로써 여가를 얻고 말년에 은퇴생활로 접어든다면, 그가 얻은 여가는 불명예스럽고 가치 없는 것이며, 이 여가를 유익한 것으로 만들 수 있는 그 경험을 자기 스스로 박탈한 것이 될 것이다.

어떤 사람은 이렇게 말할 수도 있다. '당신 말대로 한다면 학생들은 머리를 쓰는 대신 수족(手足)을 써야 하는 것이 아닙니까?'라고. 나의 의도는 꼭 그렇지는 않지만 그러나 그와 비슷한 것이라고 할 수 있겠다. 즉, 내가 뜻하는 바는 사회가 학생들의 값비싼 놀이에 대한 대가를 치르는 동안, 학생들은 인생을 놀듯이 보내거나 또는 인생을 공부만 하지 말고 시종 인생을 진지하게 살아보라는 것이다. 젊은이가 당장에 생활을 실험하는 것보다 더 잘 인생을 배울 수 있는 방법이 또 있겠는가? 생각건대 그렇게 하면 수학만큼이나 정신을 훈련시키게 될 것이다. 예를 들어 어린이에게 예술과 과학에 관한 무엇을 가르쳐 주고 싶다면 나는 그 아이를 어떤 교수가 있는 곳으로 보내는 식의 흔해 빠진 방법은 쓰지 않을 것이다. 왜냐하면 그곳에서는 모든 것이 강의되고 실습되지만 삶의 예술은 가르쳐 주지 않기 때문이다.

그곳에서는 망원경이나 현미경으로 세계를 관찰하는 법은 교습되지만 자기의 육안(肉眼)으로 세상을 보는 법은 가르쳐 주지 않는다. 화학은 배우지만 자기의 빵이 어떻게 구워지는가는 배우지 않는다. 기계학은 배우지만 빵이 어떻게 얻어지는가는 배우지 않는다. 해왕성의 위성을 발견하면서도 자기 눈의 티끌은 몰라 보며 혹은 자기 자신이 어떤 무뢰한의 주구(走狗)인가는 모른다. 한 방울의 식초 속에 들어 있는 세균들을 연구하면서도 자기 주위에 우글우글하는 괴물들에게 자기 자신이 잡혀먹히고 있다는 것은 모르고 있다.

다음 두 학생 중 한 달 후에 어느 쪽이 더 진보할 것인가? 즉, 한쪽은 칼을 만들기 위해 이에 필요한 것을 다 읽고 광석을 채굴하고 제련(製鍊)하여 주머니칼을 만든 학생과, 다른 쪽은 그 동안 대학에서 광물학(鑛物學) 강의를 듣고 그리고 자기 부친한테서 로저스 표 주머니칼을 선물받았다면 말이다. 어느 쪽 칼이 더 손을 잘 베겠는가?

대학 졸업시에 놀랍게도 나는 내가 항해술에 관한 내용을 공부했다는 것을 알았다. 만약 내가 항구 밖으로 한 번이라도 배를 몰고 나가 보았더라면, 나도 항해술에 대해서 더 많이 알았을 것이 아니겠는가. 가난한 학생들도 경제학만을 연구하고 교습을 받고 있는 데 반하여, 철학과 동의어인 생활의 경제는 우리들 대학에서조차 진지하게 가르쳐지고 있지 않다. 그 결과는, 학생이 아담 스미드나 리카르도나 세이의 경제학 저서를 읽고 있는 동안, 그의 아버지는 헤어나지 못할 빚의 구렁텅이로 빠지고 마는 것이다.

우리의 대학에 관해서 말한 것은 수많은 소위 '현대적 개선'에 관해서도 똑같이 적용된다. 거기에는 어떤 환상이 있으며, 반드시 긍정적인 발전만이 있는 것이 아니다. 이 현대적 개선에는 악마가 있는데, 그는 초기의 투자액과 그후 계속적으로 투자한 막대한 금액까지 복리(複利)의 이윤을 강요한다. 우리의 발명품들은 흔히 진지한 일로부터 우리의 관심을 빼앗아 가는 예쁘장한 장난감일 경우가 많다. 발명품이란 개선되지 않는 목적에 도달하기 위한 개선된 수단에 지나지 않는데, 그 목적이란 보스턴이나 뉴욕으로 통하는 철로처럼 도달하기에 너무도 쉬운 것들이다. 우리는 메인 주(州)에서 텍사스 주에 전신(電信)을 가설하려고 무척이나 서두르고 있다. 그런데 메인 주나 텍사스 주에서는 서로 통신할 만한 중대한 일이 없을지도 모른다. 이것은 마치 어느 저명한 귀머거리 부인한테 소개되기를 간절히 바랐던 사람이, 소개는 받았으나 그 부인의 보청기 한쪽이 자기 손에 쥐어지자 말문이 막혔던 것과 같은 그런 궁지에 양 주는 빠지고 있는 것이다.

우리는 대서양에 해저(海底) 전신을 가설하여 구세계의 소식을 신세계로 몇 주일 앞당겨 가져오기를 열망하고 있다. 그러나 넓고도 경솔한 미국인의 귀에 들어오는 첫소식은 아마 아델레이드 공주가 백일해를 앓고 있다는 소식일 것이다. 결국 1분에 1마일을 달리는 말을 타고 오는 사람이 가장 중요한 소식을 가져오지 않는 것이다. 그는 도중에서 메뚜기와 꿀을 먹으면서 오는 예언자도, 복음(福音)의 전도자도 아니다. 저 플라잉 차일더즈라는 준마(駿馬)가 과연 옥수수 한 말이라도 제분소에 나른 일이 있는지 의심스럽다.

어떤 사람은 내게 이런 말을 한다. "당신이 돈을 모으지 않는 게 이상하군요. 당신은 여행을 좋아하는데, 기차를 타면 그날로 피츠버그에 도착하여 그 고장을 구경할 수 있을 텐데요"라고. 그러나 나는 그보다 더 현명하다. 가장 빠른 여행자란 제 발로 걸어가는 사람인 것을 나는 알고 있으니 말이다. 나는 그 친구에게 우리 두 사람 중 누가 빨리 그곳에 도착하는지 시합을 해보자고 말한다. 그 거리는 30마일이며 운임은 90센트이다. 이 금액은 거의 하루치 노임이다.

나는 바로 이 철도에서 노동자의 하루 노임이 60센트였던 시절을 기억하고 있다. 그런데 내가 도보로 출발하면 그날 밤에는 그곳에 도착한다. 나는 일 주일을 계속하여 그만한 속도로 여행한 경험이 있다. 그런데 당신은 그 동안 운임을 장만하여 내일 어느 때 혹은 운이 좋아서 일자리를 얻는다면 오늘 저녁에 그곳에 도착할 수도 있을 것이다. 당신은 피츠버그로 가는 대신 하루의 대부분을 이곳에서 노동으로 보낼 것이다. 그리고 또 만약 철도가 전지구에 미치지 않는 곳이 없다 하더라도 나는 역시 당신보다 앞설 것이라고 생각한다. 그리고 그 고장을 구경하고 여행의 경험을 쌓는 데 대해서도 나는 당신과는 비교할 수 없는 처지에 있을 것이다.

이러한 것이 아무도 속일 수 없는 보편적인 법칙이며, 철도에 대해서도 역시 전적으로 그렇다고 말할 수 있을 것이다. 지구를 일주하는 철도를 건설하여 전인류의 편의를 도모하는 것은 지구의 전표면에다 길을 닦아 놓는 것과 같다.

사람들은 주식을 공모해서 자금을 모으고, 노동자를 시켜서 철도건설을 계속하다 보면, 언제가는 모든 사람들이 빠른 시간 안에 공짜로 어디든지 여행하게 될 것이라고 생각한다. 그러나 승객들이 정거장에 모여들고 차장이 '승차!' 하고 소리를 질렀는데도 막상 기관차의 연기가 걷히고 증기가 물방울이 된 다음에 보면 탄 사람은 얼마되지 않으며 나머지 사람들은 모두 기차에 치인 채 남겨진 것을 알게 될 것이다. 그리하여 그것은 우울한 사건이라고 불릴 것이며 또 사실 그러하다. 그러므로 차삯을 마련해 놓은 사람들, 즉 오래도록 살아 남은 사람들은 마침내 틀림없이 기차를 탈 수 있는 날이 오겠지만, 그때는 이미 활동성을 잃고 여행을 하고 싶은 의욕마저 잃고 난 다음일 것이다.

이렇게 인생이 거의 가치 없게 되었을 때 문제되는 확실치도 않은 자유를 누리려고 그들 인생의 청춘을 돈벌기에 허비하는 것을 보며, 나는 인도로 건너가서 돈을 번 다음 고국에 돌아와서 시인(詩人) 생활을 하려는 영국인을 떠올리지 않을 수 없다. 그 영국인은 당장 다락방에 파묻혀 시작(詩作)을 했어야 했다. 내가 이렇게 말하면 백 만의 아일랜드 노동자들이 이 땅의 수많은 판잣집에서 일어서서 이렇게 외칠지도 모른다. "뭐라고요? 우리가 건설해 놓은 이 철도가 훌륭한 것이 아니라고요?" 나의 대답은 이렇다. "훌륭하지요. 비교적 훌륭한 일이지요. 당신들은 더 형편없는 일을 했을지도 모르니까요. 하지만 당신들 역시 나의 형제

들이니까 하는 말인데, 땅을 파는 일보다 더 가치 있는 일
에 시간을 소비할 수 있었으면 하고 바라는 것이오.”

　나는 집을 완성하기 전에 임시지출을 충당하기 위해, 어
떤 정직하고도 기분에 맞는 방법으로 10달러 내지 20달러
를 마련하고자 집 근처의 2에이커 가량 되는 모래땅에 강
낭콩을 심었다. 또 일부 땅에는 고구마·옥수수·완두콩 그
리고 무 등을 심었다. 그 땅 일대는 11에이커나 되는데, 대
부분 소나무와 호두나무가 자라고 있었으며, 지난 해에 에
이커당 8달러 8센트로 팔린 땅이었다. 어느 농부는 말하기
를 “그곳에는 무엇을 심든지 소용이 없을 거요. 쨱쨱거리는
다람쥐를 먹여 살릴 뿐이지”라고 했다. 나도 그 땅의 소유
자가 아닐 뿐더러 무단 점유자에 불과했으며, 그 땅을 다시
경작할 생각도 없었기에, 아무런 비료도 주지 않았고, 제대
로 제초 한번 하지 않았다.
　나는 그 밭을 갈 때 나무뿌리를 여러 개 파냈는데, 그것
은 오랫동안 땔감이 되었다. 또 그 나무뿌리를 파낸 자리는
원형의 처녀지(處女地)로 남아 여름 동안 그곳에는 다른
데보다 강낭콩이 무성했으므로 쉽게 식별할 수 있었다. 집
뒤로는 고목이 된, 대부분 팔 수 없는 나무가 많았고, 또
호수에서 떠내려 온 나무로 모자라는 연료를 충당할 수 있
었다.
　나는 밭을 가는 데 한 쌍의 말과 인부 한 사람을 고용하

지 않으면 안 되었다. 그러나 쟁기질은 나 자신이 직접했다. 첫달에 쓴 농사비는 용구(用具)·종자·품삯 등 14달러 72센트 반이었다. 옥수수 종자는 공짜로 얻었다. 그러나 넉넉히 심지 않는 한 종자 비용은 문제삼을 것이 못 된다. 나는 강낭콩 12부셸과 감자 18부셸을 수확했으며 그밖에 완두콩과 옥수수를 얼마간 수확했다. 노란 옥수수와 무는 철을 놓쳐 제대로 자라지 않았다. 내가 농사를 지어서 얻은 수입을 모두 23불 44센트였다. 손익계산을 해보니,

지출 ·· 14달러 72센트 반
순이익 ·· 8달러 71센트 반
합계 ·· 23달러 44센트

이 밖에 이 견적을 내기 전까지 먹은 농작물은 따지지 않더라도 이 계산을 할 때 수중에 남은 농작물은 4달러 50센트의 값어치가 되었다. 이 액수는, 내가 가꾸지는 않았지만 저절로 자랐기 때문에 팔아서 쓴 약간의 풀값을 훨씬 넘는 것이었다. 이리하여 모든 사정을 고려해 보니, 즉 인간의 영혼과 현재의 중요성을 고려해서 나의 실험에 소요된 시간이 짧았음에도 불구하고, 아니 어떤 의미에서는 그것이 임시적인 성격을 띠고 있었기 때문에 나의 실험은 그 해 콩코드의 어느 농부보다도 좋은 성적을 올렸다고 믿는다.

다음해는 좀더 잘했다. 내가 필요로 하는 3분의 1에이커의 땅을 쟁기로 갈았으니 말이다. 그리고 두 해의 경험으로

유명한 농사꾼들, 그 중에서도 아서 영을 포함한 수많은 사람들이 농업에 대하여 쓴 글에 구애받음이 없이 다음과 같은 사실을 배웠다. 즉, 사람이 소박하게 생활하여 그가 가꾸는 곡식만을 먹고, 그가 먹는 이상으로 가꾸지 않는다면, 그리고 그가 수확한 곡식을 사치스럽게 값비싼 물건과 바꾸지 않는다면 그는 몇 라드(길이의 단위)의 땅만을 경작하면 족할 것이다. 또한 그 토지를 소로 가는 것보다 삽으로 파는 편이 더 값싸게 먹힐 것이며, 또 같은 농토에 비료를 쓰는 것보다 그때그때 새 농토를 경작하는 게 비용이 덜 든다. 그리고 또 필요한 농사일을 여름동안 틈틈이 아주 쉽게 처리할 수 있을 것이다. 그렇게 되면 그도 현재처럼 소·말·돼지 등에 매달리지 않게 될 것이다.

나는 현재의 경제적·사회적 체제의 성패에는 관심이 없는 사람으로서, 이 문제를 공평하게 말하고자 한다. 나도 콩코드의 어느 농민보다도 자주적인 입장에 있었다. 그것은 내가 어떤 집이나 농장에 얽매여 있지 않고, 아주 색다른 나의 재능에 언제든지 따를 수 있었기 때문이었다. 나는 이미 그들보다 더 잘살고 있었고, 만약 집이 불타고 농사에 실패했더라도 나는 전과 다름없이 여유 있게 지냈을 것이다.

나는 사람들이 가축을 기르는 것이 아니라 가축이 사람들을 기르고 있으며, 가축이 사람보다 훨씬 자유롭다고 생각한다. 사람과 소는 서로 일을 교환한다. 그러나 만약 우리가 필요한 일만을 고려한다면 소는 굉장히 많은 이점을 가지고 있다고 할 것이다. 소들의 농장이 사람들의 것보다 훨씬 더 크니까 말이다. 사람은 그 노동 교환의 일부로서 6주일간 건초를 장만하는 일을 하는데, 그 일은 결코 쉬운 일이 아니다.

모든 점에서 소박하게 생활하는 국민이라면, 즉 철학을 하는 국민이라면 동물의 노동을 이용하는 것 같은 그런 큰 실수는 범하지 않을 것이 확실하다. 사실 철학자들로 구성된 나라는 존재한 일이 없었고, 또 가까운 장래에 생길 것 같지도 않으며, 나 자신 그런 나라가 있어 좋을 것인지는 잘 모르겠다. 그러나 나 같으면 말이나 소를 길들여서, 무엇인가 내 일을 거들 수 있도록 하숙시켜 두지는 않겠다. 내가 마부나 목동이 될지도 모르는 일이니까 말이다. 만일 그렇게 함으로써 사회가 덕을 보는 것처럼 보인다 해도, 과연 한 사람의 이득이 다른 사람의 손실이 안 되고, 또 외양간의 목동이 그 주인만큼 만족을 얻을 이유가 있다고 단언할 수는 없다.

어떠한 공공사업은 소나 말의 도움 없이는 건설될 수 없었다고 치자. 또 인간이 그러한 영광을 소와 말과 같이 나누어 갖기로 한다면, 그런 경우 과연 인간은 혼자서는 스스로에게 더 가치 있는 일을 이루지 못했을 것이라는 결론이 나오겠는가? 인간이 소의 힘을 빌려서 비실용적이거나 예술적인 일뿐만 아니라 사치스럽고 헛된 일까지 하기 시작하면, 몇몇 사람들이 소와 교환되는 일을 하게 되거나, 다시 말하면 몇몇 사람들이 강자(强者)의 노예가 되는 것은 불가피한 일이다. 이리하여 인간은 자기 내부에 있는 동물을 위해 일할 뿐만 아니라 이의 상징으로서 자기 외부의 동물을 위해서도 일을 하게 되는 것이다.

우리는 수많은 훌륭한 벽돌집이나 돌집 등을 갖고 있으나 농민이 잘사느냐 못사느냐 하는 것은, 외양간이 집보다 얼마나 더 큰가 하는 척도에 따라 측정되고 있다. 이 마을은 이 근처에서도 가장 큰 외양간과 마구간을 가지고 있다고 알려져 있고, 공공건물에 비교해도 뒤떨어지지 않는다. 그러나 자유로이 예배하고 연설할 수 있는 건물은 매우 적다. 여러 민족들이 자신을 후세에 기념하고자 하는 데 있어서 건축수단에 의존해서는 안 되지만 그러나 추상적인 사상력에 의존해서는 안 될 이유가 무엇인가? 동양의 유적(遺蹟)보다도 ≪바가바드 기타≫[14)]가 얼마나 더 멋있는가!

탑과 사찰(寺刹)은 왕후의 사치품이다. 소박하며 자주적인 인간은 어느 왕후의 명령에도 힘써 일하지 않는다. 천재는 어느 제왕의 시종도 아니며, 그의 소재는 극히 소량을 제외하고는 금은이나 대리석이 아니다. 과연 무슨 목적으로 그토록 많은 돌이 다듬어지는 것인가? 내가 아르카디아[15)]에 갔을 때 나는 그곳에서 다듬어진 돌은 하나도 보지 못했다. 여러 민족들은 자기들이 남긴 다듬어진 석재의 양(量)으로 자기들에 대한 추억을 영구화하려는 광적인 야망에 사로잡혀 있다. 차라리 그만한 힘을 그들의 행위를 연마하는 데 바쳤더라면 어떻겠는가? 한 조각의 양식(良識)은 달까지 솟아오른 기념탑보다 후세에 더 남을 것이다. 나는 돌들이 제자리에 있기를 바란다.

이집트의 테베[16] 장관(壯觀)은 속된 장관이었다. 인생의 참다운 목적으로부터 멀리 떨어져 나갔던 백 개의 대문을 가진 테베의 신전 밭보다도 어느 정직한 사람의 밭을 둘러싸고 있는 한 '로드'의 돌담이 보다 더 참된 것이다. 미개하여 이단적인 종교와 문명은 화려한 사찰을 짓는다. 그러나 소위 우리의 기독교는 그런 짓을 하지 않는다. 한 민족이 깎은 돌은 대부분 그들의 묘지로 향한다. 그들은 스스로를 그야말로 생매장하는 것이다. 피라밋에 대해서 말하자면, 그처럼 많은 인간들이 어떤 야심 많은 바보의 무덤을 만드느라고 그들의 생명을 허비하도록 강요받았다는 사실 외에는 하등 놀라울 것이 없다. 그런 바보를 나일 강의 물 속에 처박아 죽인 다음, 그 시체를 개에게 주어 버렸다면 오히려 현명하고 당당했을 것이다.

이들 무덤을 만든 일꾼들이나 그 속에 묻힌 자를 위해 무슨 변명을 꾸밀 수도 있겠지만 나는 지금은 그럴 시간이 없다. 건축가들의 종교와 예술 애호에 대해서 말하자면, 이집트의 사찰을 짓는 일이건 미국의 은행을 짓는 일이건 온 세계 어디서나 사정이 아주 비슷하다. 그만한 가치도 없는 데 많은 돈을 들인다. 주동기(主動機)는 마늘과 버터 바른 빵을 좋아하는 데서 한 줄 더해진 허영심이다. 전도가 유망한 젊은 건축기사인 벨컴 군이 비트르비우스의 건축 서적 뒷면에 연필과 자로 설계도를 그리고, 그 다음은 석재상인 도브슨 회사가 청부를 맡는다. 그리하여 30세기라는 세월이 그 건물을 내려다보기 시작하면, 인류는 그것을 우러러보는 것이다.

우리의 고탑(高塔)과 기념비에 대해서도 말해 보자. 예전 우리 마을에 중국으로 통하는 굴을 파기 시작한 어느 미치광이가 있었는데, 그는 중국인의 솥과 냄비 소리가 들리는 지점까지 파들어 갔다는 것이다. 그러나 나는 그가 파놓은 구멍을 보려고 일부러 가보지는 않겠다. 많은 사람들은 동서(東西)의 여러 기념비에 지대한 관심을 가지고 있으며 누가 그것들을 세웠는지 알고 싶어한다. 나로서는 그런 시대에 그런 것을 짓지 않았던 사람들—즉 그러한 사소한 일을 초월했던 사람들을 알고 싶다. 그러나 지금은 나의 통계를 계속해야겠다.

나는 열 손가락을 헤아릴 수 있을 만큼의 여러 가지 일, 즉 측량이니 목수일이니, 그밖에도 여러 가지 막일을 해서 13달러 34센트를 벌었다. 바로 이곳에서 3년 이상을 살았지만 다음의 계산이 행해진 7월 4일부터 이듬해 3월 1일까지 8개월간의 식비는, 내가 생산한 감자나 약간의 풋옥수수, 완두콩은 계산에 넣지 않고, 또 마지막 날에 수중에 남아 있던 식량의 값은 포함하지 않더라도 다음과 같았다.

쌀 ·· 1달러 73센트 반

당밀 ···················· 1달러 73센트(설탕류 중 가장 값이 싼 것이다)

호맥분(胡麥粉) ······························· 1달러 4센트 4분의 3

옥수수가루 ······································· 99센트 5분의 3

돼지고기 ·· 22센트

밀가루 ········· 88센트(비용과 수공이 옥수수가루보다 더 먹힌다)

설탕 ··· 8센트

라드(돼지의 비계에서 정제한 반고체의 기름) ·············· 65센트

사과 ·· 25센트

고구마 ·· 10센트

말린 사과 ··· 22센트

호박 한 개 ··· 6센트

수박 한 개 ··· 2센트

소금 ··· 3센트

(밀가루 이하의 항목은 실패하였음)

그때 나는 전부 다해서 8달러 74센트어치를 먹었다. 그
러나 대부분의 독자들이 나와 똑같은 실수를 저지르고 있
으며, 그 행위가 활자화(活字化)되면 좋게 보이지는 않을
것이라는 것을 만일 내가 모르고 있었다면 나의 실수를 이
처럼 뻔뻔스럽게 공개하지는 않았을 것이다. 다음 해에는
때때로 물고기를 잡아 저녁으로 삼았으며, 한 번은 나의 콩
밭을 망쳐 놓은 들쥐를 때려잡기까지 했다―달단(韃靼) 사
람 같으면 때려잡는다고 하지 않고 윤회(輪廻)를 시켰다고
말하겠지만―그리고 시험삼아 그 고기를 먹었다. 그런데

그 들쥐의 고기 냄새는 사향(麝香) 냄새가 났는데도, 그 순간은 꽤 맛이 있었다. 그러나 마을의 푸줏간에서 요리를 해 곧 먹을 수 있도록 해놓으면 어떨지 모르겠지만, 아무리 오래 길들여 먹어 본대도 상식품(常食品)이 될 것같이 보이지는 않았다.

그 기간의 피복비와 기타 비용은 8달러 40센트 4분의 3이 되었는데, 이 항목에서는 별로 뜯어볼 만한 것이 없다.

등유 및 몇 가지 가구 ···2달러

그래서 지출 총액은, 세탁비와 수선비를 제외하고 —세탁과 수선은 대개 맡겨서 했는데 그 청구서는 아직 받지 못했다—다음과 같다. 이 비용은 이 지역에서 살면서 반드시 지출되는 전부, 아니 그 이상이다.

주택 ··· 28달러 12센트 반
1년간의 영농비 ·· 14달러 72센트 반
8개월간의 식비 ·· 8달러 74센트
8개월간의 피복비·기타 ······················· 8달러 40센트 4분의 3
8개월간의 등유·기타 ···2달러
합계 ·· 61달러 99센트 4분의3

나는 지금 스스로 벌어서 생계를 잇고 있는 독자 여러분을 상대로 말하고 있는 것이다. 그리고 이 지출에 충당하고자 나는 농산물을 팔아서 23달러 44센트를 받았다.

농산물 판매 대금 ························· 23달러 14센트
날품을 팔고 받은 금액 ····················· 13달러 34센트
합　계 ································· 36달러 78센트

이 금액을 지출 총액에서 빼면 25달러 21센트 4분의 3의 부족액이 생기는데, 이것은 내가 처음 출발했을 때의 자본금에 가까운 액수이며, 이것이 내가 감수해야 할 순소비액(純消費額)이었다. 그러나 한편으로 나는 여가와 자주(自主)와 건강을 확보했을 뿐 아니라 내가 원하는 날까지 살 수 있는 안락한 집을 얻었던 것이다.

이러한 통계는 얼른 보기에는 우발적이며 따라서 아무런 참고도 되지 않을 것같이 보이더라도 어떠한 가치를 지니고 있다. 내가 입수한 것 중에서 계산에 넣지 않았던 것은 아무것도 없다. 위의 계산에서 보니 나는 식비로 매주 약 27센트 꼴을 썼다. 그후 2년 가까이 나의 양식은 효모 없는 호맥분과 옥수수가루·감자·쌀 그리고 아주 극소량의 소금에 절인 돼지고기와 당밀·소금·물 등이었다. 나는 인도철학을 매우 좋아했으니, 쌀을 주식으로 하는 건 당연한 일이라고 할 수 있으리라. 비난을 일삼는 사람들의 반대에 대비하기 위해 다음과 같이 말하는 게 좋겠다. 즉, 가끔 가다 외식(外食)을 하더라도, 사실 그전에도 가끔씩 외식을 했고 또 앞으로도 그렇게 되리라고 생각하지만, 외식은 내 가계(家計)에 손해되는 경우가 많다는 것이다. 그러나 이미 말

한 바와 같이 외식은 하나의 꾸준한 요소가 되고 있으므로 이와 같은 비교적인 진술에는 하등 영향을 미치지 않는다고 본다.

내가 2년간의 경험에서 배운 것은 이처럼 높은 위도(緯度)에서는 사람이 필요한 식량을 얻는 데는 믿을 수 없을 만큼 적은 노력밖에 안 든다는 것이며, 동물처럼 식사를 단순하게 하여도 건강과 기력을 유지할 수 있다는 것이다. 나는 콩밭에서 캐낸 쇠비름(Portulaca oleracea)만을 끓여서 소금을 쳐서 만든 반찬으로 여러 가지 점에서 만족할 만한 식사를 하였다. 그 이름을 라틴어로 적은 것은 그 이름이 풍기는 향기 때문이다. 정말 분별 있는 사람이라면 평화스러운 보통날의 점심에 갓 따온 옥수수를 넉넉하게 쪄서 소금을 뿌려 먹는 것말고 무엇을 더 바라겠는가? 내가 다소 별식(別食)을 한 것은 건강을 위해서가 아니고 식욕의 요구에 응한 것이었다. 그런데 사람들은 필요한 양식이 없어서가 아니라 사치스런 양식이 없기 때문에 곧잘 굶어죽는다는 그런 지경에 이르렀던 것이다. 내가 아는 어느 선량한 부인은 자기 아들이 물만 마셨기 때문에 생명을 잃었다고 생각하고 있다.

독자들은 내가 이 문제를 영양상의 견지에서보다 경제상의 견지에서 다루고 있는 것을 알 것이다. 그러므로 독자는 식료품을 넉넉히 저장해 둔 식료 저장실이 없으면, 나의 절식법(節食法)을 감히 시험해 보려고 하지 않을 것이다.

내가 맨 처음 만든 빵은 옥수수가루와 소금을 조금 넣어 구운 진짜 시골 식빵이었는데, 나는 집 밖에 불을 피워 놓고 판자 위에나 혹은 집을 지을 때 잘라 버린 나무 토막 한 쪽 끝에 올려놓고 구웠다. 그래서 빵은 늘 연기가 스며들고 송진 냄새를 풍기곤 했다. 나는 또한 밀가루로 빵을 만들어 보기도 했다. 그러나 마침내 호맥분과 옥수수가루를 섞은 것이 가장 편리하며, 맛도 좋다는 것을 알게 되었다. 추운 날씨에도 작은 덩어리의 빵을, 마치 이집트인이 달걀을 인공으로 부화시킬 때처럼 조심스럽게 지켜 보고 뒤집으면서 연상 구워내는 건 여간 큰 기쁨이 아니었다. 그 빵들은 내가 익힌 참다운 곡과(穀果)이며 내가 헝겊에 싸서 되도록 오래 보존해 둔 다른 고귀한 과일들과 같은 향기를 나의 감각에 풍겨 주었다.

나는 옛날부터 없어서는 안 될 빵굽는 법을 연구하게 되었다. 나는 사계의 권위를 참조했으며, 효모를 넣지 않고 처음으로 빵을 만들기 시작한 원시시대까지 거슬러 올라가다. 그때 인류는 야생의 견과(堅果)와 짐승의 고기에서 빵이라는, 입에 맞는 세련되고 부드러운 음식을 접하게 되었던 것이다. 그 다음 차츰 시대를 내려오다, 우연히 밀가루 반죽에 누룩이 생기는 것을 발견하여 여기서 빵을 발효시키는 과정을 배우게 된다. 그 다음 여러 가지 발효법을 거쳐 마침내 생명의 원천인 '맛있고 달고 몸에 좋은 빵'에까지 이른 것이다.

효모를 어떤 사람들은 빵의 영혼, 빵의 세포조직을 충만시키는 정신이라고 보기도 하는데 이것은 마치 성화(聖火)처럼 종교적으로 보존되어 왔다―생각건대, 아마 처음 메이플라워호로 미국에 운반되어 온 몇 병의 귀중한 효모가 미국을 위한 사명을 다하고 그 영향이 곡신(穀神)의 큰 물결이 되어 여전히 이 나라 방방곡곡에 물결치고 퍼져 있는 것이다―이 효모를 나도 마을에서 정기적으로 꼬박꼬박 입수했는데, 어느 날 아침 나는 그 사용법을 깜박 잊고 그만 효모를 태워 버리고 말았다. 그러나 그 사고로 말미암아 나는 효모가 불가결한 것이 아님을 발견했다. 그리고 내 발견은 종합적인 과정이 아닌 분석적인 방법으로 이루어진 것이었다.

그리하여 그후부터는 서슴지 않고 효모를 쓰지 않기로 하였다. 물론 대부분의 부인네들은 열심히 내게 효모가 없으면 안전하고 영양 많은 빵이 만들어지지 않는다고 충고했으며, 노인들은 나의 생명력이 금시 쇠퇴할 것이라고 예언까지 했다. 그런데도 나는 효모가 필수요소가 아닌 것을 알고 1년이나 효모를 쓰지 않고 지내 왔으며, 나는 버젓이 생존하고 있는 것이다. 그리하여 효모병을 호주머니 속에 넣고 다니는 그런 귀찮은 일을 면하게 되었다. 그걸 넣고 다니다 보면 마개가 빠져 효모가 튀어나오는 수가 가끔 있었다. 효모를 쓰지 않는 것이 보다 더 훌륭하다.

인간은 다른 어떠한 동물보다 모든 기후와 환경에 적응

할 수 있는 동물인 것이다.

나는 빵에 소금이나 소다, 산(酸)이나 알칼리도 넣지 않았다. BC 2세기에 로마의 정치가 카토가 규정한 제조방법에 따라 빵을 만드는 것처럼 보일 수도 있겠다. 그의 제조법은 이러하다. '이렇게 밀가루 반죽을 만들 것, 즉 손과 대야를 잘 씻고 그릇 속에 밀가루를 담아 서서히 물을 부어 잘 이길 것. 잘 이겨 놓은 다음엔 빵을 만들어서 뚜껑을 덮고 구울 것.' 즉 빵을 솥에다 구우라는 뜻이다. 여기선 효모에 대해 한마디 언급도 없다. 그러나 나는 생명의 원천인 빵을 늘 먹은 것은 아니었다. 어떤 때는 돈지갑이 비어서 한 달 이상 빵 구경을 못한 때도 있었다.

뉴잉글랜드 사람들은 누구나 그들의 빵 재료를 호맥과 옥수수의 산지인 이 땅에서 쉽게 얻을 수 있을 것이므로, 변동이 심한 시장에 의존하지 말고 그 재료로 만들어 먹어야 한다. 그런데 우리는 소박하고 자주적인 기풍을 잃게 되어 콩코드의 가게에서는 싱싱하고 맛있는 옥수수가루를 파는 일이 드물며, 거친 옥수수기울이나 통옥수수를 먹는 사람도 거의 없다. 대부분의 농민은 자기가 생산한 곡식을 가축이나 돼지에게 먹이고, 적어도 더 영양가가 있다고는 볼 수 없는 밀가루를 더 비싼 값으로 가게에서 구입하고 있다.

나는 내가 먹을 한두 말의 호맥과 옥수수는 쉽게 수확할 수 있음을 알았다. 호맥은 아무리 빈약한 땅에서도 자랄 것이고, 옥수수는 반드시 비옥한 땅이 아니라도 자라기 때문이다. 그것을 맷돌에다 가루로 갈아서 먹으면 쌀과 돼지고기 없이도 지낼 수 있다. 그리고 당분이 필요하면, 내 실험으로는 호박이나 사탕무로 아주 훌륭한 당밀(糖蜜)을 만들 수 있다는 것을 발견했다. 그리고 그보다 더 쉽게 당분을 얻기 위해선 몇 그루의 사탕나무를 갖다 심기만 하면 된다는 것, 그리고 그 나무들이 자라나는 동안에 내가 아까 말한 것들 이외에도 여러 가지 대용품(代用品)을 사용할 수 있다는 것을 나는 알았다. 왜냐하면 우리의 조상들이 노래했듯이 나도 그러자는 것이다.

호박 당근 호두나무 조각으로
입술을 달게 하는 술을 만들자.

끝으로 식료품(食料品) 중에서도 으뜸가는 소금에 대해서 말하자면, 소금을 얻기 위해서는 해변가를 가보는 게 다시없는 기회일지 모르겠다. 혹은 소금 없이 지낸다면 나는 아마 물을 적게 마셔야 할 것이다. 인디언들이 소금을 구하려고 고생했다는 이야기를 나는 들어 본 적이 없다.

그리하여 나는 내 양식에 관한 한, 모든 매매와 물물교환을 피할 수 있었다. 그리고 주택은 이미 마련되어 있었으니 다만 의복과 연료를 손에 넣는 것만이 문제가 될 것이다. 내가 지금 입고 있는 바지는 어느 농가에서 짠 것인데, 인간에게 아직도 그러한 능력이 있다는 것은 고마운 일이다. 왜냐하면 농민에서 직공으로 몰락한 것은 그 옛날에 인간이 농부로 몰락했던 것만큼이나 중대하고 기억할 만한 사건이라고 생각하기 때문이다. 그리고 새로 개척된 지방에서는 연료는 항상 귀찮은 두통거리이다. 거주지는, 만일 나의 무단거주가 용인되지 않았다면 나는 내가 경작하는 땅 중 1에이커를 원래 팔린 가격, 즉 8달러 8센트로 구입할 생각도 가지고 있었다. 그러나 결국 무단 거주하는 것으로 낙착을 봤는데, 그 결과 땅의 값어치를 올려주었다고 생각한다.

세상에는 남의 말을 믿지 않는 부류의 사람들이 있는데, 그 사람들은 내게 채식으로만 살아갈 수 있다고 생각하느냐 등의 질문을 자주 한다. 그러면 근본 문제를 밝히기 위해—근본은 신념이니까—나는 대못을 먹고도 살아갈 수 있다고 대답해 주곤 한다. 만일 그들이 그 말을 이해하지 못한다면, 그들은 내가 이 책에서 말하는 내용도 잘 이해하지 못할 것이다. 나는 개인적으로 다음과 같은 실험이 행해졌다는 말을 듣고 기뻐하였다.

즉, 어느 젊은이가 2주일 동안 자기 치아를 절구삼아 속대가 붙어 있는 날옥수수만을 먹으며 살았다는 실험 말이다. 다람쥐들도 그런 실험을 해서 성공했다. 인류는 그러한 실험에 꽤 흥미를 갖고 있는데, 다만 그러한 것을 할 능력이 없는 늙은 할머니나, 미망인으로서 상속받은 재산을 제 분소에 투자하고 있는 늙은 과부들은 깜짝 놀랄 테지만.

내 가구(家具)에 대해서 말한다면 그 중 일부는 내가 직접 만들었고 나머지는 돈이 한 푼도 들지 않아서 계산서에 넣지도 않았다. 침대 하나, 탁자 하나, 책상 하나, 의자 세 개, 직경 3인치의 거울 하나, 부젓가락 한 벌과 난로 발판, 솥 하나, 냄비 하나, 프라이 팬 하나, 국자 하나, 대야 하나, 두 개의 나이프와 포크, 접시 세 개, 유리잔 하나, 당밀 단지 하나, 사기 램프 하나가 내 가구의 전부다. 아무리 가난하더라도 호박 위에 앉을 필요는 없다. 그것은 무능한 탓이다. 마을의 어느 집 다락에는 내 마음에 쏙 드는 의자들이 많은데, 그저 들고만 나오면 내 것이 될 수 있는 것들이다.

가구라니! 고맙게도 나는 가구점의 도움을 받지 않고서도 앉고 서고 할 수 있다. 자기의 가구가 거지 같은 빈 상자들의 모습으로 수레에 실려 햇빛과 사람들의 눈에 드러난 채 끌려가는 꼴을 철인(哲人)이 아니라면 누가 부끄럽게 여기지 않겠는가? 흠, 저것은 스폴딩 씨의 가구로군! 하고 나는 이삿짐만 보아도 그것이 소위 부자의 것인지 혹은 빈자의 것인지 구별할 수가 없었다. 그 소유자는 언제나 가난에 시달리고 있는 것 같았다. 사실 말이지, 그런 가구가 많으면 많을수록 더 가난한 것이다. 그러한 짐짝들은 마치 판잣집을 열두어 채나 뜯어 담은 것같이 보인다. 한 해의 판잣집이 가난의 상징이라면 이것은 열 배나 더 궁색한 모습인 것이다.

우리의 껍질인 우리의 가구에서 벗어나, 마침내는 이승의 가구들을 모두 불태워 버리자는 것이 아니라면 도대체

이사는 왜 하는 것일까? 그것은 마치 우리의 덫인 가구를 허리띠에 매달고 우리가 숙명적으로 거주하는 이 거친 황야를 힘들게 가는 것과 마찬가지의 일이다. 덫에 꼬리를 잘리고 도망가는 여우는 운좋은 여우였다. 덫에 걸린 사향쥐〔麝香鼠〕는 몸을 빼내려고 자기의 세번째 다리라도 물어서 끊는다고 한다.

인간이 탄력성을 잃어버린 것은 놀라운 일이 아니다. 인간은 얼마나 자주 궁지에 빠지는 것일까! '여보시오, 당돌한 말이지만 궁지에 빠진다는 게 도대체 무슨 뜻이오?' 당신이 상상력이 풍부한 사람이라면 사람을 만날 때마다 그 사람이 소유하고 있는 모든 것, 아니 소유하고 있지 않는 체하고 있는 것까지, 심지어는 자기 뒤에 간직해 두면서도 불사르지 못하는 취사도구나 값싼 물건에 이르기까지, 그리고 그 물건을 몸에 차고 필사적으로 끌고 다니는 꼴을 목격할 것이다. 자신은 옹이구멍이나 출입문을 빠져나갔지만, 자기의 가구를 실은 썰매가 자기 뒤를 따라나오지 못할 때, 나는 그가 궁지에 빠졌다고 생각한다.

어떤 맵시 있고 빈틈 없이 보이는 사람이 외관상으로는 자유스럽고 조금도 빈틈 없을 것같이 보이는데 자기 '가구'에 대해서 보험에 들었느니 안 들었느니 하고 말하는 것을 들으면 그 사람에게 동정을 금할 수 없다. '내 가구를 어떻게 하면 좋을까요?' 아름다운 나비는 거미줄에 걸려든 것이다. 오랫동안 아무것도 가지고 있지 않은 것처럼 보이는 사람들도 자세히 살펴보면 다른 사람의 광 속에다 물건을 간수해 두고 있다는 사실을 알게 될 것이다. 나는 오늘날의 영국을, 오랜 가정생활에서 모여진 무던히도 많은 쓸데 없는 짐짝들을 불태워 버릴 용기도 없이 끌고다니며 여행하고 있는 노신사와 같다고 본다. 그 물건들이란 큰 가방·작은 가방·종이 상자, 그리고 보자기 등인데, 적어도 앞의 세 가지 물건은 던져 버렸으면 한다.

오늘날의 건장한 사람이라도 자기 침대를 짊어지고 다니기에는 힘에 겨울 것이다. 그러니 나는 병자를 보면 침대를 내려놓고 뛰라고 충고하겠다. 언젠가 나는 갓 이민온 사람이 자기의 전재산이 든 짐짝을 메고 비틀거리며 가는 것을 보았는데, 그 짐은 마치 목덜미에 난 엄청나게 큰 혹처럼 보였다.—나는 그 사람을 아주 가엾게 여겼는데, 그것은 그 사람의 가재(家財)가 그것밖에 안 되기 때문이 아니고, 그가 그처럼 큰 짐을 메고 가야 했기 때문이었다. 만일 내가 나의 덫인 가구를 끌고 다니지 않으면 안 된다고 한다면, 나는 그것을 가볍게 해서 내 생명의 급소를 물어뜯지 않도록 조심하겠다. 그러나 아예 가재에는 절대로 손을 대지 않는 편이 가장 현명한 노릇이리라.

그런데 커튼에는 전혀 비용이 들지 않았다는 것을 말해 두고자 한다. 왜냐하면 태양과 달 이외에는 엿보는 자가 없었으니 가릴 필요도 없었고, 게다가 태양과 달이 엿보는 것을 내가 환영했으니 말이다. 달빛이 비쳐서 맛이 변할 우유도 고기도 없었고, 햇빛이 비쳐서 손상될 가구나, 퇴색할 양탄자도 없었다. 그리고 햇빛이 너무 뜨겁게 내리쬘 때에는 나는 가계부에 항목 하나를 보태기보다는 자연이 마련해 준 커튼, 즉 나무그늘 뒤로 물러서는 것이 더 낫고 경제적임을 발견한 것이다.

어느 부인이 내게 신발을 문지르는 깔개를 주겠다고 했지만, 그것을 집 안에 둘 자리도 없었고, 또 안에서나 밖에서 그것을 털 시간적 정신적 여유도 없었기에 나는 거절했다. 그리고 나는 문앞의 잔디풀 위에서 발을 문지르기를 더 좋아했다. 화근의 씨는 처음부터 피하는 것이 상책이다.

얼마 전에 나는 어느 교회 집사의 동산(動産)을 경매하는 자리에 갔었는데, 그는 죽기 전에 살림을 꽤 장만한 사람이었다.

인간의 악은 사후에도 남는다.[17]

대개 그렇듯이 대부분은 그의 부친 시대부터 모으기 시작한 하찮은 물건들이었다. 그 중에는 한 마리의 마른 촌충(寸蟲)도 끼어 있었다. 그 물건들은 그의 다락과 먼지 구덩이 속에 반 세기 동안이나 굴러다니다가 불태워지지도 않고, 즉 불사르거나 파괴해 버리지 않고 경매에 부쳐짐으로써 오히려 더 값이 오른 것이다. 이웃 사람들이 구경하려고 모여들었고, 결국 그것들은 남김없이 팔려나갔다. 이 가구들은 그것을 사간 사람들의 다락이나 먼지구덩이에 조심스럽게 옮겨져서, 그들이 저 세상으로 떠나는 날, 그들의 동산이 처분되는 날까지 그곳에 처박혀 있는 것이다. 사람이 죽으면 그는 먼지를 발길로 걷어차는 것이다.

어느 미개 민족들의 습관 중에는 우리가 본받아 이익이 될 만한 것도 있는데, 그 한 가지가 매년 치르는 '허물을 벗는 의식'이란 습관이다. 그들은 실제야 어떻든간에 그 취지만은 제대로 이해하고 있는 것이다. 바아트램[18]이 머클래시 인디언들의 습관이었다고 적어 놓은 '신곡제(新穀祭)' 혹은 '새 곡식을 잔치하는 제사' 같은 것을 우리도 해본다면 좋지 않겠는가? 바아트램은 이렇게 말하고 있다.

'온 마을이 신곡제를 지낼 때 그들은 미리 새 옷과 새 솥과 단지나 그 밖의 가구 등을 마련해 놓은 다음, 그들의 모든 헌 옷과 그 밖의 더럽혀진 물건 등을 모으고 그들 집과 거리와 온 마을 내의 쓰레기를 쓸어서 깨끗이 한 뒤, 남은 곡식과 그 밖의 묵은 양식을 헌 물건들과 함께 하나의 더미로 쌓아올려 불살라 버린다. 그리고 그들은 약을 먹고 사흘 동안 단식을 하고 난 다음, 마을의 모든 불을 끈다. 그들은 단식 기간중에는 모든 식욕과 성욕을 억제한다. 대사령(大赦令)이 공포되며 모든 죄인은 자기의 마을로 돌아간다.'

'나흘째 아침, 제주장(祭主長)은 마른 나무를 함께 비벼, 새 불을 광장에다 피워 놓는다. 마을 사람들은 그 불에서 새롭고도 순수한 불을 당겨간다.'

그런 다음 그들을 햇곡식과 햇실과로 잔치를 벌이며 사흘 동안 춤을 추며 노래 부른다.

'그리고 난 다음 그들은 똑같은 식으로 몸을 깨끗이 하고 치장을 한 이웃 마을 친구들을 맞이하여 같이 즐긴다.'

멕시코인 역시 52년을 보내는 해마다, 세상의 종말이 온다는 신념에서 이와 비슷한 정화제(淨化祭)를 올린다.

나는 이보다 더 참다운 제사, 즉 사전에서 정의하고 있듯이 '내적 및 정신적인 감사를 외적으로 눈에 보이게 하는 표시'인 제사를 들어 본 적이 거의 없다. 그들에겐 계시를 적은 성경의 기록은 없지만, 그들이 그렇게 하도록 하느님 한테서 직접 영감을 받은 것이라고 나는 의심치 않는다.

나는 5년 이상을 이와 같이 오직 육신의 노동만으로 생명을 유지해 왔으며, 그 결과 1년에 약 6주일 정도만 일하면 모든 생활 비용을 마련할 수 있다는 것을 알게 되었다. 여름의 대부분은 물론, 겨우내 나는 완전히 자유롭게 공부했다. 나는 철저히 학교 경영을 시도해 보았으나 수지가 맞기보다 지출이 수입보다 더 많은 것을 알게 되었다. 왜냐하면 교사다운 사색과 신념을 갖는 것은 말할 것도 없고, 교사답게 복장도 하고 훈련도 해야 했으며, 게다가 시간을 많이 빼앗겼기 때문이다.

또한 같은 인간에 대한 사랑 때문이 아니라 다만 생계를 위해서 가르쳤기 때문에 그것부터가 실패라고 생각한다. 나는 사업도 해보았다. 그러나 사업을 시작하려면 10년이 걸릴 것이며, 설혹 그렇게 되더라도 아마 도덕적으로 타락의 길을 걷게 될 것이라는 것을 알았다. 그래서 나중에는 사업이란 것에 성공하게 될까 봐 두려워하기도 했다. 이전에 내가 생계를 위해 무엇을 할 수 있을까 하고 사방을 두리번거리고 있었을 때, 친구들의 욕구에 응하려다 겪은 슬픈 경험이 내 마음속에 생생하여 나의 독창력을 괴롭혔으므로 나는 산딸기를 따서 파는 일을 진지하게 생각해 보았다.

그런 일 같으면 틀림없이 할 수 있으며 그 적은 수입도 내게는 충분할 것이고—나는 물욕(物慾)이 없다는 것을 최대의 자랑으로 삼았으니까—또 그런 일에는 자본도 많이 들지 않을 것이고, 내가 늘 갖는 기분에서 어긋나는 일도 거의 없으리라는 어리석은 생각을 하였다. 친지들이 서슴지 않고 사업이나 직업에 뛰어들고 있는 동안 나는 이 직업을 —즉 여름내 산을 돌아다니며 눈에 띄는 야생 딸기를 따모아 되는 대로 처분한다는 이 일은, 그리스 신화의 아폴로 신(神)이 속죄하기 위해 아드메투스 왕[19]의 양떼를 기르는 것과 같은 일이었다. 나는 또 야생의 약초를 모으거나 혹은 상록수를 수레에 싣고 숲을 그리워하는 마을 사람들에게, 심지어는 도시에까지 가져갈 수 있을 거라고 꿈꾸기도 하였다. 그러나 나는 사업이 다루는 모든 것을 사업이 저주하고 있다는 것을 알았다. 비록 하늘에서 오는 전언(傳言)을 취급하는 사업이라도 장삿속에 따르는 저주는 피할 수 없는 것이다.

나는 특히 자유를 소중히 여겼으며, 경제적으로는 풍족하지 않더라도 행복하게 살 수 있었으므로 호화스런 융단이나 그 밖의 으리으리한 가구나 혹은 맛있는 요리나, 그리스식이나 고딕식의 주택 등을 마련하는 데 시간을 허비하고 싶지 않았다. 만일 그런 물건을 가지더라도 하등 방해가 안 되거나, 그것들을 손에 넣었을 때 잘 사용하는 법을 알고 있는 사람이 있다면 나는 그 사람들에게 그런 일들을 맡겨 두겠다. 어떤 사람들은 매우 '근면'하여 노동 그 자체를 위해서, 아니 아마 노동을 하면 더 나쁜 것에 빠지지 않게 되기 때문에 노동을 사랑하는 것같이 보인다.

지금 그들이 누리고 있는 여가보다 더 많은 여가가 생기면 어쩔 줄 몰라하는 사람들에게, 지금 하고 있는 것보다 배로 열심히 일하라고 충고하겠다. 즉 그들이 부채를 갚고 자유의 증서를 얻을 때까지 일하라는 것이다. 나로서는, 날품팔이의 직업이 가장 자유로운 직업이라는 것을 발견했다. 특히 이 직업은 1년에 30일 내지 40일만 일하면 살아갈 수 있으니까. 노동자의 하루는 해가 지면 끝나며, 그후의 시간은 자기 노동에 상관없이 자유로이 자기가 하고 싶은 일을 할 수 있으니까 말이다. 그러나 그의 고용주는 항상 이 궁리 저 궁리로 1년 내내 쉴 사이가 없는 것이다.

요컨대 나는 나의 경험과 신념에서 다음과 같은 것을 확신하고 있다. 만일 우리들이 단순하고 현명하게 살아간다면

이 세상에서 생을 유지한다는 것은 어려운 일이 아니라 재미있는 일이라는 것이다. 마치 비교적 단순한 국민들의 생활이 오늘날에는 인위적인 국민들의 스포츠인 것처럼, 사람은 나보다 더 쉽게 땀을 흘리지 않는 한 이마에 땀을 흘리면서 생계를 이어갈 필요는 없는 것이다.

내가 아는 한 젊은이는 몇 에이커의 땅을 상속받았는데, 자기도 여력만 있다면 나와 같은 생활을 해보고 싶다고 내게 말했다. 그러나 나는 어떤 사람이든 결코 나 같은 생활방식을 따르기를 바라지 않는다. 왜냐하면 그 사람이 나의 생활방식을 제대로 배우기도 전에 나는 또 다른 방식을 발견할는지도 모르기 때문이고, 게다가 나는 이 세상에는 될 수 있는 한 많은 색다른 사람들이 있기를 바라기 때문이다. 나는 각자가 자기의 아버지나 어머니, 혹은 이웃 사람들의 생활방식 대신 자기의 생활방식을 조심스럽게 찾아내어 추구해 주었으면 한다. 젊은이는 목수나 농부나 선원이 되어도 좋으니 그가 하고 싶다고 원하는 것을 하지 못하도록 방해하지 않도록 하자. 마치 선원이나 도망친 노예가 북극성(北極星)을 지켜 보듯 우리는 수학적인 점에 의해서뿐만 방향감각을 유지할 수 있다. 그리고 그 점은 우리의 전 생애 동안 충분한 지표가 된다. 우리는 일정한 시일 내에 항구에 도착하지 못할지는 모르지만 그러나 올바른 진로를 유지할 것이다.

의심할 바 없이 이 경우에 있어 한 사람에게 진리인 것은 천 사람에게는 더욱 진리이다. 이것은 마치 큰 집이 작은 집보다 비례적으로 값싸게 먹히는 것과 같다. 왜냐하면 어차피 지붕도 하나고 밑에는 지하실이 있고 벽 하나로 여러 칸을 막았을 테니까. 그러나 나는 독채를 더 좋아한다. 더욱이 남에게 공통 주택의 장점을 설득하려고 애쓰기보다는 집 전체를 나 혼자 짓는 편이 오히려 값싸게 먹힐 것이다. 그리고 남에게 납득시켰다고 하더라도 아주 값싸게 먹히게 하기 위해서는 벽이 아주 얇지 않으면 안 되며, 또 이웃이 나쁜 사람일지도 모르며, 자기 쪽 벽을 수리하지 않은 채 둘지도 모르는 일이다.

흔히 있을 수 있는 협력이란 극히 부분적이며 피상적인 것이다. 진정한 협력이란 거의 없는 거나 마찬가지여서 사람들에게는 들리지 않는 화음과 같다. 만일 인간에게 신념이 있다면 어디서나 같은 신념을 가진 사람과 협력할 것이다. 그러나 그에게 신념이 없다면 그는 어떠한 단체에 가입하거나 보통 사람들처럼 그럭저럭 살아나갈 것이다. 가장 낮은 의미에서뿐만 아니라 가장 높은 의미에서, 협력한다는 것은 함께 생활하는 것을 의미한다.

나는 최근에 어떤 두 젊은이가 함께 세계를 일주하겠다는 이야기를 들었는데, 한 청년은 여행을 하면서 선원 노릇도 하고 농부 노릇도 하면서 여비를 마련하기로 하고, 또 다른 청년은 호주머니 속에 어음을 갖고 떠난다는 것이다. 이들 중 한 사람은 전혀 일을 하지 않을 테이니 그들이 오래 협력하여 동행이 될 수 없을 거라는 것은 명약관화한 일이었다. 그들은 그들의 모험에서 흥미 있는 첫 위기에 부딪치면 곧 헤어질 것이다. 무엇보다도 내가 이미 넌지시 말했듯이 혼자 여행하는 사람은 그날로 떠날 수 있다. 그러나 동행이 있는 사람은 그 동행인의 준비가 될 때까지 기다리지 않으면 안 되며, 따라서 그들이 함께 떠나기까지에는 오랜 시간이 걸릴 것이다.

그러나 이 모든 것은 너무도 이기적이지 않느냐고 마을 사람들이 말하는 것을 들은 적이 있다. 나는 여태까지 자선 사업에는 거의 열중하지 않았음을 고백한다. 오늘날까지 나는 하나의 의무감 때문에 다소의 희생을 해왔으며 그 중에 하나로 이 자선의 기쁨도 또한 희생했다. 어떤 사람들은 온갖 수단을 다하여, 마을의 불쌍한 가정을 도우라고 나를 설득했었다. 그런데 내게 아무 할 일이 없었다면, 소인이 한가하면 불선(不善)을 하는 법이니까, 그런 일에 손을 대어 소일했을지도 모른다.

그러나 내가 막상 그 일을 해볼까 하여 어떤 가난한 사람들에게 모든 점에서 나와 같은 정도의 생활 수준을 유지케 해주려고 그 뜻을 전했더니, 그들은 서슴지 않고 한결같이 그대로 가난하게 살겠다고 했다. 우리 마을 사람들이 그처럼 여러 가지 방법으로 다른 사람들의 행복을 위해 헌신하고 있으니, 적어도 한 사람쯤은 비인도적(非人道的)인 다른 일을 하도록 내버려 두어도 좋을 것으로 믿는다. 다른 어떤 일이든 다 그렇지만 자선사업에는 소질이 있어야 한다. 자선에 대해서 말하자면 그것은 정력을 요하는 직업이다. 더욱이 나는 그 일을 꽤 해보았는데, 이상하게 여길지 모르겠지만 그 일이 내 체질에 맞지 않는다는 결론에 이르렀다.

나는 아마 사회가 이 세계를 파멸로부터 구하기 위하여 내게 요구하는 자선을 행하기 위해 나의 천직(天職)을 의식적으로, 그리고 고의로 내던지지는 않을 것이다. 그리고 다른 면에서도 이와 비슷한, 아니 무한히 위대하고 흔들리지 않는 정신이 있어서 오늘날의 우리를 지탱해 주고 있는 것이라고 믿는다. 그러나 나는 어떤 사람이 자기의 소질을 발휘하는 것을 방해하고 싶지는 않다. 내가 싫어하는 자선사업을 전심전력을 기울여 하고 있는 사람들에게 말하고자 하는 것은, 세상 사람들이 그 일을 악(惡)이라고 부를지라도 굽히지 말고 열심히 하라는 것이다.

나는 내 경우가 특수한 경우라고는 절대로 생각하지 않는다. 나의 수많은 독자들도 이와 비슷한 변명을 해줄 것이라고 의심하지 않는다. 어떤 일을 할 때—나의 이웃 사람들이 그것을 좋은 일이라고 말하지 않아도 상관없지만—나라는 인간이 그 일을 맡아 하기에 가장 적합한 인간일 거라는 것을 주저하지 않고 말하는 바이다. 그러나 내가 한 일이 무엇인가를 알아내는 것은 나의 고용주가 할 일이다. 내가 어떤 선(善)을 하느냐 하는 것은—이 말의 보통 의미에서—나의 중요한 관심사가 아니며 또 대부분은 전혀 뜻을 두지 않았음에 틀림없다.

사람들은 이런 말을 한다. '더욱 훌륭한 인간이 되려고 하지 말고 지금 있는 그 자리에서 시작하시오. 미리 생각했던 친절한 마음으로 착한 일을 하시오.' 그러나 내가 만일 설교할 입장이 된다면 나는 이같이 말하겠다. '먼저 착한 인간이 되시오.' 사람들은 마치 태양이 저녁이 되면 자기의 불을 저 빛나는 달과 육등성(六等星)에 당기고 나서, 자신도 로빈 굿펠로우[20]같이 헤매면서 모든 오두막집의 창문을 들여다보며, 미치광이에게 힘을 돋워 주며 육류(肉類)를 썩이며, 겨우 어둠이나 가시게 하는 정도의 빛을 가진 존재로 생각하는 것 같다. 그러나 태양은 그 단정한 열과 혜택을 점점 증가시켜 마침내는 사람들이 정면으로는 자기의 얼굴을 바라볼 수 없게끔 밝게 비치며, 그 사이에도 역시 세상에 선을 베풀면서 자기 궤도를 돌며, 아니 오히려 보다 더 진실한 철학이 발견했듯이, 세계가 태양의 덕을 입으면서 그 주위를 돌고 있다는 것을 모르고 있다.

파이톤[21]은 천신(天神)의 아들임을 증명하려고 어느 날 태양의 수레를 빌려 탔으나, 궤도에서 벗어나는 바람에 천국의 아래쪽 거리에 있는 몇 부락을 불태우고 지구 표면을 그을리고 모든 우물을 말라붙게 하여 사하라에 큰 사막을 만들어 놓았다. 그러자 제우스신은 번갯불로 그를 지상으로 거꾸로 내던졌는데, 태양은 그의 죽음을 슬퍼하여 1년 동안이나 빛을 발하지 않았다고 한다.

썩은 선행에서 풍기는 악취만큼 고약한 것은 없다. 그것은 인간의 썩은 살덩이요, 신의 썩은 살덩이다. 만일 어떤 사람이 내게 자선을 베풀려는 명백한 의도를 가지고 내 집에 오는 것을 확실히 안다면, 나는 사람 살리라고 소리치며 도망갈 것이다. 마치 질식할 지경으로 귀·코·입·눈에 먼지로 가득 채우는 저 아프리카 사막의 이른바 열풍이라는 그 바싹 마르고 뜨거운 바람을 피하듯이 그런 사람의 선행을 맛보면 그 선행의 해독이 내 혈액 속에 섞여질까 봐 두렵기 때문이다. 아니, 나는 차라리 악행의 피해를 받아들이는 것을 택하겠다. 내가 굶주릴 때에 먹여 주고, 내가 얼고 있을 때에 따뜻하게 해주고 혹은 내가 구렁텅이에 빠졌을 때 나를 건져 준다고 해서 그 사람이 내게 선인이라고는 할 수 없다. 뉴펀들랜드 섬의 개도 그런 일은 얼마든지 할 수 있을 것이다. 박애는 가장 넓은 의미에서의 인류애는 아니다.

하워드[22]는 정말 친절하고 그 나름으로 훌륭한 인물이었으며 그만한 보답을 받고 있다. 그러나 비교해서 말하자면 만일 우리가 그들의 도움을 받을 만할 때 그들의 박애가 우리를 도와주지 않는다면 백 명의 하워드와 같은 사람들이 우리에게 무슨 소용이 있겠는가? 어느 자선단체치고 나에게, 나와 같은 사람에게 어떤 자선을 베풀고자 진심으로 제안했다는 이야기를 들은 적은 한 번도 없다.

제수이트 선교사들은, 화형(火刑)을 당하고 있는 인디언들이 그들의 박해자에게 새로운 고문법(拷問法)을 제시한 것에 아연실색을 했다고 한다. 인디언들은 육체적인 고통을 초월하고 있었으므로 선교사들이 제공하는 어떠한 정신적인 위안에도 초월할 수 있었다. 그리하여 자기가 원하는 바와 같이 다른 사람에게 해주라는 성경의 말씀이 이런 인디언들의 귀에 들어가지는 않을 것이다. 그들로서는 법(法)이 어떻게 해준들 상관하지 않으며, 그들의 원수를 새로운 방식에 좇아 사랑했으며, 그들의 행위를 아주 너그럽게 용서하기까지 했던 것이다.

가난한 사람들에겐 그들이 가장 필요로 하는 것을 주도록 해야 하는데, 비록 그것이 당신이 보여 주는 모범이며, 그 모범이 그 사람들이 따르기 힘든 것일지라도 말이다. 만일 돈을 주겠으면 그 돈으로 물건을 장만해 줄 것이지 막연히 돈만을 내던져서는 안 된다. 우리는 기묘한 실수를 범하는 수가 종종 있다. 가난한 사람은 꼴이 추하고 누더기 옷에 망측한 꼴을 하고 있을지도 모르나 그러나 춥거나 배가 고프지 않을 수도 있다. 그렇게 하고 다니는 것이 그의 취향일 수도 있으며, 단순히 불운 때문은 아닐 수도 있다. 당신이 가난한 자에게 돈을 준다면 그자는 그 돈으로 누더기 옷을 더 장만할 것이다.

나는 몸에 맞는 어느 정도 보기 좋은 의복을 입고서도 추위에 떠는데, 투박한 아일랜드 출신 노동자들이 지독히 더러운 누더기옷을 걸치고 호수에서 얼음을 따내고 있는 것을 보고 그들을 늘 불쌍히 여겨 왔었다. 어느 추운 날 그 중의 한 노동자가 물에 빠져 몸을 녹이려고 내 집으로 들어 왔는데, 그는 속바지 세 벌과 양말 두 켤레를 벗고서야 알몸을 드러냈다. 그것들은 정말 더러운 누더기나 다름없었지만 내가 주는 외의(外衣)를 거절할 수 있을 만큼의 많은 내의(內衣)를 입고 있었다. 이렇게 물에 빠지는 것이 그에게는 필요했던 것이다.

그래서 나는 내 자신을 가엾게 여기기 시작했다. 어떤 헌 의복점 물건을 전부 그에게 주느니보다는 한 장의 플란넬 내의를 나에게 주는 편이 더 큰 자선이 되리라는 것을 나는 알았다. 세상에는 악의 뿌리를 잘라내는 한 사람이 있다면, 악의 가지를 치고 있는 사람은 천 명이나 된다. 그리고 가난한 자에게 금전을 가장 많이 주는 사람은 그런 생활방식으로 그가 없애려고 노력하는 그 불행을 만들어 내는 데 최선을 다하고 있는 것이 될지도 모르겠다. 이것은 노예 열 명 중 한 명을 판 대금으로 나머지 노예들에게 일요일의 자유를 사서 주는 경건한 노예농장의 주인과도 같은 것이다.

어떤 사람들은 가난한 자를 자기 집 부엌에 고용함으로써 친절을 베푼다. 만일 그들 스스로가 부엌일을 한다면 더 친절하지 않겠는가? 여러분은 수입의 10분의 1을 자선사업에 쓰고 있다고 자랑한다. 차라리 수입의 10분의 9를 바쳐서 자선사업을 끝장내는 게 나을 것이다. 사회는 재산의 10분의 1만을 회수한다. 이것은 어쩌다가 그 재산을 소유하는 인간의 관대성에 기인하는 것인가, 아니면 공정해야 할 관리들의 태만에 기인하는 것인가?

박애는 인류가 충분히 인식하고 있는 거의 유일한 미덕이다. 아니, 너무도 과대평가되고 있다. 그리고 그것을 과대평가하는 것은 우리의 이기심이다. 어느 화창한 날 이곳 콩코드에서 굳세게 생긴 가난한 자가, 내게 마을의 어느 사람을 극구 칭찬했는데, 그의 말로는 그 사람이 가난한 자에게, 즉 그 자신에게 친절했기 때문이라는 것이다. 인류에게 친절한 아저씨 아주머니는 인류의 진정한 아버지와 어머니들보다 더 존경을 받고 있다.

학식 있고 훌륭한 어떤 강연가가 영국에 관해 강연하는 것을 들은 적이 있는데 그분은 영국의 과학상·문학상·정치상의 저명인사들, 이를테면 셰익스피어, 베이컨, 크롬웰, 밀턴, 뉴턴 등의 인물들을 열거하고 나서는 영국의 기독교적 영웅들에 대해 말하기 시작했다. 그런데 그는 마치 자신의 직업이 그것을 요구라도 하는 듯, 이 사람들을 위인 중의 위인으로 다른 인물보다 훨씬 높이 치켜올렸다. 그 사람들이란 펜[23], 하워드, 프라이 부인들이었다. 그의 표현에는 누구나 거짓과 허세를 느꼈을 것이다. 그들은 영국이 낳은 가장 훌륭한 사람들은 아니었다. 단지 영국의 가장 훌륭한 박애자에 지나지 않았다.

나는 박애가 으레 받아야 할 칭찬을 조금이라도 깎아내리자는 것은 아니다. 다만 그들의 생애와 사업으로 인류에게 축복을 내려 준 모든 사람들에 대하여 공정하게 대접해 달라고 요구할 따름이다. 나는, 인간의 줄기이며 잎이라고도 볼 수 있는 인간의 공정과 자비심을 높이 평가하지 않는다. 잎이 시들면 병자에게 약초로 쓰이는 식물들일지라도 천한 용도에만 쓰이며, 그것도 주로 돌팔이 의사들에 의해서 사용된다. 나는 한 인간의 정화(精華)와 실과(實果)를 바란다. 즉, 그에게서 나에게로 어떠한 향기가 풍겨오기를, 어떤 무르익음이 우리의 교제를 향기롭게 해주기를 바란다.

그의 선행은 부분적이며 일시적인 행위여서는 안 되며, 끊임없이 흘러넘치되, 그에게는 한 푼도 들지 않으며 또한 의식하고 있지 않은 줄기찬 잉여물(剩餘物)이라야 한다. 이것은 한량 없는 죄악을 감추는 자선이다. 박애주의자는 너무나 자주 그 자신이 벗어 버린 비애의 추억으로 공기처럼 인류를 둘러싸고 그것을 동정이라고 부른다. 우리는 절망이 아니라 용기를, 우리의 질병이 아니라 우리의 건강과 안락을 나누어 주어야 하며, 그 질병이 전염병같이 퍼지지 않도록 주의해야 한다. 남부의 어떤 평야에서 통곡하는 울음소리가 들려오는가? 어떤 위도(緯度) 밑에서 우리가 광명을 보낼 이교도(異教徒)들이 살고 있는가? 우리가 구해 주고자 하는 그 절제 없고 짐승 같은 인간은 누구인가?

만약 무엇이 인간을 괴롭혀 그 결과 자기의 기능을 발휘하지 못한다면, 만일 그의 내장(內臟)에 고통을 느낀다면, —내장이야말로 동정이 자리잡고 있는 곳이니까—그는 당장 세계를 개량하는 일에 착수할 것이다. 그 자신이 하나의 소우주(小宇宙)이므로 그는 세계가 풋사과를 먹고 있다는 것을 발견한다. 이것이야말로 참다운 발견이며, 그 사람이야말로 발견을 해야 할 인간이다. 사실 그의 눈에는 지구 자체가 하나의 커다란 풋사과로 보이며, 그것이 익기도 전에 인간의 아들딸들이 그것을 따먹을 거라는, 생각만 해도 무시무시한 위험을 깨닫는다.

그리하여 그의 맹렬한 박애정신은 에스키모족과 피타고니아족을 찾으며, 인구 많은 인도와 중국의 여러 부락을 품 안에 안는다. 그렇게 한두 해 박애활동을 하는 동안 신들은 자기들 뜻대로 그를 부리고 있겠지만, 그는 소화불량을 고치며, 지구는 마치 익어가기 시작하는 것처럼 한쪽 내지 양쪽 볼이 약간 붉어지며, 그래서 인생은 미숙한 점을 잃고 다시 한 번 살기에 보다 더 달콤하고 건전한 인생이 된다. 나는 내가 범한 것보다 더 큰 죄를 꿈에도 생각한 일이 없었다. 나는 나보다 더 흉악한 인간을 결코 알지 못하며 앞으로도 알지 못할 것이다.

사회 개량가를 슬프게 하는 것은 곤궁에 빠진 동포들에 대한 동정이 아니고, 비록 그가 신(神)의 가장 거룩한 아들일지라도 자기의 개인적인 고통이라고 나는 믿는다. 이 개인적인 고통이 나아지고 그에게 봄이 와 아침 햇볕이 그의 침실에 비치면 그는 자기의 정다운 동포들을 변명도 없이 버리고 말 것이다.

내가 담배의 해독에 대해 설교를 하지 않는 데 대한 나의 변명은 이러하다. 즉, 나는 담배를 피우지 않으며, 그것은 담배를 피우다가 끊은 사람들이 자신의 과오에 대한 벌로서 해야 할 일이다. 담배말고 내가 맛을 본 경험이 있는 것들 중에는 그 해독에 대해서 설교를 할 만한 것들이 꽤 있긴 하지만 말이다. 만일 당신이 어쩌다가 자선사업에 끌려 들어가더라도 당신의 바른손이 하는 일을 왼손에게 알리지 말라. 그것은 알 만한 가치가 없기 때문이다. 물에 빠진 자를 건져 주라. 그리고 당신의 신발끈을 매도록 하라. 그런 다음 시간을 얻어 어떤 자유로운 일을 시작하라.

우리의 풍습은 성자(聖者)들과 소통함으로써 부패되어 버렸다. 우리의 찬송가집(讚頌歌集)은 신을 저주하고 신을 영원히 인내하는 곡조로 울리고 있다. 예언자들과 구세주들도 인간의 희망을 확신시켜 주었다기보다는 인간의 두려움을 달래주는 데 그쳤다고 할 수 있다. 인생의 혜택에 대한 소박하고도 막을 수 없는 만족, 신에 대한 어떤 거역할 만한 찬송이 기록되어 있는 것은 하나도 없다. 건강과 성공은 아무리 멀리 떨어져 있는 듯이 보이더라도 나에게는 이익을 준다. 질병과 실패는 나에게 아무리 많은 동정을 베풀고 혹은 내가 그것들에 동정을 베푼다고 하더라도 나를 슬프게 하며 나에게 해를 끼친다.

그러나 우리가 정말은 인디언적인, 식물적인, 자석(磁石)적인 혹은 자연적인 방법으로 인류를 구하겠다고 한다면,

우리는 먼저 자연처럼 소박하고 선량해야 하며 우리의 털구멍에 자그마한 생명을 불어넣어야 한다. 가난한 자의 후견인(後見人)이 되기를 기다리지 말고 세상에서 가치 있는 한 사람이 되도록 힘써야 한다.

나는 페르시아의 시인 쉐이크 사디의 시집(詩集)인 《굴리스탄》, 즉 《화원》이라는 시집에서 다음과 같은 대목을 읽었다.

'사람들이 현자에게 묻기를, 지고한 신(神)이 드높이 우거지게 창조하신 이름난 많은 나무들 중에서, 열매도 맺지 않는 삼나무 외에는 그 어느 나무도 자유의 나무라고 부르는 것이 없으니 여기에는 어떠한 신비가 깃들여 있나이까? 현자가 대답하기를 나무마다 적당한 산물과 일정한 계절을 가지며, 그 계절 동안은 생생하여 꽃을 피우나 그 계절이 끝나면 말라서 시드는 법이니라. 삼나무는 그 어느 상태에도 속하지 않고 언제나 무성하게 있느니라. 자유로운 자, 혹은 종교적으로 자주적인 자들은 이런 천성을 지니고 있느니라. 그러니 그대들의 마음을 무상한 것에 두지 말지어다. 티그리스 강은 회교도(回敎徒)의 왕족들이 멸망한 뒤에도 바그다드를 뚫고 계속 흐르리라. 만일 그대들의 손에 가진 것이 많거든 대추나무처럼 아끼지 말고 주어라. 그러나 만약 남에게 줄 것이 없거든 삼나무처럼 자유인이 되라.'

〈보충하는 시〉

빈자의 요구

불쌍하고 가난한 자여, 그대의 생각은 너무 지나치다.
그대의 허술한 오두막집이
값싼 햇볕에서 혹은 그늘진 샘가에서
뿌리와 잎으로 게으르고 현학적인 미덕을 기른다고
창공에 한 자리를 요구하다니,
그곳에서 그대의 바른손은
인간의 정열을 마음에서 찢어내고
본성을 타락시키고 감각을 마비시켜
무서운 고르곤을 보고 놀라듯
활동적인 인간을 화석(化石)으로 만든다.
우리는 지루한 사회에다
그대의 불가피한 절제나
기쁨도 슬픔도 모르는
저 부자유스러운 교제는 요구하지 않는다.
또한 그대가 할 수 없이
활동적인 것보다 탁월하다고 자랑하는
수동적인 불굴도 요구하지 않는다.
평범 속에 자리잡은 이 천하고 비열한 무리들은
그대의 노예적 근성에 어울린다.
그러나 우리가 탁월하다고 숭상하는 미덕은
용감하고 관대한 행위, 왕자 같은 장엄,
전지전능의 심려, 한계 모르는 아량,
그리고 고대(古代)에도 그 명칭을 모르고
단지 헤라클레스, 아킬레스, 테세우스 같은

본보기만 남겨 놓은
영웅적인 미덕이다.
그대의 추한 암실로 돌아가라.
그리하여 그대가 새롭고 빛나는 천체를 보거든
저 훌륭한 분들의 정체만을 연구해서 알아라

—토머스 커류

㊟

1) 헤라클레스가 죽인 머리 아홉 달린 뱀. 머리 하나를 자르면 그 자리에서 새로 두 개의 머리가 생겼다고 함.

2) 엘리스의 왕은 3천 마리의 소를 30년 간이나 청소하지 않은 외양간에 두었는데, 헤라클레스가 세번째 모험 때 그 청소를 맡았다고 함.

3) 제우스 신의 명령으로 돌을 던져 그 돌에서 인간을 창조한 부부.

4) Ovid의 《변성(變成)》중의 인용. 로리의 역(譯)으로 《세계사》 속에 수록.

5) 영국의 노예해방 운동가(1759~1833). 그의 공헌으로 1834년 영국에서는 노예해방 법령이 통과되었다.

6) 영국의 일기문인(日記文人)(1620~1706). 조원술의 권위자.

7) 그리스의 의학자(BC 460~370?). 의학의 시조.

8) 《논어(論語)》 ‘子曰, 由, 論女知之乎, 知之爲知, 不知爲不知, 是知也.’

9) 이집트의 보리(소맥). 보피 배종(胚種)의 생명이 오래 간다는 이야기는 부정되고 있어, 작가는 ‘전해졌다고 말해지고 있는’이라고 나중에 수정하였다고 함.

10) 엘리자베드조의 시인 겸 극작가·번역가(1559~1634). 호머의 《일리아드》및 《오딧세이》의 영역(英譯)으로 유명함. 본문의 3행은 케사르와 폼페이에서 인용.

11) Tithonus 신과 Aurora 여신 사이에서 태어남. 트로이 전쟁에서 전사. 어머니 오로라 여신은 제우스 신에 기원하여 그의 상을 세웠는데 여신의 비탄이 아침 이슬이 되었다는 신화가 있음.

12) 아시리아의 마지막 왕(BC 668~626). 문약한 이 왕의 치하에 문학 예술이 발달하여 외관상 융성했으나 망하고 말았음.

13) 이 말은 '한 인간을 만드는 데 아홉 명의 재단사를 요한다'라는 말을 넌지시 가리킨다.

14) 1세기경에 씌어진 힌두교 경전의 하나.

15) 그리스의 고대 지명. 무릉도원(武陵桃源)의 상징. 필자도 실제로 가 본 일이 없을 테니, 이것은 상상에서 한 말이다.

16) 이집트에 있는 도시를 말함. 호머도 '백 개의 문이 있는'이라고 ≪일리아드≫ 9장 383행에서 말하고 있다.

17) 셰익스피어 ≪율리우스 케사르≫ 제2막 2장 80행.

18) 미국의 식물학자(1739~1823). 인용한 책은 그의 저서 ≪Travels throush North and South Carolina Georgia≫ 등이다.

19) 시와 노래의 신인 아폴로가 Pherae의 왕 Adametus의 양을 9년간 길렀다는 신화.

20) 셰익스피어의 ≪한여름밤의 꿈≫에서 보다시피 Puck라고도 하며, 장난을 즐겨하는 쾌활한 정령.

21) 태양신의 아들. 하루는 부신(父神) 대신 태양을 운전하다가 본문에서와 같은 사고를 일으켰다는 신화가 전해진다.

22) 영국의 유명한 박애주의자(1726~1790).

23) 퀘이커 파의 목사(1644~1718). 펜실베이니아 주를 개척한 사람.

독 서

　자기의 직업을 선택하는 데 좀더 신중을 기한다면 아마 누구나 본질적으로도 연구가와 관찰자가 될 것이다. 그런 사람들의 성질과 운명은 누구에게나 흥미가 있을 테니까. 자기 자신이나 후손을 위해서 재산을 모으거나 한 가족, 한 국가를 창설하거나 혹은 명성을 얻는다고 했댔자 우리는 결국 죽게 되어 있다. 그러나 진리를 다루면 우리는 영원불멸이 되며, 변화나 우연을 두려워할 필요도 없게 된다. 이집트나 인도의 철인은 신의 입상(立像)에서 베일의 한 구석을 걷어올렸다. 그리하여 지금도 떨고 있는 옷자락은 걷어올린 채로 있어서 나도 옛 철인이 했듯이 생생한 영광을 응시한다. 그것은 그 옛날에 그토록 대담했던 것은 철인 내부에 있는 나였으며, 지금 다시 그 상(像)을 보는 자는 나의 내부에 있는 철인이기 때문이다. 그 옷에는 아직 먼지 하나 앉지 않았다. 그 신성(神性)이 드러난 이래, 시간은 조금도 경과하지 않았다. 우리가 진실한 시간으로 승화시키는, 또는 시킬 수 있는 시간은 과거도 현재도 미래도 아니다.

　내가 거처하는 곳은 사색하기에 뿐만 아니라 진지한 독서를 하기에도 어느 대학보다 사정이 좋았다. 나는 비록 흔해빠진 순회(巡廻) 도서관도 찾아오지 않는 곳에서 살았지만 온 세계를 순회하는 책들, 즉 그 문장이 처음엔 나무껍질에 적혀졌다가 지금은 수시로 마포지(麻布紙)에나 복사되는 책들의 영향을 어느 때보다 더 많이 받았다. 시인 미르 가마므 우딘 마스트는 이렇게 말하고 있다.

'가만히 앉아서도 정신 세계를 돌아다니는 그런 이익을 나는 책에서 얻었다. 한잔의 술에 도취되는 그런 기쁨을, 나는 절묘한 교리(敎理)라는 술을 마셨을 때 맛보았다.'

나는 여름 내내 호머의 ≪일리아드≫를 책상 위에 놓아 두었다. 그러나 가끔 책장을 펼쳐 보았을 뿐이다. 나는 집을 완성시켜야 했고, 또 콩밭을 가꾸는 등 끊임없이 해야 될 일이 너무 많아서 그 이상 더 공부할 수가 없었다. 그러나 앞으로 그런 책을 읽을 셈으로 기운을 가다듬었다. 나는 일 짬짬이 천박한 여행기 한두 권을 읽었는데, 마침내 그런 짓을 하는 내 자신이 부끄러워져서 나는 내가 사는 곳이 어디냐고 자문해 보았다.

학생들은 호머나 아이스킬로스를 그리스어로 읽어도 방탕이나 사치의 위험을 범하지 않을 것이다. 그것은 독자가 작중의 영웅들과 어느 정도 경쟁을 하며, 아침의 몇 시간 동안을 독서로 보내기 때문이다. 영웅들에 대한 책은 우리의 모국어로 인쇄된 것일지라도 타락한 사람들에게는 언제나 사어(死語)로 인쇄된 것처럼 이해가 되지 않을 것이다. 그래서 우리는 우리가 갖고 있는 사소한 지혜와 용기와 관용에도 우리의 일상용법이 허용하는 것보다는 더 넓은 의미로 추리해 나가야 한다.

오늘날 값이 싸면서도 물량적으로도 엄청난 출판이 자리를 잡고, 그에 따른 번역물이 많이 나왔지만 고대의 영웅들을 그린 작가들에게는 좀체로 우리를 접근시켜 주지 못했다. 그들 고대 작가들은 여전히 고독하게 보이며, 그들의 인쇄된 글자는 희귀하고 신기하게 보인다. 만일 여러분이 거리의 범속(凡俗)을 초월하여 끊임없는 암시와 자극이 되는 몇 마디의 고대어(古代語)를 배운다면, 그것은 여러분의 청춘과 소중한 시간을 바칠 만한 가치가 있는 것이다. 농부가 자신이 주워들은 라틴어 몇 마디를 기억하여 되풀이 되뇌어 보는 것도 헛된 일은 아니다. 사람들은 마치 고전(古典) 연구가 결국에는 현대적이며 실용적인 학문에게 길을 양보하리라고 말하고 있지만 그러나 모험적인 학도는 항상 그것이 어떤 언어로 씌어졌건, 또 얼마나 낡았건 간에 고전을 연구할 것이다. 고전이란 인류사상의 가장 고귀한 기록이 아니고 무엇이겠는가?

고전이야말로 사라지지 않고 남아 있는 유일한 신탁(信託)이며, 그 안에는 델피[1]도 돈노나[2]도 밝힌 일이 없는 가장 현대적인 질문에 대한 해답이 들어 있는 것이다. 고전 연구를 그만두는 것은 마치 자연이 오래되었기 때문에 그 자연을 연구하는 일을 그만두는 것과 같은 것이다. 잘 읽는 것, 즉 참다운 정신으로 책을 읽는 것은 고귀한 과업이며, 이 과업은 그 당시의 풍습에서 존중하는 어떠한 과업보다 독자에게 더 힘드는 일이다. 그것은 그리스의 운동선수들이 받는 그런 훈련을 요구하며 거의 전생애 동안 이 목적을 위한 착실한 노력을 요구하는 것이다.

책은 그것이 처음에 쓰여졌을 때와 마찬가지로 신중히 그리고 조심스럽게 읽지 않으면 안 된다. 그 책이 씌어진 국가의 언어를 말할 수 있는 것만으로는 충분하지 못하다. 즉, 말로 쓰는 언어와 글로 쓰는 언어, 듣는 언어와 읽는 언어 사이에는 뚜렷한 차이가 있기 때문이다. 전자는 대개 일시적인 것으로 혀나 방언에 불과하며 우리가 동물처럼 어머니한테서 무의식적으로 배우는 언어이다. 후자는 전자의 성숙된 언어, 경험이 쌓인 언어이다. 전자가 모어(母語)라면 후자는 부어(父語)이며 알맞게 선택된 표현이다. 너무도 의미심장하여 귀로 들을 수 없으며, 그것을 말하기 위해서는 다시 태어나야 할 표현이다.

중세에 단지 그리스어나 라틴어를 할 줄 알았던 대중들이 우연히 그 나라에 태어났다고 해서 언어로 씌어진 천재의 작품을 읽을 자격이 있는 것은 아니었다. 왜냐하면 그러한 책들은 그들이 아는 그리스어나 라틴어로 씌어진 것이 아니고 선택된 문학어로 씌어졌기 때문이다. 그들은 그리스, 로마의 고상한 방언을 배우지 않았으며, 그 작품들이 씌어진 재료는 그들에겐 휴지에 불과했다. 그 대신 그들은 값싼, 당대에 유행하는 문학을 존중하였다.

그런데 유럽의 몇몇 국가들이 자국(自國)의 발흥하는 문학의 목적에 충분할 만큼, 조잡하긴 하지만 명확한 문어(文語)를 갖게 되자, 처음으로 문예가 부흥하여 학자들은 먼 후세에서 고대의 보배를 식별할 수 있게 되었다. 그리스, 로마의 대중들이 들을 수 없었던 것을 몇 시대가 경과하고 나서야 소수의 학자들이 읽었으며, 오늘날에도 몇몇의 학자들은 여전히 그것을 읽고 있다.

우리들이 열변을 토하는 웅변가를 아무리 높이 찬양하더라도 글자로 기록된 가장 고상한 말들은 일시적인 구어보다는 훨씬 높은 차원에 있다. 마치 별들을 거느리고 있는 창공이 구름의 훨씬 위에 있듯이. 하늘에 별들이 있다면, 이 별들을 읽을 수 있는 사람들이 있다. 천문학자들은 그것을 끊임없이 설명하며 관찰하지 않는가. 고귀한 글들은 우리의 일상 속이나 증발하는 입김같이 발산되는 것이 아니다. 강연장에서의 이른바 웅변이라는 것은 서재에서 보면 대개 미사여구임이 발견된다. 웅변가는 일시적인 감동에 굴복하여 자기 앞에 있는 군중, 즉 자기 연설을 들을 수 있는 사람들에게 말한다. 그러나 저술가는 자신의 평온한 생활이 동기가 되며, 연설가를 감동시키는 사건이나 군중을 만나면 정신이 어지러워진다. 그는 인류의 지력(知力)과 심장에게, 그리고 그를 이해할 수 있는 모든 시대의 모든 사람들에게 말한다.

알렉산더 대왕이 원정을 나갈 때면 ≪일리아드≫를 귀중한 상자 속에 넣어서 가지고 다녔다는 것은 조금도 이상한 일이 아니다. 기록된 말은 모든 역사적 유물 중에서도 가장 귀중한 것이므로 그것은 다른 어떤 예술작품보다 우리에게 더 가깝고 동시에 보편적인 것이다. 그것은 인생 자체와 가장 가까운 예술작품이다. 그것은 모든 언어로 옮겨질 수 있으며, 그리고 읽혀지고 있을 뿐만 아니라 실제로 모든 인간의 입으로 토해질 수 있다—즉 화포(畵布) 위에나 대리석에 표현되고 있을 뿐 아니라, 바로 생명의 입김 자체로도 조각될 수 있다. 고대인의 사상의 상징이 현대인의 말이 되고 있다.

2천년 전의 여름은 그리스 문학의 기념비(記念碑)에다, 마치 대리석들에게 주었듯이 보다 더 성숙한 황금빛을 주었다. 즉, 그 문학의 기념비는 시대의 부식(腐蝕)에서 보호받기 위하여 그 자체의 평온하고도 천상적(天上的)인 분위기를 모든 지역에 전달했기 때문이다. 책은 세계의 보배이며, 세대와 국민들이 상속받기에 알맞은 재산이다. 최고 최상의 책은 모든 선반 위에 자연스럽고도 정당하게 꽂혀 있다. 책이 자체의 변명을 내세우지 않으며 독자를 계몽하고 받드는 한, 양식을 가진 사람이라면 책을 거절하지 않을 것이다.

그런 책을 쓴 저자들은 모든 사회에 있어 당연하고도 거부할 수 없는 귀족이며, 국왕이나 황제 이상으로 인류에게 큰 영향을 끼친다.

무식하며 학식을 경멸하는 상인이 열심히 사업을 해서

그가 그토록 탐낸 여가와 자립을 얻으면, 그는 부(富)와 유행의 사회에 일원으로 허용된다. 그리고 그 다음에 그는 반드시 지식과 천재의 사회 쪽으로, 그러나 가까이 갈 수 없는 사회에로 눈을 돌리지 않을 수 없을 것이다. 그리고 그는 자기 교양의 미완성을 느끼며, 자기의 전 재물이 허무하고 불충분하다는 것을 느낄 것이다. 그리하여 그는 자기의 교양 부족을 뼈저리게 느끼는 그 지적 교양을 자기 자식들에게 애써 보장시킴으로써 자기의 양식을 증명한다. 이리하여 그는 한 가문의 시조(始祖)가 되는 것이다.

고전을, 그 고전이 씌어진 원어로 읽는 것을 배우지 않았던 사람들은 인류역사에 대한 지식이 아주 빈약함에 틀림없을 것이다. 왜냐하면 어떠한 고전도 현대어로 옮겨지지 않았으니까 말이다. 우리의 문명 자체가 그러한 고전의 번역이라고 생각한다면 문제는 조금 다르겠지만 호머는 아직 영어로 인쇄된 일이 없었으며, 아이스킬로스나 버질도 역시 그러하다.[3) 그러한 작품들은 아침 그 자체와 같이 세련되어 있으며, 내용이 충실하며, 아름다운 작품들이다.

후세의 작가들 중에는 그들 나름대로의 천재성을 지닌 사람도 있겠지만 고대작가들의 세련된 미와 완성과 그리고 일생을 바친 영웅적인 문학활동에 육박한다는 일은 설혹 있다 하더라도 극히 드문 일이다. 고전작가들을 모르는 사람들만이 고전작가들을 잊어버리자고 말한다. 우리들이 그들에게 주의를 기울이고 평가할 수 있게 하는 학문과 재능을 누린 다음에 그들을 잊어도 늦지 않을 것이다. 소위 고전이라는 유물, 그리고 고전 이상으로 역사가 길고도 비교적 잘 알려진 여러 나라의 경전(經典) 등을 더 많이 수집하고 바티칸궁 같은 곳에 베다 경전, 조로아스터교의 경전, 성경 같은 경전들이 호머, 단테, 셰익스피어 등의 작품들과 함께 가득 채워지고, 장래의 모든 세기가 그 전리품(戰利品)을 세계의 광장에 쌓아 놓는 시대가 온다면 그 시대는 참으로 풍부한 시대가 될 것이다. 그와 같이 쌓아올림으로써 우리는 결국 천국에 오를 희망을 가질 수 있을 것이다.

위대한 시인들의 작품은 아직도 인류에 의해 읽혀진 적이 한 번도 없었다. 왜냐하면 위대한 시인들만이 읽을 수 있으니까, 그 작품들을 읽었다면 그것은 대중이 별을 읽듯, 천문학으로서가 아니라 점성학적(占星學的)으로 읽혀졌을 것이다. 대부분의 사람들은 하찮은 편의를 위해서 읽기를 배웠다. 그것은 마치 사람들이 계산을 하고, 장사에 속지 않기 위해 계산하는 법을 배우는 것과 같다. 고상한 지적 훈련으로서의 독서에 대해서 그들이 아는 바는 거의 없거나 전혀 없다. 자장가를 듣듯이 심심풀이로 하는 독서는 우리의 고상한 기능(機能)을 잠재워 주는 독서며, 우리가 발돋움질해서 읽으며 우리의 가장 방심 없는 진실로 깨어 있는 시간을 빠뜨리지 않으면 안 되는 독서, 이것만이 높은 의미에서의 독서인 것이다.

나는 우리의 글을 배운 바에는 우리의 가장 훌륭한 작품들을 읽어야 하며, 일생을 맨 앞줄에 앉아 4,5학년 학생처럼 언제나 a, b 등이나 단음절(單音節)로 된 단어를 되풀이해서는 안 된다고 생각한다. 대부분의 사람들은 읽거나 혹은 읽는 것을 듣고 한 권의 양서, 즉 성서의 지혜 있는 말에 양심의 가책을 느끼면 그것으로 만족하고 나머지 여생은 이른바 쉬운 독서에 그들의 능력을 낭비하며 지낸다.

우리 마을의 순회 도서관 안에는 ≪소독본(小讀本)≫이라는 제목이 붙은 몇 권의 책이 있는데, 나는 처음 그것을 내가 가보지 않았던 그런 이름을 가진 어떤 마을에 관해서 쓴 것이라 생각했다. 세상에는 가마우지(욕심 없는 물새)나 타조(駝鳥)처럼 고기와 채소를 잔뜩 먹은 뒤에도 그러한 온갖 종류의 것을 소화시킬 수 있는 인간들이 있다. 만일 다른 사람들이 그러한 사료를 제공하는 기계라고 한다면 그들은 그것을 읽는 기계들이다.

사람들은 제블론과 세프로니아에 관한 9천 번째의 이야기를 읽으며, 그 두 사람은 전례(前例)가 없을 만큼 열렬히 사랑했다는 등, 그들의 참다운 사랑은 순탄하지 않았다는 등[4], 하여튼 그들의 사랑은 가다가 넘어지고 일어서서 또 가고 했다는 등 하면서 넋을 잃는다. 또한, 어떤 불행한 사람이 교회의 종루(鍾樓)까지 올라가지 않았으면 좋았을 텐데 천탑(天塔)까지 올라갔다는 이야기도 있는데, 그 주인공을 쓸데없이 그곳까지 올려놓고는 신이 난 소설가는 종을 울려 온 세상 사람들을 모이라고 해놓고는, '큰일날 뻔했지.' '그 사람은 참 아슬아슬하게도 내려왔어.' 하는 식의 감탄을 토해 내는 그 다음 이야기를 들으라고 한다.

나로서는 이들 소설왕국의 큰 뜻을 품은 주인공들을, 마치 영웅들을 성좌 안에 두듯이 인간 바람개비로 변형시켜, 그곳에서 녹슬 때까지 빙빙 돌려 놓고, 정직한 인간 세상으로 내려와 괴롭히지 못하도록 만드는 게 좋겠다고 생각한다. 다음에 그 소설가가 종을 울릴 때에는 교회당에 불이 나 쓰러지더라도 나는 꼼짝을 않겠다. '≪티틀 톨 탄≫으로 유명해진 작가의 새로운 중세 로맨스 ≪팁토 합의 뜀질≫, 매월 속간, 굉장한 판매, 매진 박두' 사람들은 이러한 것을, 눈을 접시같이 뜨고, 원시적인 호기심으로 읽어나가는데, 조금도 피곤한 기색없이 열심히 읽어 내려간다.

이것은 마치 네 살난 아이가 걸상에 앉아 금박 표지의 2센트짜리 책 ≪신데렐라≫를 읽는 것과 같다. 그런데 그들이 이런 책들을 아무리 많이 읽어도 발음이나 강세나 강조 등에 있어 조금도 진전이 없고, 교훈을 추려내거나 삽입하는 솜씨가 나아진다는 일이 전혀 없다는 것을 알 수 있다. 그 결과 시력이 약해지며, 혈액순환이 나빠지며, 지적 활동이 전반적으로 위축되며, 허탈감만 느낀다. 이런 종류의 생강빵은, 진짜 밀가루나 옥수수가루로 만든 빵보다 거의 모든 부엌에서 날마다 더욱 부지런히 구어지며, 더 확실한 시장성(市場性)이 발견된다.

가장 좋은 양서(良書)는 이른바 훌륭한 독자들에게조차

읽혀지지 않는다. 우리 콩코드의 교양은 어느 정도에 달할까. 이 마을에서도 몇몇 사람을 제외하고는, 이곳이나 다른 곳의 대학교육을 받은 사람들이나 소위 자유교육을 받은 사람들도 영문학의 고전에 대해서는 정말 아는 바가 매우 적거나 전혀 없다. 그리고 인류의 예지(叡智)인 고대의 고전이나 성서 등에 대해서는 알려는 의욕만 있으면 누구의 손에도 들어갈 수 있는 것인데도, 그것을 알려고 하는 노력을 어디서고 찾아볼 수 없다.

나는 중년의 나무꾼을 알고 있는데 그 사람이 프랑스어 신문을 받아보는 목적은 뉴스를 보기 위해서가 아니라—그는 그것을 초월하고 있다는 것이다—그가 캐나다 태생이기 때문에 '프랑스어를 공부하기 위해서' 본다는 것이다. 그래서 그 사람에게 이 세상에서 특별히 성취하고 싶은 것이 있느냐고 묻자 그가 대답하기를, 그 밖에도 영어공부를 계속하여 어휘력을 늘리겠다는 것이다. 대학 교육을 받은 사람들이 대개 하는 일, 혹은 하려고 갈망하는 일 역시 대개 그런 정도이며, 교육을 받은 사람들은 그런 목적을 위해 영어 신문을 받아보는 것이다.

영어로 쓰인 가장 훌륭한 책을 지금 막 읽고 난 사람이 있다고 하자. 그는 그 책에 관해서 이야기를 나눌 수 있는 사람을 몇 명이나 만날 수 있을까? 혹은 소위 무식한 자들에게까지 자자하게 칭찬되고 있는 그리스, 로마의 고전을 원전(原典)으로 읽은 사람이 있다고 하면, 그 사람은 그것

에 관하여 이야기할 수 있는 사람을 발견하지 못하여 결국
은 침묵을 지키지 않으면 안 될 것이다. 사실 우리의 대학
에는 그리스어의 어려움을 극복하고 있더라도 그리스 시인
의 기지(機知)와 시정(詩情)의 어려움까지 더불어 극복하
여, 활발하고 영웅적인 독자에게 어떤 동감을 전해 줄 교수
란 거의 없다.

신성한 경전이나 인류의 성서 등에 관해서 우리 마을의
어느 누가 그 표제만이라도 댈 수 있겠는가.

대부분의 사람들은 히브리 민족 이외에도 많은 민족에게
경전이 있다는 것을 모른다. 어떠한 사람이든 1달러짜리
은화를 줍기 위해서는 꽤 멀리까지 길을 벗어날 것이다. 그
러나 여기에 고대의 현인(賢人)들이 말하고, 그 가치를 후
대의 모든 현인들이 보증해 놓은 황금의 말, 즉 금언(金言)
들이 있다. 그런데 우리는 쉬운 책과 입문서, 교과서밖에
읽을 줄 모르며, 학교를 졸업하면 청소년들이나 초보자들이
읽는 이야기책이나 쉬운 책을 읽는다. 그러므로 우리의 독
서·회화·사색 등은 모두 아주 저속한 수준에 있으며, 소
인종(小人種)이나 난쟁이 부족들의 수준에서 크게 벗어나
지 못했다.

나는 우리의 콩코드가 나은 것보다 더 현명한 인간을, 그
이름이 이곳에서는 알려져 있지 않더라도 그들과 사귀기를
갈망한다. 아니 내가 플라톤의 이름을 듣고도 그의 저서를
읽지 않을 것인가? 그건 마치 플라톤이 나의 마을 사람인

데도 한 번도 그를 만나보지 못한 것처럼, 즉 바로 이웃 사람인데도 그의 말을 듣지 못하고 그의 말의 예지에 귀를 기울이지 않는 것처럼, 그러나 실제로는 어떠한가? 플라톤이 영원불멸한 지혜를 담은 ≪대화편(對話篇)≫이 나의 선반에 꽂혀 있는데도 나는 아직 읽은 적이 없다.

우리는 버릇이 없고 생활이 저속하며 무식하다. 이 점에서 내가 고백하는 것은 책을 전혀 읽지 못하는 마을 사람들의 무식과, 아이들이나 박약한 지력(知力)을 가진 자들만이 읽는 책을 읽을 줄 아는 자의 무식 사이에는 별다른 차이가 없다고 본다. 우리는 고대의 훌륭한 사람들처럼 훌륭하게 되어야 하지만, 그러자면 우선 그들이 얼마나 훌륭했는가를 알아야 한다. 우리는 소인종의 종족이다. 그리하여 지적 비상(知的飛翔)에 있어 일간신문의 칼럼 이상의 높이로는 날지 못하고 있다.

모든 책들이 독자들처럼 따분한 것은 아니다. 그 중에는 우리 사정에 정확히 호소하는 말이 있을 것이며, 우리가 정말로 듣고 이해할 수 있다면 그 말들은 우리들 생활에 아침이나 봄보다 더 유익할 것이며, 사물의 면모에 새로운 양상을 띠게 할 것이다. 얼마나 많은 사람들이 한 권의 책을 읽은 데서 인생의 새 기원을 이룩했던 것일까! 우리의 기적을 설명해 주고, 새로운 기적을 제시해 주는 책은 어쩌면 우리를 위해서 존재할 가능성이 크다. 지금 내가 말로는 도저히 표현할 수 없는 것이 다른 책에 표현된 것을 발견할 수도 있을 것이다. 우리를 괴롭히고 당황케 하고 혼란케 하는, 그러한 똑같은 의문들이 일찍이 모든 현인들에게도 일어났었다. 어느 하나에도 예외는 없었다. 그리고 현인들은 제각기 각자의 능력에 따라 각자의 용어(用語)와 생활로써, 그 의문에 대답했다. 더욱이 우리가 지혜를 배우면 더불어 자유도 배우게 될 것이다.

콩코드 교외의 농장에서 고용인 생활을 하는 한 고독한 일꾼은, 특수한 종교적 경험을 얻어 자기 신앙으로 말없는 엄숙과 고독의 경지에 이르렀다고 믿고 있으니 그것은 진실이 아니라고 생각할지도 모른다. 그러나 조로아스터는 수천 년 전에 이와 같은 길을 걸어왔으며 이와 똑같은 경험을 했고, 현명했으므로 그 경험이 보편적인 것임도 알았다. 그리하여 그 경험에 따라 이웃들을 대하였으며, 심지어 신앙을 창설하여 확립시키기까지 했던 것이다. 그렇다면 그 사람은 겸손하게 조로아스터와 교제를 하는 것이 어떨까? 그리고 모든 위대한 사람들의 관대한 영향으로 예수 그리스도와도 교제하도록 하여, '우리의 교회' 운운하는 종파들이 타도되도록 하자.

우리는 19세기에 속해 있으며 다른 어떤 국가들보다 가장 빠른 발전을 거듭하고 있다는 것을 자랑으로 삼고 있다. 그러나 우리 마을이 스스로의 문화 향상을 위해 무슨 일을 했는가. 나는 마을 사람들에게 아첨을 하고 싶지도 않고 아첨을 받고 싶지도 않다. 그래본들 쌍방에 아무 발전이 없을 테니까. 우리는 자극을 받을 필요가 있다—즉 우리는 느림 보 소와 같으니 앞으로 달려가도록 회초리로 맞을 필요가 있다. 우리는 초등학교, 즉 아이들을 위한 학교에 대해서는 비교적 훌륭한 제도를 지니고 있다. 그러나 최근에 주당국 (州當局)이 권장하여 생긴 보잘것없는 도서관밖에는 성인 을 위한 학교가 하나도 없다.

우리는 육체적인 불쾌나 병에 대해서는, 정신적인 병에 대해서보다 더 많은 비용을 들인다. 이제는 우리 마을에도 소학교 이상의 학교를 만들어 우리가 성인 남녀가 되더라 도 교육을 중단하지 말아야 할 시기이다. 각 부락이 대학이 되며, 선배 주민들은 대학의 평의원(評議員)이 되며, 여가 를 얻어—그들이 사실 그처럼 유복하다면—여생을 자유교 양을 추구하는 데 바쳐도 좋을 시기이다. 세계가 언제까지 나 하나의 파리 대학, 하나의 옥스퍼드 대학에 한정되어야 한단 말인가? 학생들이 이곳에 기숙하면서 콩코드 창공 아 래서 교양 교육을 받을 수는 없는 것일까? 우리는 아벨라 르[5]같은 학자를 초빙하여 강연을 들을 수 없는 것일까?

슬프게도 우리는 가축을 기른다, 가게를 지킨다 하여, 너 무 오랫동안 학교를 멀리 하고 있으며, 우리의 교육은 슬프 게도 등한시되고 있다. 이 나라에선, 각 마을이 어느 점에 서는 유럽의 귀족의 역할을 맡아야 한다. 예술의 후견인이 되어야 한다. 마을에는 그만한 돈이 충분히 있다. 다만 그 렇게 할 만한 관대함과 세련됨이 없을 뿐이다. 마을은 농민이나 상인들이 존중하는 일에는 많은 돈을 쓰지만 지적인 사람들이 훨씬 더 가치가 있다고 알고 있는 일에 돈을 쓰기를 제안하면 몽상적이라고 일축한다. 이 마을은 번영의 덕택인지 혹은 정치의 덕택인지, 공회당을 짓는 데 1만 7천 달러를 소비했다. 그러나 그 껍질 속에 넣을 참다운 고기인, 산 지혜에 대해서는 앞으로 백년이 걸리더라도 그만한 비용을 쓰지 않을 것이다. 동계(冬季) 강습회에 매년 기부되는 1백25달러는 이 마을에서 걷어들인 어떠한 기부금보다 훌륭하게 사용되고 있다.

우리가 19세기에 살고 있다면, 왜 우리는 19세기가 제공하는 여러 가지 유리한 점을 즐기지 않는 것인가? 왜 우리의 인생이 모든 점에서 지방적이라야 하느냐? 만일 우리가 신문을 읽는다면 왜 보스턴의 소식을 빼고 당장 세계의 가장 좋은 신문을 받아보지 않는가? 이곳 뉴잉글랜드의 '중립가정' 신문의 젖을 빤다든가, '감람(橄欖)가지' 신문을[6] 뜯어먹는다든가 하는 것을 그만두고, 모든 학회(學會)의 보고서가 우리들 손에 들어오도록 하여, 그들이 무엇을 알고 있는지를 보자. 왜 우리는 우리의 독서 선택을 하퍼 형제 서점이나 레닝 서적 회사에 맡겨 두어야 하는가?

교양 있는 취미를 가진 귀족이 자기 교양에 도움이 되는 것이라면 무엇이나 자기 주위에 갖다 놓듯이—이를테면 천재·학문·기지·책·회화(繪畵)·조각·음악·철학·기구 등을 갖다 놓듯이, 우리 마을도 그렇게 하도록 하자. 그리고 교사 한 명, 목사 한 명, 집사 한 명, 교구(教區) 도서관 한 개, 도서의원 세 명만으로 멈추어서는 안 된다. 우리의 조상인 청교도들이 그런 사람들만으로도 황량한 바위 위에서 한 해 겨울을 보냈다고 하여 우리도 그렇게 살아야 된다고 생각해서는 안 된다. 집단적으로 행동하는 것은 우리의 모든 제도의 정신과 일치한다. 그리고 내가 확신하는 것은, 우리의 환경이 더욱 번영하고 있으니 우리의 자력(資力) 역시 귀족의 자력보다 크다고 본다.

뉴잉글랜드 지방은 세계의 현인(賢人)을 모두 초빙하여 가르치게 할 수 있으며, 그 비용은 우리들이 공동으로 부담하면 된다. 그렇게 해야만 우리는 지방성(地方性)을 탈피할 수 있다.

그것이 바로 우리가 원하는 소학교 이상의 학교이다. 귀족 대신에 평민들로 구성된 고귀한 마을을 건설하자.

만일 필요하다면 하천에 세울 교량(橋梁) 하나를 빼고, 좀 돌아서 가는 한이 있더라도 우리를 둘러싸고 있는 어두운 무지(無知)의 심연 위에 적어도 구름다리 하나라도 세워 놓아야 한다.

㊤

1) 아폴로의 신탁이 내린 곳.
2) 제우스의 신탁이 내린 곳.
3) 모두 그리스의 시인들인데, 그들 시인들의 진정한 정신이 영어로나 다른 나라 말로 충분히 표현될 수 없다는 것을 뜻한다.
4) 셰익스피어의 〈한 여름밤의 꿈〉 1막 1장 134행.

5) 프랑스의 유명한 신학자이며 철학가(1079~1142).

6) 1836년부터 수십 년 동안 보스턴에서 발간되었던 메소디스트 교회의
   주간지.

소 리

　그러나 우리가 아무리 잘 선택한 고전일지라도 책에만 몰두하고, 그 자체가 방언이며 지방색을 띤 특수한 언어로 씌어진 것만을 읽고 있으면, 우리는 모든 사물과 사건이 비유를 쓰지 않아도 직접 통할 수 있는 언어, 즉 그것만으로도 풍부하며 표준적인 언어를 잊어버릴 위험이 있다. 발표된 것은 많으나 인쇄된 것은 적다. 덧문을 통해 새어 들어오는 광선도 덧문이 완전히 닫히면 기억에서 사라질 것이다. 어떠한 방법이건 어떠한 훈련이건, 항상 정신을 차릴 필요성을 대신해 주지는 않는다. 아무리 잘 선택된 역사·철학·시가(詩歌)를 공부하고, 아무리 훌륭한 교재, 혹은 가장 찬양할 만한 일상생활이건 보아야 할 것을 항상 주시하는 훈련에 비교하면 그리 대단한 것도 아니다. 여러분은 단순한 독자나 학생이 되겠는가, 아니면 관찰자가 되겠는가? 여러분의 운명을 읽고, 여러분 앞에 놓인 것을 직시하라. 그리고 미래를 향해 발을 내디디라.

　나는 첫 여름엔 책을 읽지 못했다. 콩밭을 가꾸어야만 했기 때문이다. 아니, 나는 이것보다 더 좋은 일을 자주 했다. 나는 꽃과 같은 현재의 순간을, 육체적이건 정신적이건 일을 하느라고 희생시킬 수가 없었던 것이다. 나는 나의 생활에서 넓은 여백이 있는 것을 사랑한다. 여름날 아침엔 나의 버릇이 된 목욕을 한 다음, 해돋이에서 정오 때까지 햇볕이 잘 들어오는 문 입구에 앉아 소나무·떡갈나무·옻나무 사이의, 방해받지 않는 고독과 정적 속에서 공상에 잠기는 수가 종종 있었다. 그때 새들은 주위에서 울며 집 안을 소리없이 날아다니기도 했다. 그러다가 마침내 서쪽 창문에 비쳐드는 석양 또는 먼 행길을 달리는 어떤 나그네의 마차 소리에 나는 시간이 흘러간 것을 깨닫기도 했다.

이런 시절엔 나도 옥수수처럼 무럭무럭 자랐다. 그리고 이런 일이, 손으로 무슨 일을 하는 것보다 내게는 훨씬 귀중했다. 그것은 내 인생에서 감해진 시간이 아니었고 오히려 평소의 시간보다 그만큼 많아진 시간이었다. 나는 동양인(東洋人)들이 명상을 위해 일을 포기한다는 것이 무엇을 의미하는가를 깨달았다. 대체로 나는 시간 가는 것을 개의치 않았다. 하루는 마치 나의 일을 약간 덜어 주는 것처럼 지나갔다. 아침인가 하면 벌써 저녁이다. 그런데 기억할 만한 일은 아무것도 이루지 못한다. 새처럼 노래하는 대신 나는 소리 없이 나의 끊임없는 행운에 미소짓는다. 참새가 나의 문 앞 호두나무 위에 앉아서 짹짹 울 듯이 나도 빙긋빙긋 웃거나 소리 없는 노래를 불렀다. 나의 노랫소리는 아마 새들에게는 들렸으리라.

나의 하루하루는 이교도(異敎徒)의 신(神)의 이름이 붙은 한 주일(週日)의 어느 요일이 아니었으며, 혹은 24시간으로 나누어 시계의 똑딱거리는 소리에 먹혀 들어가는 그런 것도 아니었다. 나는 푸리 인디언[1]처럼 살았다. 듣건대 그들은 '어제·오늘·내일을 표현하는 데 한 가지 말밖에 없으며 어제는 뒤를, 내일은 자기 앞을, 오늘은 머리 위를 가리킴으로써 그 차이를 나타낸다'는 것이다. 나의 이러한 생활은 마을 사람들에게는 의심할 바 없이 그야말로 게으른 생활이었다. 그러나 만일 새나 꽃이 그들의 표준으로 나를 시험했다고 한다면 나는 실격자로 보이지 않았을 것이다. 인간은 자신의 내부로부터 행동의 동기를 찾아야만 하는 것이다. 자연 그대로의 하루는 아주 고요하며 인간의 게으름을 비난하지 않는다.

나는 적어도 나의 생활방식에서는 오락을 밖으로, 즉 사교니 극장 등에서 찾아야 하는 사람들보다, 나의 생활 자체가 나의 기쁨이 되고 있으며 결코 신기함을 잃지 않고 있다는, 이와 같은 유리한 점을 지니고 있다. 그것은 끝이 없는 한편의 연극과 같다. 우리의 생활을 우리가 배운 최근의 가장 훌륭한 방식에 따라 생계를 유지하고 조정하는 것이라면, 우리는 결코 권태로 인해 괴로워하는 일은 없을 것이다. 여러분의 수호신에 바싹 따르도록 하라. 반드시 시간시간마다 생생한 전망을 보여 줄 것이다.

집안일은 즐거운 오락이었다. 마룻바닥이 더러워지면 나는 일찍 일어나서, 침대와 침대보를 짐 하나로 싸는 식으로 해서 모든 가구를 문 밖 풀 위에 내놓고, 마루에 물을 끼얹으며, 호수에서 가져온 흰 모래를 깔고 그 다음 빗자루로 깨끗이 쓸었다.

마을 사람들이 그들의 조반을 마칠 무렵에는 아침 햇볕이 내 집을 충분히 말려 내가 다시 들어갈 수 있게 해준다. 그래서 나는 명상에 방해를 받은 일이 없었다. 나의 온 살림살이가 죄다 풀밭 위에 옮겨져 마치 방랑자 집시의 짐짝처럼 작은 더미를 이루고 있는 것을 보는 것은 흐뭇한 일이었다. 그리고 나의 책과 펜과 잉크가 그대로 놓인 삼각 탁자가 소나무와 호도나무 사이에 놓여 있는 것을 보는 것은 기분좋았다. 그 물건들은 밖에 나와 있는 걸 좋아하는 것 같았으며, 다시 안으로 옮겨지는 것을 싫어하는 것 같았다. 나는 이 물건들 위에 차일을 치고 그 밑에 자리잡고 앉아 보고 싶은 때가 자주 있었다. 햇볕이 이 물건들에 비쳐 드는 것을 보며, 바람이 그 위를 자유로이 불어가는 소리를 듣는 건 참으로 좋았다. 가장 눈에 익은 물건들이라도 집 안에서보다 집 밖에서 보는 게 그만큼 더욱 흥미진진했다. 한 마리 새가 바로 옆 나뭇가지에 앉아 있는가 하면, 모자초(母子草)가 바로 탁자 밑에서 자라고 있으며, 딸기덩굴이 탁자 다리를 휘감고 있다. 솔방울·밤송이·딸기잎 등이 여기저기 흩어져 있다. 마치 이것이야말로 그러한 형상들이 우리의 가구·탁자·의자·침대 등으로 옮겨지게 된 경로인 것처럼 보였다―왜냐하면 한때는 이러한 가구들도 그런 자연 가운데에 있었으니까.

　나의 집은 언덕 중턱 위 바로 큰 숲가, 송진이 많은 소나무와 호도나무의 어린 숲 한가운데에 위치해 있었으며, 호수에서는 30미터쯤 가량 떨어져 있었고, 이곳에서 호수까지는 언덕을 내려가는 샛길이 있었다. 집 앞뜰에는 딸기·먹딸기·모자초·존스워트·미역취·진떡갈나무·샌드 체리·청딸기·땅콩 등이 자라고 있었다. 5월 말경이 되면 샌드 체리는 그 짧은 줄기에 원통형의 산형화서(繖形花序:우산살 모양의 여러 줄기에 피는 꽃)로 가지런히 배열된 그 섬세한 꽃으로 길 양쪽을 장식하였다. 그리고 그 줄기는 가을이 되면 부풀어진 예쁜 열매들의 무게로 늘어져 화환 모양을 하고, 방사선처럼 사방으로 기울어져 있었다.

　나는 자연에 경의를 표하는 의미에서 그 열매를 맛보았으나 맛있게 먹을 만한 것은 아니었다. 옻나무도 내가 만들어 놓은 둑을 넘어, 첫해에 5,6피트나 자라 집 근처에 무성하였다. 그 널따랗고 날개 모양을 한 열대성 잎은 보기엔 좀 기이했지만 재미있었다. 그 커다란 새싹이 늦은 봄에 죽은 것같이 보이던 마른 가지에서 순식간에 터져나와 마술처럼 푸르고 가냘픈, 직경 한 치 가량의 우아한 가지로 자라났다. 그래서 종종 내가 창가에 앉아 있을 때 그 가지들이 아무렇게나 마구 자라, 그 약한 매듭에 무거운 부담을 주는 바람에 싱싱하고 가냘픈 가지가 갑자기 바람 한 점 없는데도 자기 무게에 부러져 부채 모양으로 땅바닥에 떨어지는 소리도 들린다. 그리고 8월이 되면, 개화기에 많은 벌들을 끌었던 엄청나게 많은 딸기가 점점 빛나는 빌로드 같은 진홍색을 띠게 되고, 그 무게를 이기지 못해 그 힘없는 가지는 부러지고 만다.

한여름의 오후, 내가 창가에 앉아 있는데 새들이 나의 개간지 근처를 빙빙 돌며 날고 있다. 산비둘기들이 두세 마리씩 나의 시야를 스쳐가며 내 집 뒤 백송(白松) 가지 위에 쉴 사이 없이 앉곤 하는데, 그때마다 무슨 소리가 난다. 고기 잡는 매가 호수의 거울 같은 잔잔한 수면에 잔물결을 이루며 물고기 한 마리를 잡는다. 족제비가 내 집 문 앞 늪에서 몰래 나와 물가에서 개구리를 잡는다. 갈대는 이리저리 날아다니는 갈대새의 무게에 짓눌려 굽히고 있다.

그리고 나는 30분 전부터 보스턴에서 시골로 손님을 싣고 달려가는 기차 소리를 듣고 있는데, 자고(鷓鴣)의 울음소리처럼 사라지는가 하면 다시 살아난다. 나는 어느 소년이 이 마을의 동쪽에 있는 어느 농부에게 머슴살이를 하다가 도망쳐, 초라한 신세로 향수병(鄕愁病)에 걸려 집으로 돌아왔다는 이야기를 들었는데, 내가 사는 곳은 그처럼 이 세상과 동떨어져 있지는 않았다. 그 소년은 그처럼 무미하고도 외딴 시골 구석을 본 일이 없었다고 한다. 주민들은 어디로 다 가버리고, 글쎄, 기차의 기적소리조차 들을 수 없었단다. 나는 오늘날의 매사추세츠 주(州)에 그런 곳이 있는지 의심스럽다.

참으로, 우리의 마을은
저 철로의 날아가는 화살 표적이 되었다.
우리의 평화로운 들판 위에 울리는
그 정다운 이름은—콩코드.

피츠버그 철도는 내가 사는 곳에서 남쪽으로 약 1백 로드 떨어진 호숫가를 달린다. 나는 대개 철도 둑을 따라 마을로 들어간다. 그러니 난 이 철둑길로 인해 사회와 관련을 맺고 있는 것이다. 화물열차를 타고 전선(全線)을 왕래하는 사람들은 마치 옛 친구를 대하듯 나에게 인사를 한다. 그들은 그렇게 자주 나를 만나니, 나를 철도회사 종업원으로 알고 있는 것이 분명하다. 사실 어떤 의미에서는 그렇기도 하다. 나 역시 이 지구의 궤도 어느 곳에서 보선부(保線夫)가 되고 싶으니 말이다.

기관차의 기적소리는 여름이나 겨울이나 숲속을 뚫고 들려오며, 마치 농가 마당 위를 나르는 매의 울음소리처럼 들려온다. 이 기적소리로 나는 많은 도시 상인들이 분주하게 이 마을의 경계선 안으로 들어오는가 하면, 반대쪽에는 한 몫을 잡으려는 시골 상인들이 들어오고 있다는 것을 알게 된다. 그들이 하나의 지평선 아래로 나타나면 그들은 서로에게 길을 비키라고 경고의 기적을 울리는데, 그 기적소리는 그 도시 주변에까지 들리곤 한다. 자, 당신들의 식료잡화가 왔다. 시골들이여, 당신들의 몫이 있다. 자기 농장에서 자급자족을 하고 있으니 그런 것은 필요없다고 말할 수 있는 사람은 한 사람도 없다. 그러니 자, 여기 그 값을 받으시오, 하고 시골의 기적은 울린다. 즉, 성벽을 부수는 기다란 망치 같은 목재가 시속 20마일로 도시의 성벽을 향해 달려든다. 그 성벽 안에 사는 지치고 무거운 짐을 짊어진 사람들을 다 앉히기에 넉넉한 의자들도 실려 있다.

이처럼 거대하고 소란스런 예의를 갖추고, 시골은 의자를 도시에 넘겨 준다. 인디언의 청딸기 산은 모조리 헐벗어지며, 덩굴딸기 밭은 모조리 도시로 긁혀 들어간다. 솜이 도시로 올라가고 광목이 시골로 내려온다. 비단이 올라오고 모직물(毛織物)이 내려간다. 그런데 책이 올라오면, 그 책을 쓴 저자는 왜 내려가는가?

열차를 끌고 있는 기관차가 유성(遊星)의 운행처럼―아니 오히려 혜성처럼 달리고 있는 것을 마주칠 때―태양계의 궤도는 회귀곡선(回歸曲線)같이 보이지 않는 이상, 그는 맹렬한 속도로 그 방향으로 달려서 또다시 태양으로 돌아올지, 보는 사람은 알 수 없는 일이니까―그 구름을 금은(金銀) 화환처럼 뒤쪽으로 휘날리는 깃발같이, 그리고 하늘 높이 뜬 많은 솜털구름같이 햇빛에 헤쳐 퍼지면서―즉 이 달리는 반신(半神)이, 아니 이 구름을 휘어잡는 자가 이내 저녁 노을을 자기 일행의 의상으로 삼으려는 듯이 달리고 있는 것에 내가 마주칠 때, 그리고 이 철마(鐵馬)가 우레와 같은 콧김으로 산울림을 울리며, 발굽으로 대지를 진동시키며, 콧구멍에서 불꽃과 연기를 내뿜고 있는 것을 내가 들을 때—이것이 어떤 종류의 날개 돋친 말이나 불을 품는 용이 되어 새로운 신화 속에 기록될지 모르지만—마치 지구는 이 지구에 살 만한 가치 있는 종족을 갖게 된 성싶다.

만일 모든 것이 그렇게 보이는 그대로이며, 인간이 자연을 고귀한 목적을 위해 종으로 만든다면 얼마나 좋을 것인가? 만일 기관차 위에 매달린 구름이 영웅적인 행위의 땀이라고 한다면, 혹은 농부의 전답(田畓) 위에 떠 있는 구름처럼 단비를 내려 주는 것이라면, 풍우수화(風雨水火)와 자연의 여신 자신도 인간의 일에 기꺼이 따를 것이며, 인간의 경호인이 되리라.

나는 아침 열차가 지나가는 것을, 해돋이에 대해서 느끼는 것과 꼭같은 감상으로 지켜 보았다. 열차도 해돋이에 못지 않게 꼬박꼬박 정확하게 제시간에 지나갔다. 열차가 보스턴을 향해 달리고 있을 때에 먼 뒤까지 꼬리를 끄는 증기 구름은 하늘 높이 올라 잠깐 태양을 가리며, 멀리 떨어져 있는 나의 밭을 그늘지게 하는데, 이것은 천상(天上)의 기차이며 이에 비하여 땅에 매달린 보잘것없는 기차는 창(槍) 끝에 지나지 않는다. 철마의 마부도 그의 말에 먹이를 먹이고 안장을 달기 위해, 산 위로 기울어진 별빛을 타고 이 겨울날 아침 일찍 일어났다.

그리고 불[火] 역시 말에 생명의 열을 불어넣어 출발을 시키기 위해 이처럼 아침 일찍이 깨워졌다. 아침 일찍부터 바쁘게 돌아가는 이 일이 순진무구한 일이라면 얼마나 좋을까? 눈이 많이 쌓이면 사람들은 철마에 눈신을 신겨 거대한 쟁기로 산 속에서 해안까지 고랑을 내는데, 기관차 뒤의 열차칸들은 마치 쟁기 뒤를 따르는 파종기(播種機)처럼, 모호분주한 인간들과 부동(浮動)하는 상품들을 씨앗처럼 시골에 뿌린다. 온종일 이 화마(火馬)는 시골을 날아다니며, 자기 주인이 휴식을 하기 위해서만 정지한다. 그리고 나는 한밤중에 그 화마의 발굽소리와 용감한 콧김소리에 잠을 깨는데, 그때 화마는 숲속 깊숙한 골짜기에서 얼음과 구름으로 싸인 자연의 원소들과 마주 대한다.

그리하여 그는 새벽 별과 더불어 자기 마구간에 도달하게 될 것이고, 휴식이고 수면이고 취하지 않고 다시 그의 여행길에 오르게 될 것이다. 혹은 어쩌다 저녁때가 되면, 그는 몇 시간의 잠을 자기 위해 신경을 가라앉히고 간장(肝臟)과 두뇌를 식힐 수 있도록, 그날의 남은 여분의 정력을 뿜어내고 있는 것을 듣기도 한다. 만일 이 일이 오래 계속되면서도 지치지 않을 만큼 영웅적이고 당당하면 얼마나 좋으랴!

두 도시 사이의 경계선에 있는 인적미답(人跡未踏)의 숲 —대낮에 사냥꾼만이 들어간 일이 있는—을 멀리서 뚫고, 깜깜한 밤중에 불을 환히 밝힌 응접실들은 승객들이 모르는 사이에 달려나온다. 이 순간 하나의 사회적인 군중이 모여 있는 도시나 마을의 어느 찬란한 정거장에 멈추는가 하면, 다음 순간에는 음산한 늪에서 올빼미와 여우들을 놀라게 한다. 기차의 발착(發着)은 이제 마을의 하루에 획기적인 시간이 되고 있다. 기차가 오가는 시간은 매우 규칙적인데다 아주 정확했는데, 그 기적소리는 꽤 멀리까지 들렸으므로, 농민들은 그 소리에 시계를 맞추었다.

이리하여 잘 관리된 하나의 제도가 하나의 고을 전체를 규제하고 있다. 기차가 발명된 이래 인간의 시간관념이 다소 향상된 것은 아닐까? 사람들은 옛날 역마차역(驛馬車驛)에서보다 오늘날 기차역에서 더 빨리 말하고 더 빨리 생각하게 되지 않았는가? 기차역의 분위기에는 무엇인가 전격적인 것이 있다. 나도 이런 분위기가 자아낸 기적에 놀란 적이 있었는데, 그것은 나의 이웃 사람들로, 그처럼 빠른 교통수단으로는 절대로 보스턴으로 가지 않을 거라고 예언해도 좋을 사람들이었는데 역의 종이 울리자 그곳에 나타난다는 것이다. 매사를 '철도식(鐵道式)'으로 한다는 말이 오늘날의 유행어가 되고 있다. 그리고 어떤 권력기관에서 철로에 들어가지 말도록 자주, 그리고 진지하게 경고를 하는 것은 가치 있는 일이다. 이런 경우엔 호되게 야단치는 것을 그만두기도 불가능하며 그렇다고 군중의 머리 위로 권총을 쏘지도 않는다.

우리는 절대로 탈선을 하지 않는 운명, 즉 아트로포스 여신[2]을 만들어 놓은 것이다(이것을 기관차의 이름으로 해도 좋을 것이다). 사람들은 몇 시 몇 분에 기차라는 화살이 나침반(羅針盤)의 어느 정해진 방향으로 발사될 것인지 알고 있다. 그런데도 그들은 아랑곳하지 않으며, 아이들은 철길을 따라 학교에 간다. 우리는 철도가 있으므로 그만큼 더 착실하게 생활한다. 이리하여 우리는 모두 윌리엄 텔[3]의 아이들이 되고자 교육을 받고 있는 것이다. 여러분의 길 이외의 모든 길은 운명의 길이다. 그러니 여러분 자신의 궤도를 지켜야 한다.

상업이 내 마음에 드는 것은 그 기업성과 진취성 때문이다. 상업은 두 손을 모아 제우스 신(神)에게 기도를 드리지 않는다. 상인들은 내가 보건대 날마다 다소간의 용기와 만족을 갖고 자기 일에 종사하며, 자기들이 의식하기보다 더 많은 일을 하며 혹은 자기들이 의식적으로 계획할 수 있었던 것 이상으로 좋은 일을 하는 경우도 있다. 나는 부에나비스타 전선(戰線)[4]에서 네 시간 동안이나 용감히 버틴 용사들의 영웅성(英雄性)보다, 제설(除雪) 기관차를 겨울의 숙박소로 삼고 살고 있는 사람들의 착실하고도 쾌활한 용기에 더욱 감탄한다. 그 사람들은 나폴레옹이 가장 귀한 용기라고 생각한 새벽 세 시의 용기를 지니고 있을 뿐만 아니라 그 사람들의 용기는 그렇게 빨리 휴식을 취하지 않으며, 다만 폭설이 칠 때나 그들 철마의 근육이 얼어붙을 때만 잠드는 그런 용기이다.

대설(大雪)이 아직도 사람의 피를 광란케 하고 으스스하게 하는 이 아침에도, 나는 그들 기관차의 종소리가 그들이 내쉬는 입김의 안개층을 꿰뚫고 오는 둔한 소리를 듣는다. 그것은 뉴잉글랜드 지방을 휩쓰는 북동 폭설의 거부권에도 불구하고 열차가 연착하는 일 없이 오고 있음을 알린다. 그리하여 나는 눈과 서리에 온통 뒤덮인 제설 기관차가 제설차의 철관 위로 머리를 내밀고 있는 것을 본다. 그런데 제설차는 들국화 아닌 눈덩이를, 지구의 바깥쪽에 자리잡은 시에라네바다 산맥의 둥근 돌을 파헤치듯 가고 있는 것이다.

상업은 예상했던 것보다 자신이 있으며, 명랑하고 민첩하며, 모험적이며 그리고 지칠 줄 모르는 일이다. 더욱이 상업은 그 방법에 있어 매우 자연적이며 다른 여러 가지 환상적인 기업이나 감상적인 실험보다 훨씬 더 자연적이며, 그러기에 상업에는 그 특수한 성공이 있는 것이다. 나는 화물열차가 덜거덕거리며 내 옆을 지나갈 때면 기분이 상쾌해지고 부풀어오른다. 그리고 나는 보스턴의 롱 부두에서 버몬트 주의 챔플린 호수에 이르는 동안 온통 냄새를 풍기고 가는 화물들의 냄새를 맡는데 그럴 때면 외국의 항구, 산호초, 인도양, 열대 지방, 지구의 넓이 등을 생각한다.

나는 매년 여름 수많은 뉴잉글랜드 사람들의 머리를 가려 줄 모자가 될 종려나무 잎들, 그리고 마닐라 대마(大麻)와 야자 껍질, 헌 폐물, 마대, 고철, 헌 못 등을 보면 세계의 시민이 된 것 같은 생각이 든다. 이 화차에 실려가는 찢어진 돛들은 종이로 재생되어 책으로 인쇄되는 것보다도 지금 이대로가 더욱 알아보기 쉬우며 더 흥미 있다. 이 찢어진 돛들이 겪었던 폭풍의 역사를 더 생생하게 적을 수 있는 사람이 누구겠는가? 이것들은 고칠 필요조차 없는 교정쇄(校正刷)이다. 여기에 메인 주(州)의 삼림에서 나온 목재가 실려간다. 이 목재들은 지난번 홍수에 바다로 떠내려가지 않았던 것인데, 떠밀려 가버린 것, 장작으로 쪼개어진 것 등이 있기 때문에 천 달러당 4달러쯤 값이 올랐다. 이 목재들도 소나무·전나무·삼나무 등으로 1, 2, 3, 4의 등급으로 나뉘어 있으나, 최근까지만 해도 한결같은 품질로서 곰·노루·순록(馴鹿) 등의 머리 위에서 흔들리고 있었던 것이다.

다음에 토마스톤 산(産)의 최상품 석회가 운반되는데, 이것들이 소석회화가 되려면 먼 산중까지 들어가야 할 것이다. 온갖 색깔에다 온갖 품질의 뭉텅이로 된 헌 옷뭉치·면포·삼베 등의 최하의 상태—저 훌륭한 옷감, 즉 영국제·프랑스제·미국제 등의 판박이 천, 골 천, 머슬린 천 등으로, 밀워키 시(市)에서가 아니면 이젠 떠들어대는 일도 없는 천들로 이루어진 그 헌 옷가지들은 상류·하류 모든 곳에서 걷혀져, 한 가지 색깔 혹은 두서너 가지 색깔의 종이로 되어, 그 종이 위에 신분의 귀천을 가리지 않고 사실에 입각한 인생 이야기가 적혀지는 것이다.

문이 닫혀진 화차에는 소금에 절인 생선 냄새가 풍기는데, 이 억센 뉴잉글랜드의 상업적인 냄새는 나에게 그랜드뱅크스의 커다란 어장(漁場)을 생각하게 한다. 이송을 위해서 어찌나 잘 저장되었던지 무슨 짓을 해도 썩지 않을, 성자(聖者)들의 인내도 낯을 붉히게 하는 그 소금에 절인 생선을 누구나 한번쯤은 먹어 보았으리라. 그 절인 생선으로 여러분은 도로를 쓸고 도로에 깔고 불쏘시개를 해도 좋으며 마부는 절인 생선으로 태양과 풍우를, 자기 자신과 화물을 가릴 수 있을 것이며, 상인은 콩코드의 어떤 상인처럼 개업(開業)의 표적으로 그것을 문 옆에 달아맬 수도 있을 것이며, 아침에는 제일 오래된 단골손님도 그것이 동물인지 식물인지, 혹은 광물인지 분간할 수 없을 테지만 그래도 눈송이처럼 깨끗한 것이니, 그것을 솥에 넣어 끓이면 토요일 저녁 밥상에 훌륭한 반찬이 될 것이다.

다음은 스페인 산(産)의 소가죽인데, 그 꼬리는 소가 스페인의 대초원(大草原)을 달리고 있었을 때와 꼭같은 상태로 감겨지고 쳐들려지고 있는데, 이것은 옹고집의 하나의 표본이며 체질적인 악덕(惡德)이란 그야말로 고칠 수 없는 절망적인 상태라는 사실을 명시한다. 솔직히 고백하면 내가 인간의 본성을 연구했을 때, 현재의 존재상태에서 더 좋거나 나쁘게 바꿀 가망이 없다고 나는 솔직히 말한다. 동양인들이 말하듯이 '개의 꼬리를 따뜻하게 한 뒤 눌러서 끈으로 묶을 수도 있다. 그러나 12년 동안이나 쓰더라도 개 꼬리는 본성의 모습을 유지할 것이다.' 개 꼬리에서와 같은 고질을 고치는 단 한 가지의 효과적인 방법은 아교로 고착시키는 것이다. 이 방법이 보통 행하여지고 있는 것으로 믿는데 그렇게 하면 해놓은 대로 붙어 있을 것이다.

그 다음은 당밀 혹은 브랜디 한 통이 버몬트 주(州) 커팅스빌에 거주하는 존 스미드 씨한테 실려간다. 그는 그린 마운틴 근방에 있는 상인으로, 개척지 근처의 농부들을 상대로 물건을 수입해서 팔고 있다. 그는 지금쯤 자기 가게의 문턱에 서서, 항구에 최근 도착한 상품들이 자기 상품의 가격에 어떤 영향을 미칠 것인가를 생각할 것이다. 또한, 이 순간에 그전에도 스무 번이나 되풀이해 본 그대로 다음 열차편에 최고급의 물건이 도착하기로 되어 있노라고 손님들에게 말하고 있으리라. 그리고 그 물건은 커팅스빌 타임즈 지(紙)에 광고가 되어 있다.

이러한 물건들이 실려가는가 하면 다른 물건들이 실려온다. 윙윙거리는 바람소리에 놀라 나는 읽던 책에서 눈을 쳐든다. 먼 북쪽 산에서 잘라진 큰 소나무가 보인다. 이 소나무들은 그린 마운틴 산맥과 코네티커트 주의 강을 넘어, 화살처럼 10분 이내에 시내를 통과하여 거의 다시는 볼 수 없다. 이 목재들이 실려가는 것은,

어떤 커다란 선박의
돛대가 되기 위하여.[5]

자 들어 보라! 여기 천 개의 산에 있는 가축을 실은 가축 열차가 온다. 이것들은 모두 공중에 뜬 양의 우리며 우사(牛舍)이며, 막대기를 든 가축 몰이꾼, 양떼 속에 있는 목

동들도 끼어 있고, 산의 목초지만 뺀 모든 것들이 9월의 열풍(熱風)으로 말미암아 떨어지는 산의 낙엽처럼 소용돌이 치며 지나간다.

공중에는 송아지와 양떼의 울음소리, 황소들이 법석을 떠는 소리로 가득 차 있으며, 마치 목장의 계곡을 지나가고 있는 듯하다. 맨 앞에 선 방울을 단 늙은 양이 방울을 울리면 산들은 정말 양의 숫놈들처럼 깡충 뛰며, 작은 언덕들이 어린 양들처럼 역시 깡충 뛴다. 화차에 가득 실린 가축 몰이꾼들 역시 가축들 속에서 가축들과 같은 수준에서, 그들 직무가 끝났는데도 그들 직무의 표적으로서 소용도 없어진 곤봉을 여전히 쥐고 있다.

그러나 파수 보던 그들의 개들은 어디 있을까? 개들에게는 이거야말로 앞을 다투어 도망칠 기회이다. 개들은 완전히 던져져 버렸으니, 맡을 냄새를 잃어버리고 만 것이다. 그 개들이 피터보로 산 뒤에서 짖고 있는 소리가 들리는 것 같다. 혹은 그린 마운틴 산맥의 서쪽 경사면을 헐레벌떡 숨가쁘게 올라가는 소리가 들리는 것 같기도 한다. 개들은 가축들의 도살에는 끼어들지 않는다. 그들의 임무 역시 끝난 것이다. 이제 그들의 충성과 총명은 액면 이하로 떨어지고 있다. 그들은 치욕을 느끼며 제각기 개집으로 몰려 들어갈 것이다. 아니면 아마 야생동물이 되어서 늑대와 여우들과 한 패거리가 될 것이다. 이처럼 목장의 생활을 실은 기차는 급히 지나가 버리고 만다. 그러나 종이 울리니 나는 철로길에서 비켜서서 열차를 통과시켜야 한다.

> 철도는 내게 무엇이냐?
> 철도가 어디서 그치는지
> 나는 보러 가지 않겠다.
> 철도는 계곡 몇 개를 메꾸어 주고
> 제비들을 위해 둑을 쌓는다.
> 철도는 모래를 휘날리며
> 먹딸기를 자라게 한다.

나는 철도를 숲속의 짐수렛길처럼 건너간다. 나는 기차의 증기·연기·기적 등으로 내 눈알이 튀어나오고 내 귀가 먹게 하지는 않겠다.

이제는 기차도 지나가고 기차와 더불어 분주한 세상도 지나가고, 그리고 호수 속의 고기들도 이젠 기차 달리는 덜거덕 소리를 느끼지 않으니, 나는 어느 때보다 더 고독하다. 나머지 긴 오후 시간 동안 아마 나의 명상은 다만 저 행길 위를 지나가는 마차나 가축 무리의 희미한 덜거덕 소리에 의해서만 중단되리라.

일요일엔 종종 링컨, 액턴, 베드포드나 혹은 콩코드의 종소리가 들려온다. 그것도 바람이 알맞은 방향에서 불 때만 들려오는 감미로운 소리, 마치 황야 속에 넣어 줄 만한 가치 있는 자연적인 선율이다. 넓은 숲 위를 지나오며 이 종소리는 숲속의 모든 소나무 잎들을 하프의 현처럼 건드리기라도 하듯 일종의 진동을 일으키며 내 귀에 들린다. 겨우 들릴 만한 최대의 거리에서 듣는 온갖 소리도 꼭같은 효과를 자아내는데, 이것은 우주의 가야금의 진동이라고도 할 수 있으며, 그것은 마치 중간의 대기(大氣)가 먼 산마루에 푸른 빛을 줌으로써 우리의 눈을 기쁘게 하는 것과 같다.

이 경우 내게 들려오는 선율이란 공기가 퉁기는 선율이며, 숲의 모든 잎과 침상엽(針狀葉) 등이 속삭이는 선율이요, 자연의 여러 원소(元素)가 택하고 조절하여 이 골짜기에서 저 골짜기로 메아리치는 선율이었다. 산울림은 어느 정도 본래의 소리이며 그 속에 산울림의 마력과 매력이 있는 것이다. 산울림은 종소리 중의 번복할 만한 가치 있는 부분을 단지 되풀이할 뿐만 아니라 일부분은 숲 자체의 소리이기도 하다. 말하자면 숲의 선녀가 노래하는 것과 꼭같은 속삭임이며 가락인 것이다.

저녁 무렵 숲 너머 지평선 멀리서 소가 음매하고 우는 소리는 감미롭고도 선율적으로 들린다. 처음에 나는 그 노래를 나에게 종종 소야곡(小夜曲)을 들려 주던 음유시인들이 언덕과 계곡을 방랑하며 부르는 노랫소리로 알았다. 그러나 그 소리가 자연적인 소의 음악이란 걸 알고 실망했으나 불쾌하지는 않았다. 그리고 저 청년들의 노래가 소의 음악과 비슷하다고 말한 건, 양쪽이 모두 자연이 내는 하나의 조음(調音)이었다고, 그들의 노래를 빈정대기 위해서가 아닌 높이 평가하고 있다는 것을 나타내기 위함이다.

여름철 어느 기간에는 저녁 기차가 지나간 뒤 일곱시 반이 되면 밤마다 쏙독새들이 문 옆 그루터기에 앉거나 혹은 지붕 용마루 위에 앉아 반 시간 정도 저녁의 노래를 부른다. 그들은 저녁마다 일정한 시각에, 즉 해지는 5분 이내에 마치 시계와도 같이 정확하게 노래를 시작하곤 했다. 나는 그들의 습관을 알 수 있는 절호의 기회를 얻게 된 것이다. 나는 네댓 마리가 숲의 여기저기서 동시에 우는 소리를 종종 들었는데, 우연히도 한 마리씩 한 소절 늦게 울었고, 내가 가까이에 있었기 때문에 나는 각 음절 다음에 꼬꼬라는 소리를 분간했을 뿐만 아니라, 마치 거미줄에 걸린 파리처럼 그 이상야릇하게 웅웅거리는 소리까지도—물론 몸집이 크니까 소리가 컸지만—알아 들을 수 있었다. 어떤 때는 그 중 한 마리가 숲속에서 2,3피트의 거리를 두고 끈에 묶인 것처럼 내 주위를 빙빙 돌기도 했다. 아마 내가 그의 알 가까이에 있었을 때였으리라. 그들은 밤새 간격을 두고 노래했으며, 새벽이 되기 직전이나 동이 틀 무렵에는 다시 노래를 부른다.

다른 새들이 조용해지면 부엉이들이 노래를 시작하는데, 마치 비통에 잠긴 아낙네들처럼 부엉부엉한다. 그들의 음산한 부르짖음은 그야말로 벤 존슨의 작품 같다. 교활한 한밤중의 마녀들 같으니! 그것은 시인들의 정직하고 솔직한 노랫소리가 아니라, 농담이 없는 그야말로 엄숙한 묘지의 소곡(小曲)이며, 동반자살한 두 연인이 지옥의 숲속에서 지난

날 이승에서의 강렬했던 사랑이 주는 고통과 환희를 회상하면서 서로 달래는 위무곡(慰撫曲)이다. 그러나 나는 그들의 비탄과 그들의 슬픈 반응이 숲속에서 떨리는 목소리로 들려오는 것을 좋아한다. 그것은 나에게 종종 음악과 노래하는 새들을 생각나게 해준다. 마치 그것이 음악의 어둡고도 눈물겨운 일면이며, 후회와 탄식인 것처럼.

그들은 정령(精靈)이다. 한때는 인간의 모습으로 밤마다 지상을 거닐며 어두운 행위를 저질렀으며, 이제 그는 범죄의 현장에서 통곡하는 성가와 애가(哀歌)를 불러 그들의 죄를 속죄하고 있는 지옥에 떨어진 영혼들의 천한 정령들이며, 우울한 전조(前兆)이다. 그들은 우리의 공통적인 집인 자연의 변화와 능력에 관한 새로운 감각을 내게 제공한다. '오, 차라리 태어나질 말았을 것을!' 하고 호수 이쪽에서 한 마리가 한숨을 짓고는 불안스런 절망을 안고 날아서 잿빛 떡갈나뭇가지로 자리를 옮긴다. 그러자 '이 몸이 태어나질 말았을 것을!' 하고 저쪽 가에 있는 다른 한 마리가 떨리는 소리로 진지하게 대꾸한다. '태어나지 말았을 것을!' 하고 저 멀리 링컨 숲속에서 희미하게 응답하는 소리가 들려온다.

올빼미 역시 나에게 소야곡을 들려주었다. 올빼미의 소리는 가까이에서 들으면 자연의 가장 우울한 소리라고 상상할 수 있을 것이다. 마치 그렇게 함으로써 인간의 죽어가는 신음을 고정시키며, 그 합창을 영구히 하려는 것과 같다

─그것은 모든 희망을 뒤에 남겨 놓은 인간의 혼이 암흑의 골짜기로 들어갈 때 동물 같은, 그래도 인간의 흐느낌을 섞어가며 울부짖는 소리 같은데, 일종의 목구멍에서 내는 듯한 소리였기 때문에 더욱 처참하다─내가 그 소리를 흉내내려고 하면 '그글'이라는 소리가 먼저 나온다. 소리는 건전하고 용감한 모든 사상(思想)을 억제하는 데서 아교질의, 곰팡이 핀 상태에 이른 심경을 표현한다.

이것은 나에게 송장을 뜯어먹는 마귀와 천치와 미치광이를 생각나게 한다. 그러나 지금 숲속 저 멀리서, 거리가 멀어서인지 정말 선율적인 곡조로 '우엉 우엉 우엉 아우엉' 하고 노래하는 것 같다. 그리고 정말이지 그 소리는 낮에 듣건 밤에 듣건, 혹은 여름에 듣건 겨울에 듣건 대개는 기쁨만을 연상하게 한다.

올빼미들이 있는 것을 나는 기뻐한다. 올빼미로 하여금 인간들을 위해 바보 같고도 미치광이 같은 우엉소리를 지르도록 하라. 그 울음소리는 낮에도 어두컴컴한 늪과 숲에는 기특하게도 어울리는 소리이며, 인간이 인식하지 못하고 있는 광대하고도 미개한 자연을 암시한다. 그들은 누구나 다 지니고 있는 순수한 황혼과 해답을 구하지 못한 사념만을 나타낸다. 태양은 온종일 이런 미개(未開)의 늪 표면을 비춘다. 그곳에는 이끼가 낀 낙엽송 한 그루가 서 있고, 작은 매들이 그 위를 날고, 뱁새들이 상록수 사이에서 지저귀며, 자고(鷓鴣)니 토끼 등이 그 밑에서 살금살금 숨어다닌다. 그러나 이제 더 음산하고 이 장소에 더 어울리는 밤이 다가오고 있으며, 여러 가지 다른 종족의 생물들이 눈을 뜨며 이곳 대자연의 의미를 표현한다.

저녁 늦게 나는 마차가 멀리서 다리를 지나가는 덜거덕 소리를 들었다—밤이면 어느 소리보다 더 멀리서 들려오는 소리였다—그리고 개 짖는 소리, 그리고 저 멀리 헛간 앞 뜰에서 소가 음매 하고 구슬프게 우는 소리도 듣곤 한다. 한편 호숫가는 온통 왕개구리들의 나팔소리가 울려퍼진다. 그들은 태고의 주객(酒客), 주정뱅이들의 억센 정령들이며, 아직도 뉘우치지 않고 저승의 호수에서 멋들어지게 노래를 부르려고 한다—만일 월든 호수의 정령들이 이와 같은 비유를 허용한다면 말이다.

왜냐하면 이곳에는 풀은 거의 없지만 개구리들이 있기 때문에—이 개구리들은 그들의 목소리가 점점 쉬어 더 엄숙한 맛이 나 오히려 이들의 들뜬 기분을 조롱한 꼴이 되었고, 게다가 술은 향기를 잃어 단지 그들의 배만 팽창시키는 액체에 불과했다. 그런데 달콤한 도취가 과거의 기억을 잊어버리게 하는 일이 없어 배만 팽창할 뿐인데도, 그들은 옛날 잔치상의 들뜬 격식을 기꺼이 지키고자 한다. 축 늘어진 턱을 바칠 수건 대신에 부초(浮草) 위에 볼을 괸 채 제일 노장격(老長格) 개구리가 호수 북쪽 둑 밑에서 한때 멸시했던 물을 한 모금 마신 다음 '개구울 개구울 개구울!' 하고 소리를 지르면서 술잔을 돌린다. 그러자 곧 먼 물가에서 똑같은 신호소리가 수면 위로 들려온다. 이것은 나이로나 비대한 점에서나 둘째번의 노장격 개구리가 제 분량만큼 잔을 따라마셨다는 신호이다.

이렇게 이 의식이 호수 둑을 한 바퀴 돌았을 때, 이 잔치의 주최자는 만족한 듯이 '개구울!' 하고 소리지른다. 그러자 제각기 차례차례로 똑같은 소리를 흉내내어 되풀이하는데, 마지막으로 배가 제일 적게 나오고 물이 쏟아져나올 듯한 제일 약한 개구리에까지 이른다. 그리고 술잔은 계속해서 다시 몇 차례 돌아간다. 마침내 햇볕이 아침 안개를 걷어 치우고 가장(家長) 개구리만이 수면에 남아 '개구울!' 하고 가끔씩 소리를 지르고는 헛되이 응해 주기를 기다린다.

나는 개간지에서 수탉의 울음소리를 들은 적이 있는지는 확실하게 기억하고 있지 않다. 그리고 수탉을 단지 노래하는 새로서 음악을 듣기 위해 기르는 것이 가치 있는 일일 거라고 생각했다. 옛날엔 야생의 꿩이었던 이 닭의 곡조는 확실히 어떤 새의 울음보다 특이한 색채를 띠고 있다. 그러니 만일 그들이 가금(家禽)으로 길들여지지 않고 자연 그대로 있다고 하더라도, 그 울음소리는 거위의 까우까우하는 소리나 올빼미의 부엉부엉하는 소리보다는 훨씬 훌륭하며 숲의 가장 훌륭한 소리로 되었을 것이다.

그러므로 암탉이 수탉의 나팔소리가 멈출 때 그 휴식을 메우기 위해 꾸꾸 하고 울 것을 상상해 보라! 달걀과 닭다리는 말할 것도 없이 인간이 이 새를 가금에 보탠 것은 당연한 일이다. 닭이라는 조류(鳥類)들이 운집하는 집, 즉 그들 고향인 숲을 겨울 아침 산책하며 이 새의 수평아리들이 나무 위에서 울며, 그 날카로운 울음소리가 지상 몇 마일까지 울려퍼져 다른 조류들의 가냘픈 곡조를 압도하는 모습을 듣는다고 상상하자! 그 소리는 여러 국가들을 긴장시키리라.

인간이면 누구나 일찍 일어나지 않겠는가? 그의 생애의 매일매일을 더욱더 일찍 일어나서 마침내 말할 수 없을 만큼 건강해지고 부유해지고 현명해지지 않을 사람이 누가 있겠는가? 이 외래의 새소리는 모든 나라의 시인들로부터, 그들 고장의 노래부르는 새들의 곡조와 더불어 찬양받고 있다. 모든 풍토가 저 용감한 수탉에 맞는다. 그는 재래종의 조류보다 더 재래적이다. 그의 건강은 언제나 좋으며 그의 폐는 언제나 건전하며, 그의 기력은 절대로 쇠약해지지 않는다. 태평양과 대서양을 항해하는 선원들까지도 이 닭의 울음소리에 잠을 깬다. 그러나 그 날카로운 울음소리는 나를 곤한 잠에서 깨우는 일이 없다.

나는 개·고양이·소·돼지·닭 같은 것은 기르지 않았다. 때문에 여러분은 내가 사는 곳엔 가정적인 소리가 결핍되었다고 말할지 모르겠다. 우유 젓는 기계소리도 물레소리도 솥단지 끓는 소리도 주전자 끓는 소리도 아이들 울음소리도 나를 달래질 않았다. 재래적인 관념을 가진 사람 같으면 감각을 잃었거나 그전에 권태 때문에 죽었으리라. 쥐조차 벽 속에 없었다. 먹을 것이 없으니 오지 않았거나 오히려 미끼가 없어서 오지 않은 것이다―단지 지붕 밑·마루 밑의 다람쥐, 용마루 위의 쏙독새, 창문 밑에서 소리지르는 푸른 까치, 집 밑의 토끼 혹은 족제비, 집 뒤의 올빼미 혹은 부엉이, 호수의 기러기 혹은 웃고 있는 농병아리, 밤이면 짖는 여우 등이 있을 뿐이다.

나의 개척지엔 저 온순한 새들인 한 마리의 종달새도, 꾀꼬리도 날아오지 않았다. 마당에는 시간을 알리는 수탉도 꼬꼬댁거리며 우는 암탉도 없었다. 마당도 없다! 아니 담이 없는 자연이 바로 문턱까지 닿아 있다. 어린 나무들이 창 밑에서 자라고 있으며, 야생의 옻나무·먹딸기 덩굴이 지하실까지 뚫고 들어와 있었다. 건장한 소나무들이 무성하게 자라면서 지붕 판자에 삐그덕거리며 그 뿌리를 집 밑까지 뻗고 있었다. 강풍에 날아갈 덧문도 차양도 없었다. 그 대신 소나무들이 집 뒤에서 부러지거나 뿌리째 뽑혀 땔감이 되어 주었다. 큰 눈이 내리면 앞마당의 대문에 이르는 길이 막히는 것이 아니었다. 대문도 없고 마당도 없고, 그리하여 문명세계에 이르는 길도 없는 것이다.

㈜

1) 푸리 인디언은 브라질의 인디언족으로 매우 미개하였음.
2) 그리스 신화의 운명의 세 여신 중의 하나로, 인간의 생명줄을 자르는 여신.
3) 중세 전설에 나오는 스위스의 농부.

4) 미국과 멕시코와의 전쟁중 1847년 2월 22일과 23일에 있었던 격전. 미국이 승리하였음.

5) 밀턴의 《실락원》 제1권 293, 4행.

고　독

　　상쾌한 저녁이다. 이땐 온몸이 하나의 감관(感官)이 되어 모든 땀구멍으로 기쁨을 흡수한다. 나는 자연의 일부분이 되어 이상하리만큼 자유스럽게 돌아다닌다. 내가 셔츠만 입고 돌이 많은 호숫가를 거닐고 있을 때, 비록 구름이 끼고 바람이 부는 싸늘한 날씨였고 유달리 마음을 끄는 것이라곤 하나도 보이지 않았는데도 모든 자연 현상들이 보통 때와 달리 내 마음에 든다. 왕개구리는 밤을 맞이하기 위해 나팔을 불며, 쏙독새의 노랫소리는 잔물결을 타고 수면을 건너온다. 오리나무와 백양나무가 바람에 흔들리며 일으키는 공명이 나의 숨을 막히게 한다. 그러나 호수같이 맑은 내 마음은 잔물결이 일 뿐 거칠어지지 않는다. 저녁 바람에 일어나는 이 잔물결들은 고요히 반사되고 있는 수면만큼 폭풍과는 거리가 멀다. 이미 어두워졌는데도 바람은 여전히 불어 숲속을 들끓게 하고, 물결은 여전히 부딪친다. 어떤 생물들은 다른 생물에게 자장가를 불러 주며 달래고 있다. 결코 휴식은 없다. 야성에 가장 가까운 동물들은 쉬지 않고 그들의 먹이를 찾고 있다. 여우·스컹크·토끼 등은 이젠 무서워하지도 않고 들과 숲을 헤맨다. 그들은 자연의 야경꾼이며 약동하는 나날을 이어주는 사슬이기도 하다.

내가 집에 돌아오면 그 동안 방문객들이 왔다가 명함을 놓고 간 것을 발견한다. 그 명함이란 꽃다발이거나 상록수 다발이거나 혹은 노란 떡갈잎이나 나뭇조각에 연필로 적어 놓은 것이기도 했다. 어쩌다가 숲에 오는 사람들은 오는 도중에 나뭇가지를 조금 꺾어 손에 쥐고 장난삼아 오게 마련인데, 그 가지를 고의로거나 혹은 우연히 남겨 놓고 가는 것이다. 어떤 사람은 버들가지의 껍질을 벗겨 그것을 고리로 짜서 내 탁자 위에 떨쳐 놓고 갔다.

나는 내가 없는 사이에 누가 찾아왔는가를 굽어진 가지나 풀잎으로 혹은 신발자국 등으로 틀림없이 말할 수 있었으며, 그들이 남겨 놓은 사소한 흔적들로, 이를테면 떨어뜨린 꽃이라든가 잡아뽑아 내던진 한 포기의 풀이라든가—심지어는 이것들이 반 마일이나 떨어진 철도 위에 떨어져 있는 경우도 있었지만—혹은 여송연이나 대통담배의 아직도 남아 있는 냄새 등으로 그들의 성별·연령·신분 등을 대개는 알아맞힐 수 있었다. 아니, 나는 60로드나 떨어진 도로 위를 지나가는 나그네를 그의 대통담배 냄새로 알아보는 경우도 흔히 있었다.

우리 주위에는 보통 충분한 공간이 있다. 우리의 지평선은 결코 팔꿈치가 닿을 만큼 가까운 것이 아니다. 울창한 숲이나 호수는 우리 문 앞에 바싹 붙어 있지 않다. 그러나 어느 정도의 공간은 항상 개간되어 인간과 친밀하고, 인간의 발자국으로 닳아지며, 또 어떠한 방법으로든 점유되어 담이 둘러지는 동시에 자연으로부터 인간의 소유로 탈취되어 있다. 어떠한 이유에서 이 넓은 범위와 지역이, 인적이 드문 수평방마일의 숲이 나의 은둔처로 내게 맡겨진 것일까?

나의 가장 가까운 이웃도 1마일이나 떨어져 있으며, 언덕 꼭대기로 올라가지 않는 한 나의 집에서 반 마일 이내에는 집이라곤 전혀 보이지 않는다. 나는 숲으로 경계를 짓고 있는 지평선을 독점하고 있다. 한쪽에는 철도가 호수의 한쪽 옆을 지나 멀리 뻗쳐 있으며, 또 한쪽에는 숲속의 길을 따라 둘러서 있는 울타리가 저 멀리 보인다. 그러나 대체로 내가 살고 있는 곳은 대초원같이 적적하다. 뉴잉글랜드이면서도 아시아나 아프리카와 같다. 나로 말하자면 나 자신의 태양과 달과 별, 그리고 소우주를 독점하고 있는 것이다. 밤에는 내가 이 숲속에 남아 있는 최초의 혹은 최후의 인간이나 되는 것처럼, 내 집 앞을 지나가거나 문을 두들기는 나그네 한 사람도 없다.

그러나 봄에는 마을에서 메기를 낚으러 오는 사람들이 더러 있었다─그들은 분명히 월든 호수의 고기보다는 스스로의 자연을 더 많이 낚았으며, 그들의 낚시에는 어둠이 미끼로 달려 있었다─그러나 그들은 대개 빈 바구니를 들고 금방 물러가는데, 그때 그들은 '세계를 암흑과 나에게'[1] 남겨 놓는다. 그리고 밤의 컴컴한 중심은 사람들의 침입으로 더럽혀지지 않았다. 마녀들이 모두 교살당했고 기독교와 촛불이 도입되어 있는데도, 인간들은 여전히 어둠을 두려워하는 듯하다.

그러나 내가 경험한 바에 의하면, 가장 감미롭고도 부드럽고, 가장 순진하고도 고무적인 교제는 어떤 자연적인 사물에서 찾을 수 있는 것 같다. 불쌍하게도 이것은 인간을 싫어하는 사람, 가장 우울한 사람에 대해서도 마찬가지다. 자연의 한가운데서 살면서도 자기의 여러 감각을 여전히 지니고 있는 사람에게는 그야말로 암담한 우울이란 존재할 여지가 없다. 건전하고 순진무구한 귀로는 어떠한 폭풍도 바람의 신(神)의 노래로만 들린다. 소박하고도 용감한 인간을 속된 슬픔으로 몰아넣을 권리를 갖는 것은 아무것도 없다.

내가 사철을 벗삼아 그 우정(友情)을 즐기고 있는 동안은 그 무엇도 삶을 짐스러운 것으로 만들지는 못하리라고 믿는다.

내 콩밭에 물을 주고, 그리고 나를 오늘 집 안에 가두어 놓은 이 부드러운 비는 조금도 쓸쓸하지도 우울하지도 않고 나에게는 아주 좋기만 하다. 그 때문에 나는 콩밭을 매지 못하고 있으나, 밭을 매는 것보다 이것이 훨씬 더 가치가 있다. 비록 비가 오랫동안 내려서 땅 속의 종자를 썩게 하고 낮은 지대의 고구마를 망쳐 놓더라도, 이 비는 고지(高地)의 풀에게도 좋을 것이니 풀에게 좋다면 나에게도 좋은 것이다.

종종 나 자신을 다른 사람들과 비교해 볼 때 나는 그들보다 지나칠 정도로 신의 은총을 더 많이 받고 있는 것처럼 느껴진다. 마치 나는 남들이 갖고 있지 않은 면허장과 보증서를 신의 손에서 수여받아 특별한 지도나 보호를 받고 있는 것처럼 느껴진다. 나는 내 자신에게 아첨하지 않는다. 그러나 혹 그런 일이 가능하다면, 신들이 나에게 아첨하는 듯한 생각이 든다. 괴로움을 느낀 적이 한 번도 없었으며, 혹은 조금도 고독에 사로잡힌 적이 없었다. 그러나 꼭 한 번, 그것은 내가 숲에 온 지 몇 주일이 지나서의 일이었는데, 그때 나는 한 시간 정도 이웃이 가까이에 있는 것이 명랑하고 건전한 생활의 필수조건이 아니겠는가 하고 생각했었다.

그때는 혼자 있다는 것이 좀 불쾌한 일이었다. 그러나 동시에 나의 기분이 좀 이상한 것을 의식했으며, 앞으로 회복될 것을 미리 예측했던 것 같았다. 조용히 내리는 빗속에서 이러한 생각에 사로잡혀 있는 동안 나는 매우 감미롭고 자애스런 우정이, 대자연 속에 뚝뚝 떨어지는 빗방울 속에 그리고 내 집 주위에 있는 모든 소리와 풍경 속에 존재하는 것을 갑자기 의식했다. 그리고 나를 받들고 있는 공기와 같은 무한하고도 형용할 수 없는 우정을 의식했으며, 이웃 사람이 있으면 얻어지리라고 생각되는 모든 장점이 무의미해짐을 느꼈다. 그래서 그후로는 그런 것을 생각해 본 일이 없다.

조그만 소나무 잎이 친화감으로 부풀어올라 내게 우정을 베풀어 주었다. 나는 심지어 우리들이 어수선하고 쓸쓸하다고 곧잘 부르고 있는 풍경 속에서는 나와 친근한 어떤 것이 존재하고 있다는 것을, 그리고 또 나와 가장 가까운 혈연적인 것이나 인간적인 것은 어떤 사람도 아니고 어떤 마을 사람도 아니라는 것을 명백히 의식하게 되었으므로, 어떠한 장소도 내게는 생소해질 수가 없다고 생각했다.

아름다운 토스카의 딸이여
애도(哀悼)는 슬픈 사람들의 생명을 불시에 빼앗아 가나니
이 세상에서 그들이 사는 날은 길지 않으리라.

나의 가장 즐거운 시간이란 봄과 가을의 긴 풍우기(風雨期)인데, 그때면 나는 오전은 물론 오후에도 집 안에 틀어박혀 쉴 새 없는 바람소리와 떨어지는 빗소리로 마음을 달랬다. 그때 이른 황혼이 긴 밤을 맞으러 오면, 그 밤에 많은 사념들이 서서히 뿌리를 박고 스스로 전개되었다. 저 북동쪽에서 몰아쳐 오는 비바람이 마을의 집들을 괴롭히며, 하녀들이 홍수의 침입을 막으려고 통과 빗자루를 들고 집 앞에 대기하고 있을 때, 나는 내 집의 단 하나의 입구인 문 뒤에 앉아 완벽하게 이 집의 보호를 받았다.

무서운 뇌우(雷雨)가 있었던 어느 날 벼락이 호수 저쪽의 큰 리기다 소나무를 때려 꼭대기에서 밑둥까지 길이 1인치 이상, 폭이 4인치 내지 5인치나 되는 나선형의 홈을 아주 뚜렷하고 완벽하리만큼 파놓았다. 그것은 마치 지팡이에 파놓은 홈과도 같았다. 나는 얼마 전에 그곳을 지난 일

이 있는데, 8년 전에 무섭고도 저항할 수 없는 번개가 저 악의 없는 하늘에서 떨어졌던 그 자리에 그전보다 더 뚜렷한 흔적이 있는 것을 쳐다보며 나는 놀라지 않을 수 없었다. 사람들은 흔히 나에게 이런 말을 한다. "당신은 이곳에서 적적할 것 같은데…… 특히 비나 눈이 내리는 날과 밤에는 이웃이 그리워질 것 같은데……." 하고.

그러나 나는 그 사람들에게 이렇게 대답하고 싶다. 즉, '우리가 거주하는 이 지구 전체는 우주 공간의 한 점에 지나지 않는다. 저 별의 표면 넓이는 인류의 기계로는 측정할 수도 없는데, 저 별에 살고 있는 가장 멀리 떨어진 두 사람의 거리가 얼마나 될 거라고 생각하느냐? 어째서 내가 적적할 것인가? 우리의 지구는 은하수 속에 있지 않은가? 당신의 질문은 내게는 중요한 질문이라고 생각되지 않는다. 사람을 그의 동료로부터 분리시켜 그 사람을 고독하게 만드는 공간이란 어떤 종류의 공간인가? 아무리 발이 애를 쓰더라도 두 사람의 마음을 서로 접근시키지 못한다는 것을 나는 알고 있다. 우리는 무엇에 가장 가까이 살고 싶은가?'

많은 사람들 가운데 살고 싶지 않은 것만은 확실하다. 사람들이 가장 많이 모여드는 정거장·우체국·주점·교회당·교사(敎舍)·잡화점·비이콘 힐[2], 파이브 포인트[3] 등에 가까이 살고 있는 것이 아니고 우리는 마치 물가에 선 버드나무가 그 뿌리를 물 쪽으로 뻗듯이 우리의 경험에서 우리가 발견한 생명의 분출구인 우리 인생의 영원한 원천 가까이에 살고 싶은 것이다. 이것은 제각기 성질에 따라 달라지겠지만, 현명한 사람이라면 그러한 곳에 지하실을 팔 것이다.

어느 날 저녁, 나는 이른바 '훌륭한 재산'—나는 이것을 한 번도 가져 본 적이 없었지만—을 축적했던 마을 사람 한 명을 월든가(街)에서 뒤따라갔었다. 그는 소 두 마리를 몰고 장터로 가는 길이었는데, 내게 어떻게 해서 그 많은 인생의 위안품을 버릴 마음이 생겼는가 하고 묻는 것이었다. 나는, '나도 인생의 위안품을 무척이나 좋아한다'고 대답했다. 농담이 아니었다. 그래서 나는 집으로 돌아와 잠자리에 들었고, 그리고 그가 어둠과 진흙을 지나 브라이튼, 아니 브라이트 타운(밝은 도시)으로 가도록 내버려 두었다. 그는 아마 다음날 아침에야 그곳에 도착하리라.

죽은 사람이 눈을 뜨고 소생할 가망이 있으면 모든 장소와 시기(時期)는 문제가 아니다. 그런 일이 일어날 수 있는 곳은 언제나 똑같으며, 그리고 그런 장소는 우리들의 모든 감각에 말할 수 없을 만큼 상쾌함을 준다. 우리들은 대체로 부분적이고 일시적인 일들만을 우리의 주요 관심사로 삼는다. 그런 것이 실은 우리의 정신을 교란시키는 근원이다. 모든 것의 가장 가까운 곳에는 그것들의 존재를 형성하는 힘이 있다. 우리들의 가장 가까운 곳에서는 가장 존엄한 법률이 끊임없이 실행에 옮겨지고 있다. 우리들의 가장 가까운 곳에는 우리가 고용하고 우리가 이야기하기를 좋아하는 일꾼이 있는 것이 아니라, 바로 우리 자신을 일감삼아 끊임

없이 일을 하고 있는 일꾼이 있는 것이다.

"천지의 오묘한 힘의 영향은 얼마나 광대하며 깊은 것이냐?"

"우리는 그 힘을 인식하려고 하지만 우리의 눈에는 보이지 않으며, 우리는 그 소리를 들으려고 하나 우리의 귀에는 들리지 않는다. 그 힘은 사물의 본질과 일치하며 사물에서 분리될 수 없다."

"그 힘으로 전우주의 인간은 그 마음을 순화하고 성화(聖化)하며, 성장하여 조상에게 제물을 바친다. 그것은 오묘한 지혜의 바다이다. 그 힘은 우리의 위, 우리의 좌우 도처에 있으며 사방에서 우리를 둘러싸고 있다."

우리는 내게 적지않은 흥미를 주고 있는 어떤 실험의 피험자들이다. 이러한 상황에서 잠깐 동안이나마 어울려 잡담이나 하는 것을 삼가고, 우리 스스로의 사고로 스스로를 위안하며 지낼 수는 없을까? 공자(孔子)도 이렇게 진리를 말한다. '덕은 홀로 있는 것이 아니라 반드시 이웃이 있다.'

사색을 함으로써 우리는 건전한 의미의 열광 속에 빠질 수 있다. 우리의 의지(意志)의 의식적인 노력으로써 행위와 결과에서 초연히 서 있을 수 있는 것이다. 그렇게 된다면 만사는 좋건 나쁘건 격류(激流)처럼 우리의 곁을 지나간다. 우리는 자연 속에 전적으로 휩쓸려 있지는 않는다. 나는 물결에 흘러가는 나무토막일 수도 있고, 혹은 하늘에서 그 나무토막을 내려다보는 인드라 신[4]일 수도 있다. 나는 한편의 연극상연에 영향을 받을 수도 있을 것이고, 한편 나에게 훨씬 더 관계가 되는 것 같은 실제 사건에는 영향을 받지 않을 수도 있을 것이다. 나는 나 자신을 인간적 실재로서만, 다시 말하자면 여러 가지 사고와 감정의 장으로서만 알고 있다.

그리고 다른 사람으로부터는 물론, 나 자신으로부터도 멀리 떨어져 있을 수 있는 어떤 이중성을 느끼고 있다. 나의 경험이 아무리 강렬하더라도 나는 나의 일부분이면서 나의 일부분이 아닌 것처럼, 나의 경험에도 참여하지 않으나 그것을 주목하고 있는 관객이며, 그것을 당신이 아닌 바와 마찬가지로 나도 아닌 나의 일부분이 존재하며 비평하는 것을 의식한다. 인생극(人生劇)이—비극일지도 모르지만—끝나면 관객은 제 갈길을 간다. 그 인생극은 그 관객에 관하는 한 일종의 소설(小說)이며, 오직 상상 속의 작품이다. 이와 같은 이중성은 우리를 쉽사리 불쌍한 이웃이나 친구로 만드는 일이 종종 있을 것이다.

나는 대부분의 시간을 혼자 지내는 것이 좋다고 생각한다. 아무리 좋은 사람들과 같이 있더라도 곧 싫어지며 지치게 마련이다. 나는 혼자 있기를 좋아한다. 나는 고독보다 더 친하기 쉬운 벗을 발견하지 못했다. 우리는 방 안에 머물러 있을 때보다 밖에 나가 사람들 사이로 돌아다닐 때 대개는 더욱 고독하다. 사색하거나 일하는 사람들은 어디를 가나 고독하니, 그가 있고 싶은 곳에 있도록 하라. 고독이란 자기와 벗들 사이를 가로막고 있는 공간의 마일 수로 재어지는 것이 아니다.

케임브리지 대학의 혼잡한 방에서 정말 열심히 연구하는 학생은 사막의 도승(道僧)만큼 고독하다. 농부는 온종일 혼자 들의 풀을 베거나, 숲에서 나무를 자르며 일하지만 고독을 느끼지 않는다. 일을 하고 있기 때문이다. 그러나 밤에 돌아오면 여러 가지 생각이 떠올라 방안에 혼자 앉아 있을 수가 없다. 그래서 '사람들을 만나' 속을 풀며, 그가 생각한 대로 온종일의 고독을 보장할 수 있는 장소에 가 있을 수밖에 없는 것이다.

그러므로 농부는 학생이 밤과 낮의 대부분을 집에 앉아 있으면서도 권태와 우울을 느끼지 않을 것인가 하고 이상히 여긴다. 그러나 학생은 집에 있으면서도 마치 농부가 자기의 들이나 숲에서 일하듯 자기 들에서 일하고 있으며, 자기 숲에서 나무를 자르고 있으며, 그 다음은 다소 집중된 형태이기는 하지만 농부가 구하는 것과 같은 오락과 휴식을 구한다는 사실을 농부는 깨닫지 못한다.

사람들의 교제(交際)는 대체로 너무 값이 싸다. 우리는 너무나도 자주 만나기 때문에 제각기 새로운 가치를 얻을 시간의 여유가 없다. 우리는 하루 세 끼 식사때마다 만나서, 우리 자신이라는 저 곰팡내나는 치즈를 새로이 서로에게 맛보이는 격이다. 그리고 우리는 이처럼 자주 만나는 회합이 견딜 수 없게 되어 서로 치고받는 싸움이 벌어지지 않도록 소위 예의범절이라는 일정한 규칙을 협정하지 않으면 안 되었다.

우리는 우체국에서 만나는가 하면 사교장에서 만나고 매일 밤 난롯가에서도 만난다. 우리는 너무 얽혀서 살고 있으며, 서로의 길을 막기도 하며, 서로 걸려 넘어지기도 한다. 그러므로 상호간에 대한 존경심을 잃고 있다고 생각한다. 확실히 자주 만나지 않는 것이 중요한 마음속으로부터의 교제를 위해서 충분할 것이다. 공장에서 일하고 있는 여직공들을 생각해 보라. 그들은 꿈속에서까지 혼자 있는 일이 거의 없다. 내가 살고 있는 곳처럼 1평방마일 안에 단 한 사람만이 사는 것이 좋다. 인간의 가치란 피부에 있는 것이 아니므로, 남의 피부를 만져본다고 해서 그 가치를 아는 것은 아니다.

나는 숲속에서 길을 잃어 어느 나무 밑에서 굶주림과 피로로 거의 죽을 뻔한 사람의 얘기를 들은 적이 있다. 그는 육체의 쇠약으로 인해 일어나는 병적인 상상력으로 그의 주위를 둘러싼 괴상한 환영—그는 실체라고 믿었는데—을 보았는데, 그로 말미암아 고독을 면하고 결국은 목숨을 부지할 수 있었다고 한다. 그와 마찬가지로 육체적으로나 정신적으로나 건강하고 힘이 있기 때문에 우리는 이와 같은, 그러나 더 정상적이며 자연적인 교제로 인해서 기운이 북돋아지며 우리가 결코 적적하지 않다는 것을 알게 될 것이다.

내 집에는 많은 친구들이 있다. 특히 아무도 찾아오지 않는 아침에는 더욱 그러하다. 여기에서 나는 몇 가지 비유를 들겠는데, 그 중의 어떤 것이 나의 입장에 대한 개념을 전해 줄 것이다. 큰 소리로 지저귀는 호수의 농병아리나 호수가 고독하지 않듯이 나도 고독하지 않다. 글쎄, 그 고독한 호수는 어떠한 벗을 지니고 있을까? 그러나 그 호수에는 그 푸른 빛깔의 물에 푸른 마귀가 아니라 푸른 천사가 있는 것이다. 태양은 홀로 있다. 안개가 낀 날씨에는 두 개인 것 같이 보이는 때도 있지만 하나는 가짜 태양이다. 신(神) 역시 홀로 존재한다. 그러나 마귀는 홀로 있기는커녕 수많은 동료를 만나며 대군(大軍)을 이루고 있다. 그리고 목장의 한 송이 할미꽃이나 진달래나 콩잎이나 참소리쟁이(식물)나 뻐꾸기나 통벌 등이 고독하지 않듯이 나도 고독하지 않다. 나는 밀부룩 개천이나 지붕 위의 풍향기가 북극성이나 남풍(南風)이나 4월의 소낙비나 혹은 정월의 해동(解凍), 새집의 거미와 같이 고독하지 않다.

숲속에 눈이 휘몰아치고 바람이 세차게 부는 밤이면 이 호수의 옛 개척자이며 원소유주(原所有主)의 방문을 종종 받는다. 풍문에 의하면 그 사람은 월든 호수를 파서 석축(石築)을 했으며 그 주위에 소나무를 심었다는 것이다. 이 분이 나에게 고대(古代)와 새로운 영원의 이야기를 한다. 우리 두 사람은 사과도 사과주도 없이 사교적인 기쁨과 유쾌한 의견을 나누며 즐거운 저녁을 보내는 것이다. 아주 현명하고 유머가 넘치는 친구이므로 나는 그를 무척 좋아하는데, 그는 고프[5]나 훨리보다 비밀을 더 잘 지킨다. 그는 이미 세상을 떠난 것으로 사람들은 알고 있는데, 어디에 매장되었는지 아는 사람은 없다.

그리고 나의 이웃에는 늙은 마나님이 한 분 살고 있는데 남들 눈에는 잘 띄지 않는다. 나는 마나님의 향기로운 약초원(藥草園)을 종종 거닐면서 약초를 캐며, 마나님의 이야기를 듣기를 좋아한다. 마나님은 비할 바 없는 풍부한 소질을 갖고 있으며, 기억력은 신화(神話) 이전까지 거슬러 올라가며, 모든 이야기의 기원과 그 이야기의 근원을 댈 수가 있다. 그 사건들은 마나님이 젊었을 때 일어났으니 말이다. 안색이 좋은데다 튼튼한 늙은 마나님인데 모든 날씨와 계절을 즐기며, 자기의 어느 자녀보다 더 오래 살 것 같았다.

대자연의—즉 태양과 바람과 비, 그리고 여름과 겨울— 뭐라고 말할 수 없는 순수성·자애성은 그러한 건강과 환희를 영원히 줄 뿐만 아니라, 우리 인류에게 대단한 동정을 지니고 있으니, 만일 인간이 어떤 정당한 이유에서 슬퍼한다면 자연은 감동할 것이며, 태양의 밝은 빛은 사라질 것이며, 바람은 인간처럼 탄식할 것이며, 구름은 비의 눈물을 흘릴 것이며, 숲은 한여름에도 잎을 벗어 버리고 상복(喪服)을 입을 것이다. 나는 대지와 지적인 교류를 갖는다. 내 자신이 나뭇잎의 일부분이며 식물의 양토(壤土)가 아니겠는가?

우리를 건강하게 하고 명랑하게 하고 만족하게 하는 환약(丸藥)은 무엇인가? 그것은 나나 당신들의 증조부의 환약이 아니고, 바로 우리 모두의 증조모인 자연의 여신이 빚은 우주적이며 식물적이며 식물학적인 약이다. 이 약으로 자연은 항상 젊음을 유지했으며, 그 시대의 파아 노인 같은 장수자들보다 더 오래 살아왔으며, 그들의 썩은 지방(脂肪)으로 자기의 건강을 지녀온 것이다. 내가 원하는 만병통치약은 우리가 종종 돌팔이 의사가 저승의 강이나 사해(死海)의 물을 떠내서 조제하여 병 운반용으로 만들어, 저 길고 납작한 흑색마차 같은 짐수레에 싣고 다니면서 파는 물약병이 아니다. 내가 진정으로 원하는 만병통치약은 묽게 하지 않은 아침 공기를 한 모금 들여마시는 것이다.

아침 공기! 만일 사람들이 하루의 원천인 새벽에 이 아침 공기를 마시지 않는다면, 글쎄 이 세상에서 아침 시간의 예매권을 잃은 사람들을 위하여 아침 공기를 병에 담아 가게에서 팔기라도 하지 않으면 안 되겠다. 그러나 기억해야 할 것은, 그것을 아무리 찬 지하실에 넣어 둔들 정오 때까지는 가지 못할 것이며, 그전에 벌써 병마개를 밀어젖히고 새벽의 여신을 따라 서쪽으로 행차하리라는 사실을 잊어서는 안 된다.

나는 늙은 한방의(漢方醫)인 아이스큐라피스의 딸이며, 한 손에는 뱀을 들고 다른 손에는 그 뱀이 가끔 마실 잔을 들고 있는 히기에이아의 숭배자는 아니다. 오히려 주노 신(神)과 야생상추 사이에 태어난 딸이며, 신과 인간의 회춘력(回春力)을 가지며, 제우스 신에게 술을 따라 올린 헤베 여신의 숭배자이다. 이 여신이야말로 아마 옛날부터 지구상에서 완전한 육체적 조건을 가진, 건강하고 건장한 단 한 분의 젊은 여장부였다. 그리고 이 여신이 오는 곳은 어디서나 봄이 열리는 것이다.

주

1) 토머스 그레이(1716~1771)의 시 〈Elegy in a Country Church yard(시골 묘지의 애가)〉의 1절 4행.
2) 보스턴 시 북쪽의 옛날 봉화대가 있었던 곳.
3) 뉴욕시의 옛날 암흑가. 지금은 공원이 있다.
4) 베다 경전에 나오는 신의 이름. 인도철학에서 최고 신인 브라만에 시종하는 제신 중의 하나로서, 뇌우·풍우·뇌성을 장악하는 신이다.
5) 크롬웰의 일당으로 왕정복고 후 장인 휠리와 함께 미국으로 도피, 처음에는 뉴헤이번 근처에 있다가 나중에는 매사추세츠에서 살았음.

방문객

　나는 대부분의 사람들과 마찬가지로 사람들과 사귀는 것을 좋아한다. 그리고 내 기분에 맞는 혈기왕성한 사람에게는 한참 동안 거머리처럼 찰싹 들러붙을 용의가 있다. 나는 천성적인 은둔자가 아니다. 만일 일이 있어서 술집을 가는 날이면 나는 자주 드나드는 모주꾼보다 더 오래 앉아 있을 수도 있다.

　내 집에는 의자가 세 개 있다. 하나는 고독을 위한 것이고 또 하나는 우정을 위한 것이고, 세번째 것은 사교를 위한 것이다. 방문객들이 뜻밖에 많이 찾아올 때에는 그들을 위해 세번째 의자밖에 내놓을 수 없지만, 그들은 대개 서 있음으로 해서 방을 효율적으로 이용했다. 아무리 작은 집이라도 굉장히 많은 수의 남녀를 수용한다는 것은 놀라운 일이다. 나는 한 번에 스물다섯 개 내지 서른 개의 영혼을 그들의 육체와 더불어 내 지붕 아래 가져 본 적이 있다. 그러나 우리는 그렇게들 빽빽이 끼어 있었다는 것도 느끼지 못한 채 헤어졌다.

　우리들의 많은 집들은 공사(公私)를 막론하고, 거의 헤아릴 수 없는 많은 방들과 널따란 마루방과 그리고 주류(酒類)니 그 밖의 평화시의 군수품을 저장하는 지하실 등이 있는데, 내가 보기에는 그 집에 사는 사람들에 비해서 지나치게 크게 보인다. 주택들이 너무 광대하고 웅장하므로, 거기에 사는 사람들은 거주자라기보다 해충(害蟲)에 지나지 않는 것 같다. 전령관(傳令官)이 트레몬트 호텔이나 에스터 호텔, 혹은 미들섹스 하우스 같은 건물 앞에서 소집나팔을 불 때, 모든 주민을 위한 광장에 생쥐 한 마리가 기어나와서 다시 곧 보도의 어떤 구멍으로 살짝 기어 들어가던 우스꽝스러운 장면이 생각난다.

내가 작은 집에서 때때로 경험하는 한 가지 불편은, 우리들이 커다란 사상(思想)을 커다란 말로 표현할 때 두 사람 사이의 거리가 충분하지 않다는 점이다. 우리는 우리의 사상이 예정된 항구에 도착하기 전에 출범(出帆)의 준비를 갖추고, 한두 항로를 달려 볼 만한 여지를 원한다. 사상이라는 탄환은 듣는 사람의 귀에 도착하기 전에 좌우 상하의 동요를 극복하고 그 다음에 일정한 탄도(彈道)로 들어가야만 한다. 그렇지 않으면 탄환은 듣는 사람의 머리를 뚫고 반대방향으로 나올 우려가 있는 것이다. 그리고 우리의 문장 역시 미리 전개되어 마치 군(軍)에서와 같이 대열을 형성할 여지를 원한다.

개인도 국가와 마찬가지로 상호간에 적당한 넓이의 자연적인 경계선, 아니 상당한 완충지대를 가져야 한다. 나는 친구 한 명과 호수를 사이에 두고 이야기를 해본 적이 있는데, 그것은 아주 즐거운 경험이었다. 내 집에서는 우리는 너무 가까이 있었으므로 듣기를 시작할 수 없었다―마치 잔잔한 수면에 돌 두 개를 아주 가까이에 던지면 서로의 파문이 교란되듯이 우리는 상대편에 들릴 수 있을 만큼 낮은 소리로 말할 수가 없었다. 만일 우리가 단지 고성다변(高聲多辯)만을 즐긴다면, 우리는 아주 가까이 바싹 다가서서 서로의 뺨과 턱을 마주 대며 서로의 입김을 맡을 만큼 가까이에서 이야기를 해도 좋으리라.

그러나 만일 우리들이 신중하고 사려깊게 이야기를 하고자 한다면 우리는 멀리 떨어져 서로의 동물적 체온과 습기를 증발시킬 기회를 마련해 놓아야 한다. 만일 우리들이 우리들 각자에게 말해진 것 이외나 말해진 것 이상인 것을 진정으로 알고 싶다면, 우리도 침묵을 지킬 뿐만 아니라 서로의 말소리가 전혀 들리지 않을 만큼 육체적으로 떨어져 있어야 한다. 이 표준에 비추어 볼 때 말이란 잘 듣지 못하는 사람들의 편의를 위한 것이다. 그러나 세상에는 소리를 내어 표현하지 않으면 안 될 섬세한 일들이 많다. 서로의 이야기가 점점 더 고상하고 장엄한 색채를 띠게 됨에 따라, 우리는 차츰 의자를 뒤로 밀어내어 마침내 맞은편 귀퉁이에 부딪치게 된다. 그러면 더 이상 물러설 만한 공간이 없게 된다.

그러나 손님들을 맞이할 내 '가장 좋은' 방, 즉 내 응접실의 그 융단엔 햇빛이 거의 비치지 않았으며, 내 집 뒤에 있는 소나무 숲엔 햇볕이 밝게 들었다. 여름날 귀한 손님들이 오면 나는 그들을 그곳으로 안내했는데, 그 가치를 헤아릴 수 없는 나의 소중한 하인이 마루를 쓸고 가구의 먼지를 털고 모든 것을 깨끗이 정돈해 놓았다.

손님이 한 사람인 경우에는 종종 나와 함께 소찬(素饌)을 들었다. 그리고 그런 때는 즉석 푸딩을 휘저어 만들거나 재 속에서 빵이 부풀어올라 익어가는 것을 지켜 보아도 이야기를 나누는 데는 전혀 방해가 되지 않았다. 그러나 만일 20명의 손님들이 와서 내 집에 앉아 있을 때에는 식사에 대해선 아주 말이 없었다. 2인분의 식사는 있었지만, 또 필요하다면 더 많은 사람분의 식사도 마련할 수 있었지만 우리는 으레 금욕(禁慾)을 실시했던 것이다. 그리고 이것이 환대(歡待)에 대한 위반이 아니라 아주 적당하고 사려 깊은 방법으로 보였다. 이런 경우 늘 보급해 주어야 하는 육체적 생명의 소모와 쇠약은 기적적으로 완화되는 성싶었다. 오히려 생명의 힘이 굳건히 자리를 지키는 것 같았다.

이런 식이라면 20명뿐만 아니라 천 명의 손님도 환대할 수 있었으리라. 그리고 만일 어떤 손님이 내가 집에 있는데도 실망하거나 배고픔을 느끼고 돌아가는 일이 있었다면, 적어도 내가 그들의 기분을 이해는 하고 있었다는 것을 믿어도 좋을 것이다. 그러나 옛 습관 대신에 새롭고도 더 좋은 습관을 세우는 일은, 가정주부들은 의아하게 여기겠지만 쉬운 일이다. 여러분은 여러분의 명성을, 여러분이 베푸는 식사 대접에 둘 필요는 없다. 나의 경우 내가 남의 집을 자주 찾아가는 것을 케르베로스의 개[1]보다 가장 효과적으로 방해하는 것은 나에게 과분한 식사대접을 해주는 일이다. 나는, 그렇게 함으로써 그를 괴롭히지 말아 달라는 매우 정중하고 간접적인 암시로 받아들인다. 나는 그런 곳에는 다시는 가지 않을 생각이다. 나는 어떤 방문객이 명함 대신에 누런 호두나뭇잎에 새겨 넣은 스펜서[2]의 시를 나의 오두막집의 표어로 삼는 것을 자랑으로 하겠다.

> 그곳에 이르니 그들은 오두막집을 가득 채웠으나
> 도락이 없는 곳이니 도락을 찾지 않는다.
> 휴식이 그들의 잔치이며 세상만사 그들 뜻대로
> 가장 고귀한 정신에 가장 좋은 만족을 누린다.

후에 플리머스 식민지의 지사(知事)가 된 윈스로우가, 매사소이트 추장[3]을 예방하고자 수행원을 거느리고 걸어서 숲속을 지나 추장의 옥사(屋舍)에 도착했을 때 그들은 피로에 지치고 배가 고팠다. 그들은 추장의 환대를 받았으나 그날 식사에 대해서는 일언반구도 없었다. 밤이 되어―그들 자신의 말을 인용하면―'추장은 우리를 자기 부부의 침대에 함께 재웠다. 그들 부부는 한쪽 구석에서, 우리는 다른쪽 구석에서, 방바닥에서 1피트 높이의 상자를 놓고 그 위에 얇은 돗자리를 간 그 침대에서 누워 잤다. 추장의 귀중한 부하 두 명은 잠자리가 없어 우리 옆에 끼어 잤다. 그

래서 우리는 여행에서보다 잠자리에서 더 피로했다.'

다음 날 오후 한 시경에 매사소이트 추장은 '손수 잡아 온 생선 두 마리'를 가져왔다. 잉어의 세 배나 되는 커다란 생선이었다. '그것을 끓여 놓자, 적어도 40명이 먹으려고 대기하고 있었다. 대다수가 그것을 먹었다. 이것이 두 밤하고 하루 낮 동안에 우리가 먹은 식사의 전부였다. 만일 우리들 중의 한 사람이 고소(앵무새) 한 마리를 사지 않았더라면 우리는 단식여행(斷食旅行)을 할 뻔했다.' 먹을 것이 없는데다 '그 야만적인 노래' 때문에―그들은 노래를 하면서 잠이 드는 습관이 있었기 때문에―잠 역시 부족했으므로 정신이상이 되지 않을까 두려워하여, 그리고 또 아직 여행할 기력이 남아 있는 동안에 집으로 돌아갈 수 있도록 하기 위해 그들은 출발했다.

숙소에 대해서는 사실 그들이 받은 대우는 그야말로 나빴으나, 그들이 느낀 불편은 인디언들이 경의를 표하려고 했던 데서 초래된 결과였다. 그러나 식사에 관한 한, 인디언들이 그 이상 어쩔 수 없었다는 것을 알 수 있다. 그들에게는 먹을 것이 없었고, 그들은 손님들에게 변명을 늘어놓는 것이 식사 대신이 될 거라고 생각하는 바보들이 아니었다. 그래서 그들은 허리끈을 졸라매고 식사에 대해서는 한마디도 하지 않았던 것이다. 그후 윈스로우가 그들을 다시 방문했을 땐 식량이 풍부한 계절이었으므로 이 점에선 아무런 부족이 없었다.

인간들은 어디서나 방문객의 부족을 느끼는 일은 거의 없을 것이다. 나는 숲속에서 사는 동안 인생의 어느 시기보다 더 많은 방문객을 맞이했다. 즉, 어느 정도의 방문객이 있었다는 말이다. 나는 그곳에서 다른 어느 곳에서보다 더 유리한 환경 아래에서 사람을 만났다. 그러나 사소한 일로 나를 만나러 오는 사람은 거의 없었다. 이런 점에서 내 방문객들은 내가 단지 마을에서 떨어져 산다는 이유만으로도 추려지고 있었던 것이다. 나는 고독이라는 큰 바다 깊숙이 은퇴해 있었기에, 이 바다로 사교라는 이름의 여러 강들이 흘러들었고, 내 필요성에 관하는 한 가장 훌륭한 침전물(沈澱物)만이 내 주위에 쌓였던 것이다. 더욱이 저쪽편엔 아직 탐험되지 않고 개척되지 않은 대륙에 관한 여러 가지 증거품이 내게로 떠밀려 왔다.

이 아침 나의 오두막집을 찾아오는 사람은 호머의 작품 속에 나오는 인물이나 파플라고니아인이 아니고 누구겠는가? 그 사람은 너무나도 알맞고 시적(詩的)인 이름을 가졌으나—여기에 인쇄할 수 없어 섭섭하다—캐나다 출신인 그 사람은 나무꾼이며 기둥을 만드는 사람으로 하루에 쉰 개의 기둥에 구멍을 팔 수 있다. 그는 어제 저녁 그의 개가 잡은 들쥐를 저녁식사로 먹었다고 한다. 그 역시 호머의 이야기를 들은 일이 있으며, "만일 책이 없다면 비오는 날을 소일할 도리가 없을 것이다" 하고 말하기도 했으나, 아마 그는 그 많은 우기(雨期) 동안에도 한 권의 책을 다 읽지는 못했으리라. 그리스어를 웬만큼 할 수 있는 어느 목사가 그의 고향 교구에서 신약성서의 구절들을 그리스어로 읽는 법을 그에게 가르쳐 주었다고 한다. 나는 이제 그가 책을 손에 들고 있는 동안, 아킬레스[4]가 패트로클로스의 놀란 얼굴빛을 책망하는 구절을 그에게 번역하여 들려 주어야 한다.

그대 패트로클로스여! 왜 어린 계집아이처럼 눈물에 젖어 있느냐?
혹은 그대 혼자서 프시야에서 온 소식을 들었느냐?
듣건대 액토르의 아들 메노티우스는 아직 살아 있으며
이아쿠스의 아들 페리우스도 미르미든 사람 사이에 살아 있다네
그들 중 어느 누가 죽었다면야 우리는 크게 슬퍼해야겠지만.

그는 "그것 좋군요" 하고 말한다. 그는 일요일인 오늘 아침 병자의 약으로 쓰이는 하얀 떡갈나무 한 다발을 팔 밑에 끼고 있다. "일요일에 이런 책을 읽어도 불경스러운 일은 아니겠죠." 하고 그는 덧붙인다. 그는 호머를 대작가로 보았지만 그의 작품의 내용이 무엇인지도 모르고 있었다. 그 사람보다 더 소박하고 자연적인 인간을 찾아보기란 어려운 일일 것이다. 이 세상을 그처럼 음산한 불륜(不倫)의 생각으로 뒤덮는 악덕과 질병은 그에게는 거의 존재하지 않는 것 같았다. 그는 28세 가량이며 한 12년 전에 캐나다의 부친의 집을 떠나 미국에 와서 노동을 하며 돈을 벌어, 끝내는 자기 고국에다 농토를 장만할 계획을 가지고 있다. 그의

외모는 좀 투박스럽게 생겼는데, 팡팡한 체격에 동작은 느렸으나 몸가짐은 점잖았다. 햇볕에 탄 퉁퉁한 목에다 꼬실꼬실한 머리털, 졸린 듯한 푸른 눈을 지니고 있는데 그 눈은 가끔씩 감정 표현으로 빛나기도 했다.

그는 납작한 회색천 모자에다 낡은 양털 외투, 그리고 소가죽장화를 신고 있었다. 그는 엄청난 육식가(肉食家)였다. 그는 대개 점심을 함석통에 싸서 내 집 앞을 지나 2마일 가량 떨어진 일터로 들고 가는데—그는 여름 내내 나무를 찍었으니까—그것은 차게 한 고기로, 보통 들쥐고기였다. 그리고 돌로 만든 병에 커피를 담아 허리띠에 달랑달랑 매달고 있었는데, 때때로 나에게 한 잔 권하는 일도 있었다. 그는 아침 일찍 나의 콩밭을 지나다녔으나, 미국인에서 흔히 볼 수 있듯이 일을 하려는 데 서두르거나 힘을 들이지 않았다.

그는 그날의 하숙비만 벌면 그만이었다. 때때로 길을 가다가 개가 들쥐를 잡기라도 하면, 그는 점심 도시락을 숲속에 던져 놓고 반 마일을 되돌아가서 조리를 하고는, 이것을 일이 끝나는 저녁때까지 호수 속에 무사히 담가놓을 수는 없을까 하고 처음 반 시간 동안 숙고를 거듭한 끝에—그는 이런 문제를 숙고하기를 좋아했다—자기 하숙집 지하실에다 보관하였다. 그는 아침에 지나가면서 곧잘 이런 말도 하곤 했다.

"비둘기들이 굉장히 많습니다그려! 나의 직업이 노동이 아니라면 나는 사냥을 해서 내가 원하는 고기를 모두 구할 수 있을 거예요. 비둘기·들쥐·토끼·산꿩 등 말이오. 정말이지 하루 사이에 일주일분의 고기를 손에 넣을 수 있을 겁니다."

그는 능숙한 나무꾼이었으며 자기 기술을 좀 멋을 부려서 하기를 좋아했다. 그는 나무를 고르게, 땅에 바싹 대어 베어 냈다. 그렇게 하면 나중에 나오는 새싹들이 더욱 기운차게 솟아날 수 있었고, 썰매도 그루터기 위를 미끄러져 갈 수 있었다. 그리고 장작다발들의 받침목을 통나무로 내버려 두지 않고, 그것을 가느다란 막대기나 엷은 판자로 깎아 놓아, 나중에 사용하는 사람이 손으로도 끊을 수 있게 해놓았다.

내가 그에게 흥미를 가졌던 까닭은 그가 아주 조용하며 고독한데다, 그러면서도 매우 행복해 보였기 때문이다. 즉, 쾌활한 만족의 우물이 그의 두 눈에 넘쳐 흐르고 있었다. 그의 환희에는 혼합물이 없었다. 나는 그가 숲속에서 나무를 자르고 있는 모습을 종종 보았는데, 그는 뭐라고 말할 수 없는 만족의 미소로 나를 맞이하며—그는 영어도 했지만 캐나다식 프랑스어로 인사말을 하곤 했다—내가 그에게 가까이 다가가면 일손을 멈추고 기쁨을 억누르면서 잘라 놓은 소나무통에 앉는 것이었다. 그러고는 소나무 속껍질을 벗겨, 그것을 공 모양으로 뭉쳐 입 속에 넣어 씹으면서 웃고 이야기하곤 했다.

그는 그토록 야성적인 정력이 넘쳐 있었으므로 생각하다가 우스워서 못 견딜 일이라도 있으면 땅바닥에 뒹굴면서 웃어댔다. 사방의 나무들을 쳐다보면서 그는 이렇게 소리지르곤 했다. "정말이지! 나는 여기서 나무를 베는 게 아주 재미있어요. 이 이상 더 좋은 일은 바라지도 않아요." 그는 간혹 시간이 남으면 권총을 들고 온종일 숲속을 돌아다니며, 일정한 간격을 두고 자기의 축포(祝砲)를 쏘며 기뻐했다. 겨울엔 불을 피워 놓고 점심때가 되면 주전자에 커피를 데웠다. 점심을 먹으려고 통나무 위에 앉아 있을 때는 뱁새들이 그의 팔에 내려앉아 그의 손의 감자를 쪼곤 했다. 그는 "꼬마친구들이 옆에 있는 게 좋다"고 말하였다.

그의 내부에는 주로 동물적인 인간이 발달되어 있었다. 육체적인 인내력과 만족 면에서 그는 나무와 바윗돌의 사촌격이었다. 온종일 노동을 하고 나면 밤에는 고단하지 않은가 하고 내가 물어 본 일이 있었는데, 그는 진지하고도 심각한 표정을 지으면서, "천만에요, 나는 한 번도 고단해 본 적이 없었어요."라고 대답했다. 그러나 그의 내부의 지적인 인간, 이른바 정신적인 인간은 갓난아이처럼 잠자고 있었다. 그는 카톨릭 신부가 천주인(天主人)에게 가르치는 그런 유치하고도 비효과적인 방법으로만 교육을 받아 왔다. 이 방법은 학생아 자각할 정도에까지 교육을 시키지 않고 단지 신뢰와 존경을 표시할 정도로만 교육을 한다. 그리하여 유아는 성인으로 자라지 않고 유아인 채로 남게 된다.

자연이 그를 창조했을 때, 자연은 그의 몫으로 건장한 육체와 만족을 주었으며, 그가 유아 그대로 70년의 수명을 살 수 있도록 그의 온몸에 존경심과 신뢰하는 마음을 심어 놓았다. 그는 너무도 순진하고 소박했기 때문에 어떠한 방법으로도 그를 소개할 수 없을 것이다. 그것은 마치 들쥐를 이웃 사람에게 소개하는 방법이 없는 것과 같다. 내 자신이 그랬듯이 이웃 사람은 자기 힘으로 그의 정체를 발견하지 않으면 안 되었다. 그는 어떤 역할도 하려고 하지 않았다. 사람들은 그에게 품삯을 지불했으며 그것이 그의 의식(衣食)을 도왔다. 그러나 그는 다른 사람들과 자신의 생각을 교환하는 일은 절대로 없었다. 그는 너무도 단순하고 겸손했으니—아무런 욕망이 없는 사람에게 겸손하다고 말할 수 있다면 말이다—그 겸손은 너무나 소박하고 자연스러운 것이어서 그에게 있어 하등 뚜렷한 특질이 아니었으며, 또한 그는 그것을 깨닫지도 못했다.

자기보다 현명한 사람들을 그는 반신(半神)과도 같은 존재로 우러러보았다. 만일 그러한 현인(賢人)이 오고 있다고 그에게 말한다면, 그는 그처럼 위대한 존재는 자기에게 기대할 것이 아무것도 없을 것이며, 모든 책임을 본인이 질 것이니 자기는 그냥 잊혀진 존재로 놔둘 것이라고 생각하는 것이었다. 그는 한 번도 칭찬의 소리를 듣지 못했다. 그는 특히 작가와 목사를 존경했다. 그에게는 그들이 하는 일이 기적이었다. 나도 꽤 글을 썼노라고 그에게 말했더니, 그는 오랫동안 내 말이 단지 습자(習字)를 의미하는 것으로 알고 있었다. 그 자신이 상당한 솜씨로 글자를 쓸 수 있었기 때문이었다.

나는 종종 그의 고향의 교구명(敎區名)이 길가 눈[雪] 위에, 정확한 프랑스어로 힘을 주어 훌륭히 씌어져 있는 것을 보았다. 그리고 그것을 보고 그가 지나간 것을 알았던 것이다. 나는 그에게 자기 생각을 적어 보고 싶지 않은가 하고 물어 보았다. 그는 글을 모르는 사람들을 위해 편지를 읽어 주기도 하고 써주기도 했으나 자기 생각을 적어 보려고 한 일은 한 번도 없었다고 말했다—아니 자기는 적을 수가 없다고—즉 처음에 무엇을 써야 할지 모르며, 그와 동시에 철자(綴字)에도 조심을 해야 하니 그렇게 신경을 쓰다가는 자기가 죽게 될 것이다—대답했다.

어느 저명한 사회개량가가 그에게 세상의 변혁을 원치 않느냐고 묻는 것을 들은 적이 있다. 그러나 그는 놀란 듯한 웃음을 띠며 캐나다식 악센트로 이렇게 대답하였다. "아니, 이대로가 좋습니다." 그는 이런 질문이 전에도 제기되었다는 것은 몰랐던 것이다. 만일 철학자가 그와 교제를 하면 여러 가지 암시를 받으리라.

낯선 사람에게는 그는 세상사를 전혀 모르고 있는 것같이 보였다. 그러나 나는 때때로 그에게서 내가 전에 보지 못했던 인간을 보았다. 그래서 나는 그가 셰익스피어처럼 현명한지, 혹은 어린애처럼 단순하고 무지한지, 즉 그를 훌륭한 시적 의식을 지닌 사람으로 보아야 할 것인지, 혹은 우둔한 사람으로 보아야 할 것인지 갈피를 잡지 못했다. 마을의 어떤 사람이 내게 말하기를, 그가 꼭 맞는 작은 모자를 쓰고 휘파람을 불면서 마을을 거닐고 있는 것을 보면, 변장을 하고 돌아다니는 왕자의 모습이 연상된다는 것이었다.

그가 가지고 있는 책이라곤 한 권의 연감과 한 권의 산수책뿐이었는데 그는 산수에 상당히 익숙하였다. 연감은 그에게 일종의 백과사전이었으며, 이 속에 사실 어느 정도 인류 지식의 요약이 들어 있다고 보았다. 그렇다. 나는 오늘날의 여러 가지 개혁에 관하여 그의 의견을 짚어보기를 좋아했는데, 그는 반드시 그것들을 가장 소박하고 실제적인 각도에서 관찰했다. 그에게서 전에 이런 이야기를 들은 적이 있었다. 우리는 공장이 없이도 살아나갈 수 있겠는가 하고 내가 물었다. 그는 대답하기를, 자기도 집에서 버몬트산(産)의 회색 옷감으로 만든 옷을 입고 있는데, 대단히 좋다는 것이다. 차[茶]와 커피 없이도 되겠는가? 이 나라에선 물 이외에 어떤 음료가 있겠는가? 그는 미나리아재비의 잎을 물에 담가 그것을 마셨는데, 더운 날씨에는 맹물보다 낫다고 생각한다는 것이다.

돈 없이도 되겠느냐고 그에게 묻자, 그는 금전의 편리함을 나에게 보여 주었는데, 그것은 화폐제도의 기원에 대한 가장 철학적인 설명과 '페쿠니아(pecunia)'라는 말의 어원을 암시하는 동시에 일치하였다. 만일 그의 재산이 소[牛]라고 치고, 바늘과 실을 가게에서 사고 싶을 경우, 그때마다 동물의 일부분을 그 값만큼 저당잡히는 것은 불편할 뿐만 아니라 불가능하다는 것이다. 그는 여러 가지 제도를 어떤 철학자보다도 더 잘 옹호할 수 있었는데, 그는 그 제도들이 자기와 관련되는 대로 설명하는 데 있어 그것이 널리 행하여지고 있는 데 대한 진정한 이유를 밝혔으며, 그 밖의 다른 이유를 찾아 이것저것 생각해 보지 않았기 때문이다.

언젠가 플라톤의 인간에 대한 정의(定義)—즉, 깃털이 없는 이족동물(二足動物)을 듣고, 그리고 어떤 사람이 털을 뽑아 버린 닭을 들고 그것을 플라톤의 인간이라고 밝혔다는 말을 듣고, 그는 무릎 관절이 다른 방향으로 굽히는 것이 중요한 차이라고 말했다. 그는 종종 이렇게 소리를 지르기도 했다. "난 정말이지 무던히도 얘기하기를 좋아하는군요. 나는 온종일이라도 얘기할 수가 있어요." 그후 나는 몇 달 동안 그를 만나지 않았는데, 이번 여름에는 무슨 새로운 생각이라도 가지고 있는가 하고, 언젠가 그에게 물은 적이 있다. 그는 "천만에요." 하고 대답했다.

"나같이 일하지 않으면 안 될 인간은 자기가 갖고 있는 생각이나 잊어버리지 않으면 다행일 거예요. 아마 당신이 어떤 사람과 김매기 경쟁을 하게 된다면, 아마 당신 정신은 그쪽에 가 있을 거예요. 그러니까 당신은 잡초만을 생각하게 될 거예요."

이런 경우, 그는 먼저 내게 무슨 발전이 있었는가 하고 가끔 묻기도 했었다. 어느 겨울날, 나는 그에게 언제나 자기 자신에 만족하고 있는가 하고 물었다. 나는 그의 외부에 있는 목사에 해당되는 그의 내면에 다소 높은 생활동기를 그에게 암시하고자 했던 것이다. "만족하다니요!" 하고 그는 말했다.

"어떤 사람은 이 일에 만족하는가 하면, 다른 사람은 다른 일에 만족하지요. 사람에 따라서 가진 것이 넉넉하다면 온종일 등을 난로에 대고 배를 식탁에 맞대고 앉아서 만족하겠지요."

그리하여 나는 갖은 방법을 다 써보았지만 그에게 사물에 대한 영적(靈的)인 견해를 갖도록 할 수는 없었다. 즉, 그가 이해하고 있는 것같이 보이는 최고의 것은 동물 역시 이해하리라고 기대하는 것과 같은 그런 단순한 편의주의였는데, 사실 대부분의 세상 사람들 역시 그러하다. 만일 내가 그의 생활양식에 대하여 어떤 개량(改良)을 암시할 것 같으면, 그는 별로 후회하는 기색도 없이 이미 때가 늦었다고 대답할 뿐이다. 그러나 그는 정직과 그리고 그와 같은 여러 미덕을 전적으로 믿고 있었다.

그의 내부에는 어떤 명확한 독창성이—비록 사소한 것이긴 하나—있음을 엿볼 수 있었다. 나는 그가 혼자서 생각을 하며, 그 자신의 의견을 나타내고 있는 것을 가끔 가다 관찰하였다. 그런데 그러한 현상은 매우 드물었기 때문에, 나는 그것을 관찰하기 위해선 어떤 날이건 10마일을 걸어도 좋을 것 같았다. 그리고 그것은 결국 사회의 제제도(諸制度)를 다시 창시하는 것이었다. 그는 망설이며 자기 자신을 명백하게 표현하지는 못하지만, 언제나 내놓을 만한 사상을 배후에 지니고 있었다.

그러나 그의 사색은 매우 원시적인데다 동물적인 생활 속에 잠겨 있었으므로, 단지 학식만을 가진 사람의 사색보다 더 유망했다손 치더라도, 그것이 보고될 수 있는 무슨 형태로 성숙하는 일은 드물었다. 그의 존재는 인생의 최하층일망정 아무리 비천하고 무식하더라도 천재적인 인물들이 존재할지도 모른다는 사실을 암시하였다. 이런 사람들은 항시 자기 자신의 독창적인 견해를 가지고 있거나 그렇지 않으면 전혀 견해가 없는 사람처럼 행동한다. 그리고 그들의 생각은 비록 컴컴하고 진흙탕 같을지라도 월든 호수가 그렇게 생각되고 있듯이 그 깊이를 알 수 없는 천재적 인물인 것이다.

많은 여행가들이 나와 나의 집 내부를 보려고 일부러 길을 돌아왔으며, 찾아오는 구실로 물 한 잔을 청한다. 나는 호수에서 물을 마신다는 말을 하고는 호수 쪽을 가리키며 국자를 내밀었다. 나는 외진 곳에서 살고 있었지만 일 년에 한 번씩, 즉 4월 초하루경에는 봄나들이의 대상에서 제외되지는 않았다. 나 역시 내 몫에 해당되는 방문객들을 맞이했는데, 나의 방문자들 가운데는 좀 신기한 사람들도 끼어 있었다.

자선원(慈善院) 등이나 그밖에 머리가 좀 부족한 사람들이 나를 찾아올 때가 있었다. 그러면 나는 그들이 갖고 있는 지혜를 죄다 활동시켜 고백을 하도록 노력했다. 그런 경우 기지(機智)를 우리들 이야기의 주제로 삼았으며, 어느 정도 그 보상(補償)이 있었다. 사실 말이지 그들 중 몇 사람은 소위 가난한 사람들의 감독관이나 시의원(市議員)보다 더 현명하다는 것을 발견했다. 그래서 나는 국면을 일변하여 주객의 위치를 바꿔야 할 시기가 왔다고 생각했다. 기지에 관해서도 반 뫁과 온 뫁 사이에 별 차이가 없다는 것을 알았다.

어느 날, 아주 순하고 단순한 마음씨를 가진 가난한 사람이 나를 찾아와서, 나 같은 생활을 해보고 싶다고 말했다. 나는 그 사람이 다른 사람들과 함께 곡식부대 위에 앉거나 서서 가축들이(혹은 자신이) 달아나지 못하도록 울타리 대용을 하고 있는 것을 종종 목격한 일이 있었다. 그는 이른바 겸손이라는 것보다 월등 우수하거나 혹은 오히려 열등한 그런 극도의 단순성과 진실성을 가지고 자기는 '지혜가 부족하다'고 나에게 말했다. 이것은 그가 한 말이다. 즉, 하느님이 그를 그렇게 창조해 놓았지만, 하느님은 다른 사람과 마찬가지로 자기를 걱정해 주고 있다고 생각한다는 것이다. 그는 또 이렇게 말했다.

"나는 어렸을 때부터 늘 그랬어요. 나는 온전한 정신을 가져 본 적이 없었습니다. 나는 다른 아이들 같지 않았어요. 나는 머리가 나빴지요. 그것은 하느님의 뜻일 겁니다."

그리고 그는 자기 말을 실증이라도 하려는 듯 내 앞에

서 있었다. 그는 나에겐 하나의 형이상학적인 수수께끼였다. 나는 그렇게 유망한 입장에 있는 동료를 만나본 적이 없었다. 그가 말한 것은 모두 다 매우 단순하고 진지하고 진실했다. 그런데 사실 그가 공손하게 처신하면 할수록 그는 고상하게 보였다.

처음에는 몰랐지만 그것은 현명한 방침의 결과였다. 이 가난하고 머리가 나쁜 가련한 사람이 다져 놓은 진실과 정직의 기초 위에서 우리의 교제는 성인(聖人)들의 교제보다 더 훌륭한 것으로 발전될 가망성이 있는 것 같았다.

나는 우리 마을의 극빈자라고는 보지 않으나 그렇게 보여야 될 손님들의—하여튼 그들 역시 세계의 빈자이니까—방문도 받았다. 그 사람들은 우리의 환대가 아니고 우리의 구호에 호소하는 자들이며, 도움을 받기를 간절히 바라는 자들이다. 그리고 그들의 호소의 전제로써 그들의 결심, 즉 실례를 들면 스스로를 절대로 돕지 않겠다는 결심 등을 피력하였다.

나는 방문객이 어떻게 얻었건, 세계에서 제일 가는 식욕을 갖고 있을지 모르지만 그가 실제로 굶어죽기 일보 직전의 상태에서 나를 찾아오지 않기를 바란다. 자선의 대상은 손님이 아니다. 내가 다시 나의 일을 보면서 그들에게 점점 멀리 떨어져서 대답하는데도, 이 방문이 끝난 줄도 모르고 있는 사람들이 있다.

사람들이 철새처럼 이동하는 계절에는 각층의 지식인들

이 나를 찾아왔다. 어떤 사람들은 자기 힘으로 처리할 길을 알고 있는 이상의 지식을 갖고 있는 사람도 있었다. 농장을 몰래 도망쳐 나온 공포에 질린 노예들도 있었는데, 이야기 속에 나오는 여우처럼 마치 자기 뒤를 쫓아오는 사냥개의 울음소리라도 들리는 것처럼 이따금 귀를 기울이며, '아 크리스천이여, 나를 돌려보낼 셈인가요?' 하고 애원하는 듯한 눈초리로 나를 쳐다보는 것이다.

나는 사실 진짜 노예 한 명을 북극성을 따라 계속 도망칠 수 있도록 도와준 적이 있었다.

병아리 한 마리를 달고 다니는 암탉처럼, 한 가지 생각만을 하는 사람들도 있었다. 그런가 하면 천 가지 생각에다 헝클어진 머리를 가진 사람들도 있는데, 이 사람들은 마치 백 마리 병아리를 떠맡고 있는 암탉과 같았다. 천 마리 벌레를 쫓다가 매일 아침 이슬에 스무 마리는 길을 잃으며 그 결과 곱슬털이 되고 옴투성이가 되는 한편, 발 대신에 여러 가지 생각을 달고 다니는 일종의 지적(知的) 지네와 같은 사람들이 있는데, 이들을 보면 온몸이 스멀거렸다. 어떤 분은 제안하기를, 화이트 산중에서와 같이 방문객의 성명을 적어 둘 명부를 비치하라는 것이었다. 그러나 행인지 불행인지 나는 기억력이 너무 좋아 그럴 필요가 없었다.

나는 방문객들의 몇 가지 특징을 주목하지 않을 수 없었다. 소년 소녀들 그리고 젊은 여성들은 대개 숲속에 있기를 좋아하는 것 같았다. 그들은 호수를 들여다보며 꽃을 바라보며 시간을 잘 이용하였다.

상인들이나 심지어 농부들도 내가 혼자서 지내는 점이나, 무엇을 하며 먹고 사는가, 또는 내가 이런 것 저런 것 등에서 멀리 떨어져 사는 불편만을 생각했다. 그들은 가끔 가다 숲속을 거닐기를 즐긴다고 말했으나 실은 즐기지 않는 것이 분명했다.

생계를 잇거나 유지하는 데 온 시간을 다 빼앗기고 있는 분주하고 구속당한 인간들, 마치 신(神)의 문제를 독점한 것처럼 즐겨 신을 논하며 온갖 종류의 의견을 용납 못하는 목사와·의사·변호사들, 그리고 내가 없는 사이에 나의 찬장과 침대를 들여다보는 예의 없는 가정주부들—어떤 부인은 나의 시트가 자기 시트만큼 깨끗치 않은 것을 어떻게 알았을까?—닦인 직업가도(職業街道)를 밟는 것이 가장 안전하다고 결론을 내린, 그래서 더 이상 젊지 않은 젊은이들—이러한 사람들은 대체로 말하기를, 나의 현재의 위치에서는 큰일을 할 가능성이 없다는 것이다.

아! 거기에 난점이 있었다. 연령과 성별을 고사하고 노인·병자 그리고 겁쟁이들은 무엇보다도 질병·불의의 사고 그리고 죽음을 생각하였다. 그들에게도 인생이란 위험에 가득 차 있는 것 같았다—여러분이 아무것도 생각하지 않는다면 어떠한 위험이 있겠는가?—그리고 그들은 생각하기를, 신중한 사람이라면 당장에 B의사를 부를 수 있는 가장 안전한 장소를 조심스럽게 택할 것이라는 것이다. 그들에게 마을이란 글자 그대로 커뮤니티, 즉 공동 방어동맹(共同防禦同盟)이었다. 그들은 약상자가 없으면 산딸기도 따러 갈 수 없는 사람들이었다.

요컨대 인간은 살아 있는 한 늘 죽음의 위험이 따라다니게 마련이다. 물론 그 사람이 처음부터 산송장의 도가 심하면 심할수록 죽음의 위험은 적다고 보아야 할 것이다. 그러나 인간은 앉아 있으나 뛸 때나 많은 위험을 무릅쓰는 것이다.

마지막으로 세상에는 자칭 개혁가들이 있는데, 그들은 모든 사람들 중에서도 가장 귀찮은 사람들이다. 그런데 그들은 내가 이렇게 영원히 노래를 부르고 있다고 생각한다.

이것은 내가 지은 집
바로 이 사람이 내가 지은 집에서 사는 사람,

그러나 그들은 세번째 행(行)이 이런 것인 줄은 모르고 있다.

바로 이 사람들이 내가 지은 집에 사는 사람을
괴롭히는 사람들이죠.

나는 병아리를 기르지 않았으므로 솔개를 두려워하지 않는다. 그러나 나는 사람을 귀찮게 하는 인간 솔개는 무서워한다.

내게는 그런 자들보다 더 유쾌한 방문객들이 있었다.

딸기를 따려는 아이들, 깨끗한 셔츠를 입고 일요일 아침 산책을 하고 있는 철도원들, 낚시꾼과 사냥꾼, 시인과 철학자, 즉 자유를 위하여 정말로 마을을 뒤에 두고 숲속을 찾아온 정직한 순례자들이 바로 그들이었다. 나는 이들에게 '어서 오시오, 영국인들! 어서 오시오, 영국인들!'[5] 하고 그들을 반가이 맞이할 준비가 되어 있었다. 왜냐하면 나는 이미 이런 종족과 친밀한 관계를 맺고 있었기 때문이었다.

㈜

1) 삼두삼미(三頭三尾)를 가진 지옥의 문을 지키는 개.

2) 영국의 시인(1552~1599). ≪요정의 여왕(The Faerie Queene)≫의 작자. 인용한 시는 그 작품의 제1권 제1장 35절.

3) 1620년, 청교도들이 뉴잉글랜드에 처음 도착했을 때 호의를 베풀었던 인디언 추장.

4) ≪일리아드≫의 주인공. 본문의 인용은 제16권 제13~16행. 그의 친우 패트로클로스에게 갑옷을 입혀 트로이 전쟁에 출정시킨다.

5) 청교도들이 플리머스 항구에 처음 도착했을 때 인디언 추장 사모세트가 했다는 환영의 인사말을 비유.

콩 밭

그럭저럭하는 동안에 콩밭 두둑의 길이가 모두 합하여 7마일이나 되게 심어져 있는 나의 콩들은 김매기를 갈망하고 있었다. 가장 먼저 심은 콩이, 제일 나중에 심은 콩이 땅 속에 뿌리를 내리기도 전에 상당히 자랐기 때문이다. 사실 그대로 내버려 둘 수는 없었다. 이 견실하고 자존심을 원하는 노동, 즉 헤라클레스의 고난의 축소판과 같은 노동의 의의가 무엇인지 나는 몰랐다. 나는 나의 콩밭과 콩을, 많은 양은 원하지 않았지만 사랑하게 되었다. 콩은 나를 대지에 매어 놓았고, 그래서 나는 거인 안타이오스[1]와 같은 힘을 얻게 되었다. 그러나 왜 내가 콩을 가꾸어야 하는가는 오로지 하느님만이 아실 것이다. 온 여름 동안 내가 한 신기한 노동이란—그 이전에는 다만 양지꽃이니 먹딸기니 존 스워트니 하는 등, 향기로운 야생 열매와 아름다운 꽃들이 자라던 이곳에다 이젠 콩을 생산하는 것이다. 내가 콩에서 무엇을 배우며 콩이 내게서 무엇을 배울 것인가? 나는 콩을 가꾸며, 제초를 하며 조석으로 살펴 주는데, 이것이 나의 하루의 일이다.

콩잎들은 보기에도 넓직하고 아름다운 잎이다. 나의 조력자는 이 마른 땅에 물을 끼얹어 주는 비와 이슬이며, 대

부분이 말라빠지고 생산력이 없는 메마른 땅 속에 다소라
도 남아 있는 산출력(産出力)이다. 그리고 나의 적은 해충,
추운 날씨 그리고 그 중에서도 특히 들쥐다. 들쥐란 놈은 4
분의 1에이커나 되는 콩을 깨끗이 갉아먹고 말았다. 그러
나 내게 무슨 권리가 있어, 존스워트 풀이니 그 밖의 식물
을 축출하여 예로부터의 약초원(藥草園)을 파괴한단 말인
가? 그러나 나머지 콩들은 산쥐를 당해 낼 만큼 커질 것이
며, 또다시 새로운 적을 맞이할 것이다.

나는 내가 잘 기억하고 있듯이, 네 살 때 보스턴에서 이
곳 고향으로 내려와 바로 이 숲과 들을 지나 이 호수에 와
보았다.

그것은 나의 기억에 새겨진 가장 오래된 장면 중의 하나
다. 그리고 오늘 밤 나의 피리 소리는 바로 그때의 호수 위
에 산울림을 일으키고 있다. 나보다 더 오래 된 소나무들이
여전히 서 있다. 그 중 몇 그루는 쓰러져 있었는데, 나는
그 그루터기로 땔감을 마련해 저녁을 지었다. 그리고 그 주
위에는 어린 나무들이 새로 자라나고 있어, 어린이들의 눈
에 새로운 또 다른 면을 마련하고 있었다. 풀밭에는 옛날과
똑같은 다년생(多年生) 뿌리로부터 존스워트 풀이 싹트고
있다. 그리고 나도 결국에는 어린 시절의 저 전설 같은 풍
경을 장식하는 데 한몫을 하고 있다. 나의 존재와 영향력이
이들 콩잎과, 옥수수잎들 그리고 감자덩굴들에 나타나 있는
것이다.

나는 고지(高地)를 2에이커 반 가량 경작하였다. 그 땅은 개간된 지 15년밖에는 안 되었으며, 내가 나무뿌리들을 캐어낸 군데군데의 곳은 처녀지나 다름없었으므로 비료를 전혀 주지 않았다. 그러나 여름 동안 내가 김을 매면서 파헤친 화살촉으로 미루어, 백인이 토지를 개간하러 오기 전에 어느 멸망된 민족이 옛날부터 이곳에 거주하여 옥수수와 콩을 심었던 것이며, 그러므로 나의 바로 이 수확물에 필요한 지력(地力)을 어느 정도 쇠진시켰을 것같이 보였다.

아직 한 마리의 들쥐나 다람쥐가 길을 건너기 전이나 혹은 태양이 떡갈나무 덤불 위에 떠오르기 전 아침 이슬이 남아 있는 동안에, 농부들은 새벽에 일을 하지 말라고 내게 경고했지만, 나는 콩밭에서 자라고 있는 오만한 잡초들을 자르고 그 위에 흙을 덮었다. 나는 여러분에게, 될 수 있다면 아침 이슬이 지기 전에 모든 일을 하라고 충고하고 싶다. 이른 아침 나는 맨발로 마치 조형미술가들처럼 이슬을 머금고 있어 쉽게 허물어지는 모래 속에서 일했다. 그러나 나중에는 태양이 내 발에 물집을 만들어 놓았다.

태양은, 저 자갈이 많은 황색고지의 15로드 거리의 무른 콩두둑 사이를 천천히 오가면서 콩밭의 풀을 뽑고 있는 나를 비췄다. 콩두둑의 한쪽 끝엔 잔떡갈나무 덤불이 있어서 그 그늘에서 쉴 수 있었다. 다른쪽 끝엔 먹딸기밭이 있었는데, 내가 한 차례 김을 매고 돌아올 때마다 그 푸른색의 딸기는 한층 더 짙은 색깔을 띠고 있었다. 나의 하루하루의 일과는, 풀을 뽑고 콩줄기 주위에 새 흙을 북돋아 내가 씨를 뿌린 이 식물에 기운을 돋아주며, 누런 흙이 그 여름 생각을 쑥이나 개밀 혹은 피 등의 풀보다도 콩잎이나 콩꽃에 더 나타나도록 하며, 대지가 풀보다도 콩을 외치도록 하는 일이었다.

나는 소나 말이나 혹은 아이나 어른 할 것 없이 일체의 고용인을 쓰지 않았으며, 또 개량농구 등의 도움을 거의 받지 않았기 때문에 일이 훨씬 더디었으나 그 대신 콩하고는 훨씬 더 친밀해졌다. 손으로 하는 노동은 아무리 지리한 일일지라도, 아마 가장 나쁜 형태의 게으름은 아닐 것이다. 그것에는 항상 불멸의 도의(道義)가 있는 것이며, 학자에게는 고전적인 성과를 낳게 할 것이다. 어디로 가는지는 모르지만 링컨이나 웨일랜드 마을을 지나 서쪽으로 가는 나그네들에게는 나는 그야말로 '힘들게 일을 하는 농부'다. 그들은 이륜(二輪)마차에 편안히 앉아 무릎 위에 팔굽을 얹어놓고, 말고삐는 꽃 모양으로 감아 느슨하게 쥐고 있었다. 그들에게는 나는 집에 머물면서 힘들게 흙을 파는 일꾼이었다. 그러나 나의 농원(農園)은 이내 그들의 시야와 사색에서 벗어나고 만다.

도로 양쪽 상당한 거리 사이에 경작지라고는 나의 농원뿐이었으니 그들에게는 마땅한 심심풀이 대상이었을 것이다. 그리하여 종종 밭에 있는 사람의 귀에 들려 줄 셈은 아니었을 것이나 그들이 지껄이는 잡담이니 논평하는 소리가 나에게 들려왔다. "콩이 매우 늦군! 완두콩이 매우 늦군!" ―다른 사람들이 풀을 뽑기 시작할 때 나는 계속 심고 있었으니―목사에게는 생각조차 못한 일일 것이다. "여보게, 가축 사료로는 옥수수가 제일 나아. 암, 뭐니뭐니해도 옥수수가 제일 낫지." "저기 사람이 사나요?"하고 검은 모자를 쓴 여자가 회색 외투를 입은 남자에게 묻는다. 그러자 얼굴이 고약하게 생긴 농부가 자기의 고마운 농마(農馬)의 말고삐를 늦추어, 그가 보기엔 비료가 전혀 없는 밭고랑에서 무엇을 하고 있느냐고 내게 물으며, 나한테 톱밥이나 석회, 혹은 재 같은 것이라도 좋으니 거름을 좀 주라고 권한다.

그러나 여기에는 2에이커 반이나 되는 밭과 수레 대신에 괭이 한 자루와 쟁기를 끄는 두 개의 손이 있을 뿐이다. 나는―수레와 말들이 아주 질색이었다.―게다가 톱밥 역시 먼 곳에 있었다. 그 마차에 동행하는 나그네들이 덜거덕거리며 지나가면서 그들이 그전에 지나왔던 밭과 내 밭을 큰 소리를 지르면서 비교를 했기에, 나는 농업의 세계에서 내가 어떤 위치에 있는지를 알게 되었다. 이곳은 콜맨[2) 씨의 보고서에 올라가 있지 않은 농장 중의 하나였다. 그런데 인간이 개량을 가하지 않고 있는 야생 그대로의 들판에서 대자연이 산출하는 수확물의 가치는 누가 평가할 것인가? 영국의 건초는 수확하는 즉시 조심스럽게 무게를 달아 보고 습도와 규산염(硅酸鹽) · 가리 등의 성분이 계량(計量)된다. 그러나 모든 골짜기 · 호숫가 · 숲 · 초원 · 늪 등에는―

인간이 수확하지 않을 뿐―가지각색의 풍부한 식물들이 성장하고 있다. 어떤 말에서는 나의 밭은 야생의 들과 경작지 사이를 연결하는 고리와 같은 것이었다. 어떤 국가는 개화되고 어떤 국가는 반개화되고, 또 다른 국가는 미개하고 야만인 것과 같이 나의 밭은―나쁜 뜻에서가 아니라 반개화된―밭이었다. 내가 경작한 것은 그 야생의 원시적 상태로 기꺼이 되돌아가고 있는 콩이었으며, 나의 괭이는 콩들을 위해 '황소를 부르는 노래'를 연주했다.

　바로 가까이 벚나뭇가지 꼭대기에서 갈색 개똥새―어떤 사람은 붉은개똥새라고 부르기를 좋아하지만―아침 내내 나와 함께 있는 것이 기쁘다는 듯 노래를 부른다. 만일 내 밭이 여기에 없다면 그 새는 다른 농부의 밭을 찾아갔을 것이 아니겠는가. 내가 씨앗을 심고 있을 때 그 새는 이렇게 소리지른다. '씨를 뿌려라. 씨를 뿌리고 씨 위에 흙을 덮어라. 흙을 덮어 씨를 뽑아라. 씨를 뽑아라.' 그러나 이것은 옥수수가 아니기에 그 새와 같은 적들로부터는 안전했다. 그 새의 짹짹거리는 소리가, 즉 한 개의 현(絃)이나 스무 개의 현 위에 퉁기는 그의 서투른 '파가니니'식 연주가 나의 파종에 무슨 관계가 있는지 의심할지 모르지만, 그래도 재거름이나 석회거름보다는 씨앗에게 더 좋을 것이다. 그것은 내가 전적으로 믿고 있는 일종의 값싼 웃거름이었다.

　내가 괭이로 콩줄기 주위에 새 흙을 긁어모으노라면 가끔씩, 이 하늘 아래에서 원시시대에 생활했던, 기록에는 없는 민족들의 잔재를 건드리게 되어, 그들의 전쟁 및 수렵의 소도구들이 현대의 빛을 받으며 드러나기도 한다. 이런 것들은 다른 자연석(自然石)들과 섞여서 뒹굴고 있었는데, 그 중 어떤 돌은 인디언의 모닥불에 그을린 흔적이 있는가 하면 또 어떤 것은 햇볕에 그을린 흔적도 있었다. 그리고 근래에 이 땅을 개간한 사람들이 가지고 온 그릇의 파편과 유리조각도 섞여 있었다. 내 괭이가 돌에 댕그렁 하고 부딪치면 그 음악은 숲과 하늘을 울리며, 당장에 한없는 수확을 생산하는 나의 노동의 반주가 되었다. 내가 김을 매고 있는 것은 이미 콩밭이 아니었고, 콩밭을 제초하는 것도 이미 내가 아니었다. 그리하여 나는 오라토리오를 들으러 시내로 들어간 나의 친지들을 생각하고, 그들에 대한 연민의 감정과 더불어 어떤 자부심을 느꼈다.

햇빛이 쨍쨍한 오후에는 밤매가 내 머리 위를 빙빙 돌다, ―나는 때때로 하루 종일 밖에서 일했으니까―머리 위를 빙빙 돌고 있었다. 마치 눈 속의 티끌 혹은 하늘 속의 티끌처럼 내 머리 위를 빙빙 돌다, 하늘이 찢어지고 마침내는 조각조각 누더기가 된 것처럼 소리를 지르면서 내려왔다. 그런데도 푸른 하늘은 그대로 남아 있었다. 하늘을 가득 채우며, 백사장이나 산꼭대기 바위 위에 알을 까놓아도 아무도 찾아내지 못하는 하늘의 작은 장난꾸러기들, 그 모습은 호수에서 떠온 잔물결처럼 아름답고 가냘프다. 마치 바람에 휘날려 하늘 높이 떠오른 잎사귀들 같다. 자연에는 그렇게 닮은 것들이 있다. 솔개는 물결 위에 떠서 내려다보는 하늘의 형제이며, 그의 공기를 실은 완전한 양 날개는 바다의 날개인 물결에 해당된다.

나는 간혹 가다 한 쌍의 솔개가 하늘을 날면서 마치 나의 사상을 구현하는 듯이 올라갔다 내려왔다, 서로 가까이 붙었다 떨어졌다 하는 광경을 목격하기도 한다. 또 산비둘기들이 이쪽 숲속에서 저쪽 숲속으로 약간 떨리는 날갯소리를 내면서, 급하게 전해야 할 무슨 통신문이라도 있는 것처럼 바삐 날아가는 것도 보았다. 혹은 썩은 나무그루터기에서 나는 괭이로 둔하고 험악하며 이국적인 점이 박힌 도마뱀을 파헤치기도 했는데, 그것은 이집트와 나일 강의 역사적 자취가 새겨져 있으며, 그대로 우리와 동시대의 생물인 것이다. 내가 일을 멈추고 괭이에 기댔을 때, 그러한 소리가 나의 귀에 들려왔고, 또 나는 그러한 광경을 직접 눈으로 보았다. 이것은 이 땅이 제공하는 무진장한 환대의 일부분이었다.

축제일에는 시내에서 대포를 터뜨리는데, 그 소리가 이 숲속에서는 딱총소리처럼 들리며, 또 어떤 때는 군악소리가 멀리 이곳까지 뚫고 들려오기도 한다. 마을의 반대편 끝 콩밭에 있는 나에게 그 대포소리는 마치 말불버섯이 터지는 소리처럼 들려왔다. 그리고 내가 모르고 있는 군사훈련이 있을 때에는 나는 온종일 지평선에 일종의 가려운 질병 같은 것이 퍼지는 것 같은 막연한 느낌에 사로잡히곤 하는 것이었다. 마치 성홍열이나 궤양이나, 무슨 발진 같은 것이 곧 터질 것 같은 것이다. 그러다가, 마침내 좀 좋은 바람이 불어와 들판을 넘고 웨일랜드 가로를 급히 불어올 때에야 민병대가 훈련을 하고 있다는 것을 알게 된다. 그 소리를 멀리서 들으면 마치 어느 사람의 분봉한 벌떼를, 이웃 사람들이 버질의 충고에 따라 가정도구 중에서 가장 소리가 잘 나는 것을 뚱땅거리며 벌집으로 다시 불러 넣으려고 애쓰는 것과 같았다.

그리고 그 뚱땅거리는 소리나 붕붕거리는 소리가 멎고, 가장 기분좋은 산들바람이 아무런 이야기도 전해 오지 않으면, 나는 그들이 마지막 수펄마저 미들섹스 벌집[3)]에 무사히 몰아넣었으며, 이제 그들은 벌통에 칠해진 꿀에만 온 정신을 쏟고 있다는 것을 알게 되는 것이다. 나는 매사추세츠의 자유와 조국의 자유가 이처럼 안전하게 보장되고 있는 것을 알고 자부심을 느꼈다. 그래서 다시 제초일로 돌아갔을 때 나는 말할 수 없이 자신만만했으며, 평온한 마음으로 미래를 믿으면서 나의 일을 기꺼이 계속해 나갔다.

몇몇 군악대의 연주가 있었을 때는 마치 온 마을이 거대한 풀무처럼 소리를 냈으며, 온 건물이 소란스런 소리에 부풀었다 줄었다 하는 것 같았다. 그러나 때때로 이 숲속에까지 들려오는 소리는 그야말로 고상하고 기운을 돋우는 곡이기도 하고 용명을 울려대는 나팔소리이기도 했다. 그래서 나는 옆에 멕시코 사람이라도 있다면 꼬챙이에 꿰어 버리고 싶은 심정이었다.—이왕 무슨 일을 하려면 철저해야지 않겠는가?—그리고 나는 나의 용맹심을 발휘하여 들쥐나 족제비라도 있으면 혼내 주려고 사방을 돌아보았다. 그 군악소리는 먼 팔레스타인에서 들려오는 것 같았으며, 마을 위에 무성한 느티나무 가지 끝을 약간 떨리게 하면서, 지평선에 십자군이 진격해 오는 장면을 연상케 했다. 이날은 위대한 날 중의 하나였으나 내 밭에서 보이는 하늘은 평일과 다름없이, 영원히 변함없는 똑같은 위대한 모습을 지니고 있었다.

나는 콩을 심고, 김을 매고, 수확을 하고, 도리깨질을 하고, 고르고, 팔고 하여—무엇보다도 파는 게 가장 어려운 일이었다.—그리고 내가 맛을 보았으니 먹는 것까지 넣어야 하겠는데, 그러한 일들로 내가 콩하고 맺은 그 긴 교제는 특이한 경험이었다. 그래서 나는 콩을 알기로 결심하였다. 콩이 자라고 있는 동안 나는 아침 다섯 시부터 정오까지 김을 매주었으며, 그 이후 시간은 대개 다른 일을 하였다. 내가 콩밭을 가꾸면서 여러 가지 종류의 잡초들과 맺게 되는 신기하고 친밀한 교제를 상상해 보라—그러나 이것을 설명하는 데는 다소의 중복이 있겠는데, 이 노동 자체가 중복되는 일이 적지 않았기 때문이다—그들 잡초의 섬세한 조직을 파괴하며, 괭이로 그처럼 불쾌한 차별을 하며, 어떤 종류의 풀은 모두 잘라 놓으며, 다른 종류는 애써 가꾸는 것이었다.

저것은 로마종(種)의 쑥, 저건 돼지풀, 저건 촛대풀, 저건 고추풀이다. 자, 괭이를 받아라, 잘라라, 뿌리를 파서 햇볕에 말려라. 그리고 가는 뿌리 하나라도 그늘에 내버려 두지 말라 등등. 만일 그렇지 않으면 그놈은 이틀만에 일어나 부추처럼 파릇파릇해질 것이다.

이 기나긴 싸움은 학(鶴)들과의 장기전이 아니고 마치 태양과 비와 이슬을 제 편으로 삼는 트로이 군사들처럼 잡초들과 장기전을 하는 것이었다. 콩들은 날마다 내가 괭이로 무장하여 그들을 원조하러 와서는 그들 적의 군세(軍勢)를 줄여 가며, 참호를 잡초의 시체로 가득 채워 놓는 것을 지켜 보는 것이다. 주위에 운집한 전우들보다 꼭 1피트나 높이 솟아 투구를 뒤흔들며 용감하게 싸우던 수많은 씩씩한 핵터[4] 장군들이 내 무기 앞에 쓰러지며 먼지 속에서 뒹굴었다.

이 여름 나와 동시대의 어떤 사람들은 보스턴이나 로마에서 미술에 열중하는가 하면 다른 사람들은 인도에서 명상에 열중하며, 또 다른 사람들은 런던이나 뉴욕에서 장사에 열중하고 있을 때 나는 이렇게 뉴잉글랜드의 다른 농부들과 함께 농사일에 열중하였다. 먹을 콩이 필요해서가 아니었다. 왜냐하면 콩에 관한 한, 콩으로 죽을 쑤건 투표용으로 하건 나는 날 때부터 피타고라스처럼 콩을 싫어했으므로 쌀과 바꾸었다. 그러나 비록 비유와 문학적 표현을 위해서라도, 또는 언젠가 우화작가(寓話作家)에게 도움이 되기 위해서라도 누군가는 밭에서 일을 해야 하는 것이다. 그 것은 대체로 보기 드문 오락이었다. 그러나 너무 오래 계속 하면 정력이 낭비되어 버릴 걱정도 있었다.

나는 비료도 주지 않았고 김매기도 한꺼번에 다 하지 않 았지만 내 딴에는 김매기에 많은 공을 들였고, 결국 그만한 보람이 있었다. 그것은 이블린의 말과 같이 '사실 어떠한 합성비료나 시비(施肥)를 하는 것도, 삽으로 이렇게 늘 땅 을 파며 흙을 뒤집어 놓은 것'에는 당하지 못했다. 그는 다 른 곳에서 이렇게 덧붙여 말하고 있다.

'토양은 특히 신선한 경우엔 그 자체 안에 어떤 자력(磁 力)을 갖고 있으며, 그 자력으로 염분과 힘(명칭은 어떻건) 을 흡수한다. 이런 힘이 흙에게 생명력을 준다. 우리가 늘 흙을 뒤집고 파헤치는 것은 그런 힘을 보호하기 위해서이 다. 퇴비나 그 밖의 추한 합성비료도, 이 개량법의 대용수 단에 불과하다.'

더구나 나의 땅은 그들의 안식일을 즐기는 피로하고도 소모된 '속된 땅'의 하나였으니, 아마 케널름 딕비[5]경(卿) 의 추측과 같이 하늘에서 '생명의 영기(靈氣)'를 흡수했을지 도 모르는 일이다. 어쨌든 나는 12부셀의 콩을 수확할 수 있었다.

그러나 콜맨 씨는 주로 비용이 많이 먹힌 아마추어 농업 가의 실험에 대해서만 보고를 했다는 불평이 있으니까, 좀 더 자세히 나의 지출을 보고하면 다음과 같다.

괭이 대금 ·· 54센트
쟁기삯, 괭이질삯, 고랑내는 삯 ······ 7달러 50센트(너무 비싸다)
강남콩 종자 ··· 3달러 12센트 반
감자 종자 ··· 1달러 33센트
완두콩 종자 ··· 40센트
무 씨앗 ··· 6센트
허수아비용 흰 실 ·· 2센트
말쟁기꾼과 소년의 세 시간 품삯 ···························· 1달러
수확운반용 말수레 삯 ······································ 75센트
합계 ··· 14달러 72센트 반

나의 수입은 다음과 같다.(사는 사람이 아닌 파는 사람이 집안의 가장이 되어야 한다.)

강낭콩 9부셸 12쿼트 판매 대금 ················· 16달러 94센트
큰 감자 5부셸 ····································· 2달러 50센트
작은 감자 9부셸 ··································· 2달러 25센트
풀(잡초) ··· 1달러
콩대 ··· 75센트
합계 ··· 23달러 44센트

앞서 말한 바와 같이 순이익금은 8달러 71센트 반이었다.

내가 콩을 재배하면서 얻었던 경험의 결과는 다음과 같다. 즉, 6월 초순경 하얀 보통의 강낭콩 중에서 싱싱하고 동그란 순종(純種)을 골라서 3피트의 두둑 사이와 18인치

의 폭을 두고 심는다. 처음에는 해충을 조심하며, 빈틈이 있으면 다시 심어서 가꾼다. 그 다음은 그것이 탁 튄 밭 같으면 들쥐를 조심한다. 왜냐하면 들쥐는 지나가는 길에 갓 나온 새싹을 거의 깨끗이 갉아먹고 말기 때문이다. 그리고 다시 새 얼굴이 나오자 그것을 알아차리고는 다람쥐처럼 똑바로 앉아서 콩꽃의 봉오리와 갓 생긴 콩가지를 한꺼번에 잘라 놓기 때문이다. 그러나 서리를 면하고 다량의 콩을 수확하려면, 무엇보다도 될 수 있는 한 일찍 수확을 해야 한다. 그렇게 함으로써 많은 손실을 막을 수 있다.

나는 다음과 같은 경험도 얻었다―나는 내년 여름에는 콩과 옥수수를 그렇게 열심히 심지 않고 씨앗만 있다면 성실·진리·단순·신앙·무구(無垢) 등과 같은 그런 종자를 심어, 적은 노력과 비료를 주더라도 그것들이 이 땅에서 성장하여 내 생활을 지탱해 줄 것인지를 지켜 보자고 혼잣말을 한 적이 있었다. 그래서 이 땅은 그러한 종자를 성장시키기에 메마르지는 않았을 테니까 말이다. 아아! 나는 그 말을 혼자서 말했던 것이다. 그러나 이제는 또 여름이 지나가고 또 여름이, 그리고 또 여름이 지나갔다. 독자 여러분! 나는 이렇게 고백한다. 사실 내가 심은 종자들은, 내가 저 아름다운 덕들의 씨앗이라고 믿었던 종자들은 벌레에 먹히고 활력을 읽어서 싹을 틔우지 못했다는 것이다.

대개 인간은 자기 조상이 용감하거나 비겁했던 것만큼 용감했다. 오늘날의 이 세대는 인디언들이 몇백 년 전에 했던 그대로. 그리고 최초의 개척자들에게 가르쳐 준 그대로, 마치 그것이 숙명인 것처럼 해마다 콩과 옥수수를 틀림없이 심고 있다. 나는 지난번 어느 노인이 놀랍게도 괭이로 적어도 일흔 번째의 구멍을, 그 구멍은 자기가 누울 무덤이 아닌데도 파고 있는 것을 보았다. 그러나 왜 뉴잉글랜드인은 새로운 모험을 해서는 안 되는 것인가? 즉 곡물·감자와 건초와 과수원에만 중점을 두지 말고 다른 곡물을 재배하면 안 되는 것인가? 왜 우리는 종자용의 콩에는 그렇게 관심을 두면서 새 세대의 인물에 대해서는 전혀 관심을 두지 않는 것일까?

만일 우리가 어떤 사람을 만났을 때, 그 사람에게 내가 말한 여러 가지 미덕(美德)이—우리는 모두 이 미덕을 다른 산물보다 자랑삼고 있으나, 대개는 바람에 날리는 싸앗처럼 공중을 떠돌고 있을 뿐이다.—뿌리를 박고 자라고 있는 것을 확실히 보게 된다면 그야말로 우리는 그로부터 영향을 받으며 기운을 북돋게 되지 않겠는가. 예를 들면 진리나 정의와 같은 섬세하고도 미묘한 미덕을 보았다고 하자. 그러면 해외에 나가 있는 우리의 대사들은 이 종자를 본국에 보내도록 훈령을 받아야 할 것이며, 국회(國會)는 그 종자를 전국에 분배하도록 힘써야 할 것이다. 우리는 성실에 대해서는 격식을 차려서는 안 된다.

만일 가치와 우정의 핵(核)만 존재해 있다면 우리는 비굴한 행동으로 서로를 속이고 욕하고 추방하지는 않을 것이다. 우리는 이처럼 분망히 서로 만나서는 안 된다. 나는 사람들을 전혀 만나지 않았다. 그들은 시간이 없는 것같이 보이기 때문이다. 그들은 자기의 콩에 너무 분망하다. 그렇게 늘 부지런히 일하고 있는 사람, 그렇게 일을 하다가 쉴 때는 괭이나 삽을 지팡이삼아 기대는데도 버섯과는 달리 땅에서 반쯤 떨어져 있으며, 마치 땅에 내려앉은 제비처럼 땅 위를 걷고 있는 사람을 나는 상대하고 싶지 않다.

> 그리고 그가 말을 할 땐, 그의 날개는 이따금
> 날아갈 듯이 폈다가는 다시 접곤 했다.

그리하여 그들과 이야기를 하노라면 우리가 천사와 이야기를 하고 있는 게 아닌가 하는 의심이 든다. 빵은 반드시 우리를 배부르게 하지는 못한다. 그러나 인간이나 자연 가운데서 어떤 너그러움을 깨닫는 것은 우리에게 반드시 이익을 준다. 어떤 순수하고도 영웅적인 기쁨에 참여하면 우리의 고통의 뿌리가 알 수 없는 경우에도 우리의 굳은 관절이 부드러워지며, 여유와 탄력을 갖게 된다.

고대의 시가와 신화는 적어도 농업이 한때는 신성한 예술이었음을 암시한다. 그런데 우리는 지금 대형 농장과 대량 수확만을 목적으로 삼고 있으므로, 당치도 않게 성급하고 생각 없이 농사를 짓고 있다.

가축 품평회니 소위 추수감사절이니 하는 것도 예외가 아닌데―농민이 자기 직업의 신성함에 대한 생각을 나타내며, 그 직업의 거룩한 기원을 회상하는 축제니 행렬이니 의식이니 하는 것이 우리에게는 없다. 농민을 유혹하는 것은 이익과 축제이다.

그는 곡물의 신(穀神)인 아이라즈와 대지의 신(大地神) 죠브에 제사를 올리지 않고 오히려 지옥의 황금신(黃金神) 프로터스에게 제사를 올린다. 탐욕과 이기심으로, 그리고 토지를 재산으로 보거나 혹은 재산 획득의 수단으로 보는, 누구나 벗어나지 못하고 있는 천한 습성으로 말미암아 풍경은 추악하게 되고 농사는 우리 손에서 타락되며, 따라서 농민은 가장 천한 생활을 하고 있는 것이다. 농민은 자연을 도둑으로만 알고 있다. 카토는 농업의 이익은 특히 거룩하고 정당한 것이라고 말했고 로마의 대학자 바로에 의하면, 고대 로마인들은 '대지를 어머니라고도 불렀으며 농업의 여인 케레스라고 부르기도 했다. 그들은 대지를 경작하는 사람들은 거룩하며 유익한 생활을 하고 있으며, 그들만이 사투르누드 왕족(王族)[6]의 유일한 후손이라고 생각하였다'는 것이다.

우리는 태양이 우리의 경작지와 그리고 초원과 삼림을 차별없이 내려다보고 있다는 것을 잊고 있다. 그들은 태양의 광선을 똑같이 반사하며 흡수한다. 그리고 우리의 경작지는 태양이 매일의 여로(旅路)에서 내려다보는 영광스러운 풍경의 일부밖에 되지 않는다. 태양의 눈에는 이 지구는 하나의 똑같이 가꾸어진 정원처럼 보인다. 그러므로 우리는 태양의 빛과 열이 주는 혜택을 이에 상응하는 믿음과 아량으로 받아들여야 하는 것이다. 내가 이들 콩 종자를 소중히 여기고 그것을 가을에 수확한들 무슨 큰일이겠는가?

내가 그토록 오랫동안 바라다 보아 온 이 넓은 밭은 나를 주요한 경작자로 믿지 않고 나를 외면하며, 밤에 물을 주어 푸르게 만들어 주는 보다 더 친밀한 자연의 힘을 믿고 있다. 이들 콩은 내가 거두지 못하는 여러 힘을 믿고 있다. 이들 콩은 내가 거두지 못하는 여러 가지 결실을 거두고 있다.

콩들의 일부는 들쥐들을 위해서 자라고 있는 것이 아닌가? 보리이삭(라틴어의 spica. 그 고형(古形)은 Speca인데, 희망이라는 뜻의 spe가 그 어원이다)이 농부의 유일한 희망이 되어서는 안 되며 그 핵, 즉 낟알(granum은 생산이라는 뜻의 gerendo에서 온 것이다)은 그 이삭이 생산하는 모든 것이 아닌 것이다.

그렇다면 우리가 어떻게 농사에 실패할 수 있겠는가? 잡초들의 씨앗이 새들의 주식이라면, 잡초의 무성함을 나는 또한 기뻐해야지 않겠는가? 밭농사가 잘되어 농민의 곡간을 채워 주건 말건 그것은 별문제가 안 된다. 참다운 농부라면, 마치 다람쥐들이 올해 숲에서 밤이 열리든 말든 무관심하듯이 걱정을 그만하고, 자기 밭의 생산권을 포기하고, 자기의 최초의 열매뿐만 아니라 최종의 열매까지 제물로 바칠 마음의 자세로 그날 일은 그날로 끝맺어야 할 것이다.

주

1) 그리스 신화의 거인. 어머니는 대지의 여신이었다. 그는 몸이 땅에 닿고 있는 동안은 무적이었으나, 헤라클레스에 의해 공중에 들려진 채 목졸려 죽었다.

2) 목사이며 농업 연구가. 농업 보고서를 네 번이나 제출한 바 있음.

3) 미들섹스에 있는 병영을 벌집에 비유한 것임.

4) 그리스 신화에 나오는 트로이군의 장군.

5) 영국의 학자 군인(1603~1665). 식물이 산소를 흡수한다는 설을 처음 발표했다.

6) 로마 신화에 나오는 농사의 신.

마 을

　나는 오전에는 김매기를 하거나 독서나 글을 쓰는 것으로 보낸 다음, 매일 일과처럼 호수에서 목욕을 하며, 호수의 조그마한 물굽이를 헤엄쳐 건너가, 몸에서 노동의 먼지를 씻거나 혹은 공부를 하면서 생긴 주름살을 폈다. 그런 다음 오후에는 그야말로 자유로운 몸이 되었다. 날마다 혹은 하루 걸러씩 나는 마을로 산보를 나가, 마을에서 끊임없이 퍼지고 있는 소문을 들었다. 이런 소문들은 이 입에서 저 입으로, 이 신문에서 저 신문으로 끊임없이 퍼져서 돌아다니고 있었는데, 그 소문을 병원(病源) 치료법처럼 소량씩을 취하면 그것은 그것대로 마치 잎이 흔들리는 소리나 개구리 우는 소리와 같이 실로 상쾌했다.

　새들과 다람쥐를 보기 위해서 숲속을 거닐었던 것처럼, 내가 마을을 산보하는 것은 어른들과 아이들을 보기 위해서였다. 소나무 사이를 불어가는 바람 대신 마을에서는 짐수레 굴러가는 소리가 들렸다. 나의 집에서 어느 방향으로 가면 강가의 풀밭에 사향쥐〔麝香鼠〕가 모여 사는 마을이 있었다. 그리고 그 반대쪽 지평선의 느릅나무와 단풍나무 숲 아래에는 분주한 인간들이 사는 마을이 있었다. 그들 인간들은 마치 대초원에 굴을 파고 사는 프레이어 다람쥐들처럼 내 눈에는 신기하게 보였다. 그들은 자신들의 굴 앞에 있다가도 소문을 들으려고 이웃집으로 쪼르르 달려가고는 했다. 나는 그런 그들의 습관을 관찰하기 위해 그곳으로 갔던 것이다.

내게는 마을이 하나의 커다란 신문 열람실처럼 보였다. 그리고 마을의 한쪽에는 마을을 유지하기 위해 전에 스테이트 가(街)에 있는 레딩 상사(商事)가 그렇듯이, 마른 과일·건포도 혹은 소금·고기, 그밖의 잡화들이 늘어 놓여 있었다. 어떤 사람들은 전자(前者)의 상품, 즉 뉴스에 대하여 식욕이 대단할 뿐만 아니라 소화기관도 아주 건전했기 때문에, 그들은 꼼짝도 하지 않고 큰 거리에 언제까지나 앉아서 뉴스가 지중해의 계절풍(季節風)처럼 중얼중얼 속삭이며 자기들을 스쳐서 지나가는 소리를 듣고 있었다. 마취제를 들이마시는 것처럼 의식에는 아무런 영향도 받지 않고 고통에 대한 마비와 무감각을—만일 그렇지 않다면 듣는 것이 고통스러운 때가 자주 있겠지만—자아낼 뿐이었다.

내가 마을을 산책할 때면 그 훌륭한 양반들이 열을 지어 앉아 있는 것을 언제나 거의 틀림없이 볼 수 있었는데, 그들은 사닥다리에 앉아 햇볕을 쬐며 몸을 앞으로 기울이고, 게슴츠레한 눈으로 신문의 기사들을 이리저리 훑어보는가 하면, 혹은 주머니에 손을 넣은 채 창고 앞에 기대어, 마치 양장점의 마네킹과 같은 꼴로 창고를 받치고 있는 것처럼 하고 있었다. 그들은 대개 집 밖에 있었으니, 바람결에 전해 오는 소식은 모두 듣고 있었다. 이들은 거친 맷돌이었으며, 이 맷돌에서 온갖 소문은 우선 거칠게 갈리며, 그 다음은 문 안에서 보다 더 섬세하고 정밀한 깔때기 목판 안에 넣어진다.

나는 마을의 심장부가 식료품가게·이발관·우체국·은행 등임을 관찰했다. 그리고 조직체의 필요한 일부분으로서 마을 사람들은 종과 대포, 증기펌프 따위를 편리한 곳에 비치하고 있었다. 그리고 집들은 인간을 가장 잘 볼 수 있도록 길 양쪽에 서로 마주 대하게 배치되어 있어, 모든 여행자들은 일종의 태형(笞刑)을 받지 않으면 안 되었으며, 남자건 여자건, 심지어는 아이들까지도 그 여행자들을 때릴 수 있었다. 물론 옆의 선두 가까이에 자리잡은 사람들은 거기서 가장 잘 볼 수 있고 보여질 수 있었으며, 맨 먼저 여행자들을 때릴 수 있었으니, 그 장소에 대해선 가장 비싼 값을 지불했다.

그리고 변두리에 흩어져 사는 소수의 주민들은, 변두리에서 열(列)의 간격이 길게 되기 시작함에 따라 여행자들이 담을 뛰어넘거나 혹은 마찻길로 벗어나 도망갈 수도 있었기에, 아주 적은 지세(地稅)나 창세(窓稅)를 지불하였다. 간판들이 여행자들을 유혹하기 위해 사방에 붙어 있었다. 즉, 주점이나 음식점들은 식욕을 미끼로 여행자들을 낚았으며, 의복점이나 보석점은 기호(嗜好)를 미끼로 낚았으며, 이발소·양화점·양복점 같은 곳은 머리칼·발 그리고 치마 등을 미끼로 낚았다. 이런 유혹말고도, 나는 집집마다 아무 때나 방문을 해달라고 청하는 보다 더 무서운 초청장을 받아 놓은 상태였으며, 이 무렵에는 나를 만나보리라고 기대하는 친구들도 있었다.

대체로 나는 이러한 위험에서 멋있게 피했는데, 그것은 태형을 받는 자에게 권고되듯이 대담하게, 그리고 이것저것 생각하지 않고 목적지를 향해 과감하게 나아가든지, 혹은 '거문고의 가락에 맞춰 신의 영광을 큰 소리로 노래함으로써 사이렌 마녀들의 노랫소리를 압도하여 위험을 모면한' 오르페우스처럼 고상한 생각에 몰두함으로써 그런 위험을 훌륭히 모면했다. 때때로 나는 갑자기 도망치기도 했는데, 내가 어디로 갔는지 아무도 알지 못하였다. 왜냐하면 나는 점잔을 빼지 않았으며, 울타리의 개구멍도 주저하지 않았기 때문이다. 나는 심지어 남의 집에 무단침입하는 데도 익숙해 있었으며, 그곳에서 큰 환대를 받으며, 체로 걸러낸 최종적인 뉴스의 핵심—즉 바닥에 가라앉은 부분을 청취하고 전쟁과 평화의 양상이며, 그리고 세상이 더 오래 지탱할 것인지 등—을 알아낸 다음 뒷길로 나와 다시 내가 사는 숲속으로 도망쳤던 것이다.

나는 마을에 늦게까지 머물다가 특히 캄캄하거나 폭풍이 있을 것 같은 때, 마을의 어떤 밝은 객실이나 혹은 강연회장에서 캄캄한 밤에 출발하여 호밀이나 옥수수자루를 어깨에 메고 숲속의 나의 안락한 정박소(碇泊所)로 향해 떠나는 것이 매우 재미있었다. 그럴 때는 나는 배의 외부는 꼭 닫아 버리고, 그리고 나의 외부적인 인간만을 키잡이로 남겨 두거나, 항해가 용이할 때에는 키를 고정시키거나 하여, 나는 사색이라는 즐거운 선원(船員)들과 함께 갑판 밑의 선실로 들어갔다. '항해하면서' 나는 선실의 난로 앞에 앉아 즐거운 사색을 많이 했다. 나는 심한 폭풍우를 만난 일이 있었지만, 어떠한 날씨에도 표류하거나 조난을 당한 적은 한 번도 없었다.

보통 날 밤에도 숲속은 사람들이 생각하는 것보다 더 어둡다.

나는 진로를 알기 위해 길의 수목 사이의 공간을 가끔 가다 쳐다보아야 했으며, 그리고 마찻길이 없는 곳에서는 내가 밟았던 희미한 길을 발로 더듬어 찾아야 했으며, 혹은 예를 들면 가장 어두운 밤 숲속 한가운데에서 18인치의 간격도 안 되는 두 개의 소나무 사이를 지날 때는, 손으로 만져—특수한 나무들은 전에 알아 둔 관계로 해서—조종해야 했다. 어떤 때는 깜깜하고 숨이 막힐 듯 무더운 밤 늦게, 눈에 보이지 않는 길을 발로 더듬으면서 오는 도중, 주욱 꿈 속같이 넋을 잃은 채 집에 돌아와 문의 빗장을 올리기 위해 손을 들 때야 비로소 정신이 드는데, 이런 경우 나는 내가 어떻게 걸어왔는지 전혀 생각이 나지 않았다. 그리고 마치 손이 아무런 도움 없이도 혼자서 입을 찾아내듯이, 내 몸뚱아리는 주인한테서 버림을 받더라도 저절로 집으로 가는 길을 찾아갈 거라고 생각했다.

몇 번인가, 손님이 밤 늦게까지 머물렀다가 돌아가는 경우가 있었다. 캄캄한 밤이 되면 나는 손님을 집 뒤 마찻길로 안내하여 그가 가야 할 방향을, 그가 눈으로보다는 발로 찾아가야 할 방향을 가르쳐 주어야 했다. 아주 캄캄한 어느 날 밤, 호수에서 낚시질을 하고 있던 두 청년에게도 그렇게 가르쳐 주었다. 그들 두 청년은 숲을 빠져나가 1마일 가량 떨어진 곳에 살고 있었으며, 그 길을 잘 알고 있는 터였다. 하룬가 이틀 후 그들 중 한 청년이 내게 말하기를, 그들은 자기네 집 근처에서 거의 온밤을 헤매며 새벽녘에야 간신히 집으로 돌아갔다는 것인데, 그때까지 몇 차례 소낙비가 내린데다 나뭇잎은 젖어 있었으므로 그들도 비에 흠뻑 젖어 버렸다는 것이었다. 속담에도 있듯이 어둠을 칼로 베어 낼 만큼 어둠이 짙은 때에는 마을에서도 길을 잃는 사람들이 있다는 이야기를 들어왔다. 그래서 교외에 사는 사람들이 물건을 사러 짐마차를 타고 시내로 들어왔다가는 하룻밤을 투숙해야 했으며, 나들이를 갔던 신사 숙녀들이 발만으로 보도를 더듬으면서 가다가 언제 꼬부라졌는지도 모르고 반 마일이나 길을 빗나가기도 했다.

어느 때이고 숲속에서 길을 잃는다는 것은 귀중한 경험인 동시에 놀랍고도 기억할 만한 경험이다. 대낮이라도 눈바람이 치는 날씨에는 낯익은 길로 나왔어도 어느 길이 마을로 통하는 길인지를 알지 못하는 경우가 있다. 그 사람은 그 길을 천 번이나 지나간 것을 알고 있으면서도 그 길의 특징 하나도 알아보지 못하여, 마치 시베리아의 길인 양 낯설게 보이는 것이다. 물론 밤이면 그 당황함이란 이루 말할 수 없이 심하다. 우리의 사소한 걸음에서도 우리는 무의식적이기는 하나 늘 항해사처럼 어떤 잘 알고 있는 등대나 곶[串]을 표적으로 삼아 키를 잡고 있는 것이며, 보통의 진로를 벗어나는 경우에도 우리는 역시 근처의 어느 곳의 위치를 마음속에 두고 있는 것이다.

그리고 우리는 완전히 길을 잃어버리거나 한 바퀴 빙 돌고 나서야 비로소—인간이 이 세상에서 길을 잃으려면 눈을 감고 한 바퀴 빙 돌려지기만 하면 되니까—우리는 대자연의 광대함과 불가지성(不可知性)을 올바르게 인식하는 것이다. 잠에서 깨어나든 혹은 몽상에서 깨어나든 그때마다 나침반의 방위(方位)를 다시 한 번 눈여겨보아야 할 것이다. 우리는 길을 잃고 나서야 비로소, 다시 말하면 우리의 세계(世界)를 잃고 나서야 비로소 우리는 우리 자신을 발견하게 되며, 우리의 위치와 우리의 무한한 범위를 인식하게 되는 것이다.

첫번째 여름도 다 지나간 어느 날 오후, 구둣방에서 구두를 찾으려고 마을로 들어갔다가 나는 체포되어 투옥되었다. 그 이유는 내가 다른 데서 이미 말한 바와 같이, 의사당 문 앞에서 남녀노소 할 것 없이 가축처럼 매매하는 국가에 내가 세금을 바치지 않았으며 그 권위를 인정하기 않았기 때문이었다. 물론 내가 숲속으로 들어간 것은 그런 정치적이 아닌 다른 목적 때문이었다.

그러나 한 인간이 어디를 가든, 사람들은 그의 뒤를 쫓아 그들의 더러운 제도를 가지고 그를 거칠게 다루며, 그들이 할 수만 있다면 그들의 괴상한 단체 속에 그를 억지로 소속시키려고 한다. 사실 나는 다소 효과적으로 강력하게 저항할 수도 있었을 것이며, 사회에 대항하여 미친 듯이 날뛸 수도 있었을 것이다. 그러나 나는 사회가 내게 미친 듯이 날뛸 것을 더 고대했다. 사회란 자포자기적인 일단이니까.

그러나 다음 날 나는 석방되어, 수선한 구두를 찾아들고 숲으로 돌아왔으며, 페어헤이븐 언덕에서 산딸기로 점심을 먹었다. 나는 국가를 대표하는 사람들 이외의 누구한테서나 괴로움을 받은 일은 한 번도 없었다. 나는 내 원고를 넣어 둔 책상 이외에는 자물쇠나 빗장을 걸지 않았으며, 문의 걸쇠나 창문 위에 못 하나 박지 않았다. 나는 며칠씩 집을 비우기도 했지만, 밤이나 낮이나 문을 잠그는 일은 없었다.

다음 해 가을에 메인 주(州)의 산 속에서 2주일을 보냈을 때도 그러했다. 그래도 나의 집은 사람들의 존중을 받았다. 몇 명의 군인들이 그 집을 둘러싸고 지켰다 하더라도 그보다 더 존중을 받지 못했으리라. 산보하다 지친 사람이면 나의 난로 앞에 앉아 몸을 녹일 수 있으며, 문학취미를 가진 사람이면 내 책상에 놓인 몇 권의 책을 즐길 수 있으며, 호기심을 가진 사람이면 나의 찬장을 열어 보고 내가 점심에 무엇을 먹고 남겨 놓았는지, 또 저녁식사로 무엇을 마련해 놓았는지를 알아볼 수 있었을 것이다.

모든 계급의 많은 사람들이 이 길로 해서 호수를 찾아왔지만 이들한테서는 큰 불편을 받지 않았으며 다만 호머의 소책자 한 권밖에 잃은 것이 없었다. 그 책은 지나치게 금박을 입힌 것이었는데, 지금쯤은 그 책의 가치를 아는 사람이 발견했을 것이라고 믿는다. 만일 모든 인간들이 내가 그때 생활했던 것만큼 단순하게 생활한다면 절도니 강도니 하는 것은 존재하지 않으리라고 나는 확신한다. 이러한 일들은 어떤 사람들이 충분한 정도 이상을 소유하는 데 반하여, 다른 사람들은 충분히 갖고 있지 못한 사회에서만 일어나는 것이다. 포프[1]의 호머 번역은 곧 적절하게 분배되리라.

너도밤나무 그릇만으로 족하던 시절에는
인류는 전쟁으로 고통받지 않았다.

'세상 일을 다스리는 사람들이여, 왜 형벌을 쓸 필요가 있느냐? 덕을 사랑하라. 그러면 백성들도 유덕(有德)해지리라. 웃사람의 덕은 바람과 같고 평민의 덕은 풀잎과 같다. 풀잎은 그 위에 바람이 불면 고개를 숙인다.'[2]

㈜

1) 영국의 시인(1658~1744). 그의 호머 번역은 유명하다.

2) ≪孔子≫ 권 5 〈등문공장(滕文公章)〉에 본 인용문의 후반이 있다. '上有好者下必有甚焉矣, 君子之德, 風也, 小人之他, 艸也, 艸尚之風偃

호 수

　종종 인간사회와 잡담에 싫증이 나고, 마을의 모든 친구들에게도 싫증이 나면, 나는 늘 살고 있는 곳보다 더 멀리 서쪽으로 발길을 옮기곤 했다. 마을에서도 사람들이 자주 드나들지 않는 곳, 즉 '신선한 숲, 새로운 풀밭'[1]을 찾아 헤매었다. 때로는 해가 질 무렵에 페어헤이븐 언덕에서 산딸기와 청딸기로 저녁을 하고, 며칠 분을 더 따가지고 가기도 했다. 과일이란 그것을 사는 사람에게나, 그것을 시장에 내놓기 위해 재배하는 사람에게는 참다운 향기를 내지 않는다. 그 향기를 얻는 방법은 한 가지밖에 없는데, 그런 방법으로 향기를 취하는 사람은 별로 없다.

　산딸기의 향기를 알고 싶다면, 목동이나 들꿩한테 물어보라. 산딸기를 따보지 않은 사람이 산딸기 맛을 보았다고 생각하는 것은 잘못이다. 산딸기는 보스턴에까지는 결코 도달하지 않는다. 산딸기가 보스턴의 세 언덕에서 자라나면서부터 참다운 산딸기는 그곳에서 사라지고 없다. 이 과일의 감로(甘露)와 같은 본질적인 부분은 과일 표면의 과분이 장사꾼의 수레 안에서 문질러 없어지는 때와 함께 사라지고 만다. 그래서 딸기는 단지 식료품이 되고 만다. 신의 정의가 지배하는 한, 순수한 산딸기는 시골의 언덕에서 도시로 가져올 수 없는 것이다.

가끔 가다 하루의 김매기를 끝내고 나면 나는 아침부터 호수에서 성급한 마음으로 낚시질을 하고 있는 사람에게로 가서 어울렸다. 그는 물 위에 떠 있는 오리나 나뭇잎처럼 미동도 않고 말없이 앉아서 오직 낚시에만 몰두해 있다가, 내가 도착할 무렵에는 자기가 옛날 수도승의 일원에 속해 있다는 결론을 내리고 있었다.

어떤 늙은 낚시꾼이 있었는데, 그 사람은 훌륭한 낚시꾼이었으며 게다가 살림에 관한 온갖 지식에 밝았다. 그리고 내 집을 낚시꾼들의 편의를 위해서 지어 놓은 건물이라 생각하고 바라보기를 좋아했다. 그리고 그가 내 문 입구에 앉아 낚싯줄을 손보고 있을 때는 나 역시 즐거웠다. 가끔 가다 우리는 같이 호수로 나가 보트 한쪽 구석에는 그가 앉고, 다른쪽 구석에는 내가 앉았다. 그러나 그는 최근 들어 귀가 거의 들리지 않았으므로 둘 사이엔 그다지 말이 없었다. 그는 가끔 찬송가를 불렀는데, 그것이 나의 철학과 잘 조화를 이루었다.

이리하여 우리의 교제는 그야말로 끊어지지 않는 조화였으며, 말로써 진행된 교제보다 회상하기에도 훨씬 즐거운 것이었다. 그러한 경우가 흔히 있었지만, 이야기를 나눌 상대가 없으면, 나는 노(櫓)를 보트 뱃전에 침으로써 메아리를 일으켜, 호수 주위를 둘러싼 숲을 가득 채우고는 마치 순회 동물원의 사육사가 야수들과 말하는 것처럼 숲을 뒤

흔들어, 마침내 숲의 모든 골짜기와 산허리에서 으르렁대는 소리를 자아내곤 했다.

나는 따뜻한 밤에는 보트에 앉아 피리를 불었다. 그리고 그럴 때면 내 피리소리에 매혹된 듯한 농어가 내 주위를 떠나지 않고 헤엄치는 모습을 볼 수 있었다. 또 숲의 잔해가 뿌려진 갈비뼈 같은 호수 위를 달려가고 있는 달 그림자도 보았다. 그 이전에도 나는 이따금 캄캄한 여름날 밤에 어떤 친구와 함께 모험하는 기분으로 이 호수로 왔었다. 그리고 우리는 고기를 끌기 위해 물가에 불을 피워 놓고, 실에 매단 지렁이들을 미끼로 메기를 잡았다. 그리고 밤 늦게까지 메기를 잡은 다음 우리는 타다 남은 나뭇가지들을 로켓처럼 하늘 높이 내던졌는데, 그것은 호수에 떨어져 쉬익 하고 큰 소리를 내면서 꺼져 버렸다. 그러면 우리는 갑자기 캄캄한 암흑 속에서 손으로 주위를 더듬어야 했었다. 이 암흑을 뚫고 우리는 휘파람을 불면서, 다시 사람들이 사는 곳으로 발길을 돌렸다. 그러나 이제 나는 호숫가에다 내 집을 마련한 것이다.

가끔씩 나는 마을의 어떤 집의 응접실에서 그 집 식구들이 모두 잠자리에 들 때에야 일어나 숲으로 되돌아가서는, 다음 날 식사거리도 낚을 겸 달빛에 보트를 저어 몇 시간을 낚시질로 보내기도 했다. 그럴 때면 올빼미·여우들이 소야곡(小夜曲)을 들려 주기도 하고, 가끔은 바로 가까이에서 이름 모를 새들이 짹짹거리는 소리를 듣기도 했다. 이러한 경험들은 내겐 그야말로 기억할 만하고도 귀중한 것이었다.
—즉 호숫가에서 2,30로드 가량 떨어진 호수 위에 자리를
잡고, 길이가 40피트 가량 되는 물 속에 닻을 내리고, 어떤
때는 달빛 아래서 꼬리로 수면에 파문을 일으키는 수천 마
리의 송어와 피라미에 둘러싸이고, 아마로 만든 기다란 낚
싯줄로 40피트 밑에 사는 신비로운 밤의 물고기들과 교신
을 하는 것이다. 또 어떤 때는 부드러운 밤바람에 떠밀려 6
0피트의 낚싯줄을 호수물 속에 풀어 주어야만 했다. 그러
다가 가끔은 낚싯줄을 타고 약간 진동하는 것을—즉 낚싯
줄 끝에 꾸물거리는 어떤 생명을, 둔하고 애매하고 얼떨떨
하며 결심을 망설이는 어떤 의욕을 나타내고 있는 것을 느
낄 수 있었다.

드디어 한손 한손으로 줄을 천천히 잡아올리면 뿔이 난
메기가 끽끽거리며 몸을 비틀면서 공중으로 올라온다. 특히
어두운 밤에 다른 천체의 방대하고도 우주 진화론적(宇宙進
化論的)인 문제로 헤매고 있을 때, 고기가 낚싯밥을 무는
가벼운 충격을 느끼면서 꿈결에서 깨어나 다시 자연과 연결
이 되는 것은 참으로 신기한 일이었다. 이제 나는 공기보다
더 진할 것 같지 않은 아래쪽 물 속은 물론, 위쪽의 하늘로
도 낚싯줄을 던질 수 있을 것같이 보였다. 이렇게 해서 나
는 고기 두 마리를, 말하자면 낚시 하나로 잡는 셈이었다.

월든 호수의 풍경은 그 규모가 수수하며 매우 아름답기

는 하나 웅장하다고는 할 수 없으며, 자주 와본 사람이나 호숫가에 사는 사람이 아니라면 그다지 깊은 관심도 갖지 않는다. 그러나 이 호수는 너무 깊고 맑기 때문에 특별히 기술할 만한 가치가 있다. 이 호수는 길이가 반마일에다 주위가 1마일 4분의 3이나 되는 맑고 진한 풀빛의 우물이며, 넓이는 61에이커 반 가량 된다. 말하자면 나무와 떡갈나무의 숲속 가운데에 있는 영원한 샘물이며, 구름과 증발에 의한 방법 이외에는 눈에 보이는 유입구(流入口)나 유출구가 없다. 주위를 둘러싼 산들은 수면에서 40피트 내지 80피트로 가파르게 치솟아 있다. 그러나 남동(南東) 및 동쪽의 산들은 4분의 1마일과 3분의 1마일 사이에 각각 100피트와 150피트 높이에 달한다. 이 일대는 완전한 산림지대이다.

우리 콩코드의 강과 호수들은 적어도 두 가지 색깔을 지니고 있는데, 하나는 멀리서 본 색깔이며 다른 하나는 가까이에서 본 본래의 색이다. 처음 색은 광선에 더욱 좌우되며 하늘색에 따른다. 여름철의 맑은 날씨에는 조금 떨어져서 보면 청색으로 보인다. 그것도 물결이 일고 있을 땐 더하다. 그러나 저 멀리 떨어져서 보면 똑같은 색으로 보인다. 바람이 사나운 날씨에는 어두운 청회색으로 보이는 때가 있다. 그러나 바다는 대기 속에 눈에 띄는 변화가 전혀 없어도 어떤 날은 청색으로 보이고 또 어떤 날은 녹색으로 보인다고 한다. 나는 우리의 강이 눈으로 덮였을 때, 물이고 얼음이고 거의 풀처럼 녹색이었던 것을 본 일이 있었다. 어떤 사람들은 청색이야말로 '액체 상태에서든 결빙이 되어서든 맑은 물의 색깔'이라고 생각하고 있다. 그러나 보트에서 물 속을 똑바로 내려다보면 물은 아주 다른 여러 가지 색으로 보인다.

월든 호수는 똑같은 지점에서 보더라도 어느 때는 청색이며 다른 때는 녹색으로 보인다. 이 호수는 하늘과 땅 사이에 가로 놓여 있어서 양쪽 색을 다 지니고 있는 것이다. 산 위에서 보면 호수는 하늘색을 반영한다. 그러나 가까이 가서 보면, 모래가 보이는 호숫가는 누르스름한 색깔이고, 그 다음에 엷은 녹색인데, 이것이 호수 중심부에서는 한결같이 암녹색을 띤다. 광선에 따라서는 산 위에서 보더라도 호숫가 근처는 선명한 녹색을 띤다. 어떤 사람은 이것을 우거진 숲의 반영이라 하였다. 그러나 철도의 모래둑 밑에선 봄에 잎이 나기 전에도 같은 녹색이니, 아마 그것은 단순히 기본색인 청색이 모래의 노란색과 뒤섞인 결과인지도 모르겠다. 그리고 바로 이것이 월든 호수가 눈이라면 그 홍채에 해당되는 부분의 색깔이다.

그리고 이 부분이 또한 봄이면 바닥으로부터 반사되고 또 지면으로부터 전도되는 태양열로 얼음이 먼저 녹아서, 아직도 얼어 있는 중심부 근처에 운하를 만들어 놓는다. 우리 마을의 다른 호수처럼 월든 호수도 맑은 날씨에 물결이 일 때는, 물결 표면이 하늘을 직각으로 되비친 때문인지, 또는 수면 자체에 뒤섞인 빛이 더 많기 때문인지는 모르나 좀 떨어진 곳에서 보면 하늘색 자체보다 더 진한 청색으로 보인다. 그런 경우 수면 위에 자리를 잡고 물 위에 비친 그림자를 보려고 따로따로 나누어진 시선으로 보면, 비할 바 없는 밝은 청색을 가려 볼 수 있다. 그것은 물색 비단 혹은 딴 색깔로 보이는 비단이나 칼날에서 발하는 것 같은, 하늘 자체보다 더 맑고 고와서 물결 다른쪽의 원래의 암녹색(暗綠色)과 번갈아 나타나며, 이것을 비교해 보면 원래의 암녹색은 진흙색깔로밖에 보이지 않았다. 내가 역력히 기억하고 있듯이, 그것도 해가 지기 전에 구름 사이로 보이는 겨울의 조각난 서쪽 하늘처럼 유리 같은 푸르스름한 청색이다.

그러나 유리잔에 물을 담아 햇빛에 비춰 보면 그것은 같은 양의 공기처럼 무색이다. 누구나 잘 알고 있는 일이지만 커다란 판유리는 그 제조가들이 말하듯이 그 용적(容積) 때문에 녹색을 지니겠지만 얇은 유리조각은 무색일 것이다. 월든 호수의 용적이 얼마쯤 되면 녹색을 되비칠 것인지를 나는 증명하지 못했다.

우리의 강물은 똑바로 내려다보는 이에게는 검은 빛 혹은 아주 진한 갈색을 띠게 될 것이다. 대개의 호수는 그 강물에 목욕하는 몸뚱이에 누르스름한 빛깔을 안겨 준다. 그러나 이 호수는 수정같이 맑으니 목욕하는 사람의 몸뚱이는 설화석고(雪花石膏)의 백색, 아니 그보다 더 부자연스러운 백색으로 보인다. 더욱이 사지(四肢)가 크게 확대되고 비틀어져 보이니, 그 백색은 기괴망칙한 효과를 내며, 미켈

란젤로와 같은 화가의 좋은 연구자료를 만들고 있다.

물이 매우 투명하므로 25피트 내지 30피트 넓이까지의 바닥이 잘 보인다. 수면에서 노를 젓고 있으면 9피트 깊이에 있는 퍼치와 미라미 떼를 볼 수 있다. 아마 1인치 길이밖에 안 되겠지만 그래도 퍼치는 줄무늬 때문에 쉽게 구별할 수 있다. 이런 곳에서 생계를 마련하고 있으니 그것들은 금욕적인 고기임에 틀림없다고 생각할 것이다. 몇 해 전 어느 겨울날, 나는 강꼬치고기를 잡으려고 얼음구멍을 뚫고 있었는데, 물가로 올라서면서 도끼를 얼음 위에 던져 두었는데, 마치 어떤 마귀의 장난처럼 도끼가 4,5로드 가량 미끄러져 가더니, 그만 구멍 속에 빠지고 말았다. 그곳은 깊이 25피트나 되는 물 속이었다.

호기심에서 얼음 위에 엎드려 구멍을 들여다보던 나는 마침내 그 도끼가 약간 한쪽으로 치우쳐 거꾸로 선 채 자루를 똑바로 세우고, 호수의 맥박과 더불어 천천히 앞뒤로 흔들흔들하고 있는 것을 보았다. 내가 만일 간섭을 하지 않았더라면 그 도끼는 도끼자루가 썩을 때까지 그곳에 똑바로 서서 흔들거리고 있었으리라. 나는 도끼 있는 바로 위에다 내가 갖고 있던 얼음끌로 구멍을 하나 더 내고, 근처에서 가장 긴 벚나무를 칼로 잘라 이 나무 끝에다 올가미를 만들어 매달고는, 조심스레 구멍 속에 밀어넣어서 도끼자루의 손잡이에 끼었다. 그러고는 벚나무를 단 줄을 잡아당겨 도끼를 다시 건져냈다.

호숫가는 한두 군데 작은 모래사장을 제외하고는 한 줄기의 포석(鋪石) 같은 맨들맨들한 둥근 돌로 이루어져 있다. 그리고 물가는 매우 가파라서 한 번 물로 뛰어들면 머리 위까지 물이 차는 곳이 여러 군데 있다. 만일 호수의 물이 그처럼 투명하지 않았다면 맞은편에 이르기까지 바닥은 전혀 보이지 않았을 것이다. 어떤 사람들은 이 호수의 바닥이 없다고 생각한다. 물이 흐린 곳은 한 군데도 없으며, 어쩌다 우연히 보는 사람은 이 호수엔 수초(水草)가 전혀 없다고 말할 것이다. 원래는 호수가 아니고 풀밭이었던 곳이 최근에 와서 물에 잠긴 곳을 제외하고, 눈에 띄는 수초들이라고는 아무리 자세히 보아도 창포나 부들은커녕 심지어 노랑이나 흰 나리꽃도 찾아볼 수 없다. 단지 약간의 작은 심장초(心臟草)와 부초, 그리고 한두 개의 순채 정도를 찾아볼 수 있을 뿐이다.

그러나 수영을 하는 사람도 이 수초들을 다 못 보았으리라. 이들 식물은 그 안에서 자라고 있는 물처럼 맑고 밝다. 자갈이 물 속으로 1, 2로드 가량 뻗쳐 있고는 그 다음 바닥은 깨끗한 모래이다. 그러나 가장 깊은 부분에는 약간의 침전물이 있는데, 그것은 아마 몇 해 가을을 두고 쌓인 썩은 나뭇잎들일 것이다. 그리고 그곳에서는 한겨울에도 새파란 풀이 닻에 걸려 올라오기도 한다.

이곳과 같은 호수가 또 하나 있는데 그곳은 서쪽으로 약 2마일 반 가량되는 나인에이커 코너라는 작은 마을 근처에 있는 화이트 호수이다. 그러나 나는 이곳에서 12마일 이내에 있는 호수들은 죄다 알고 있지만 이렇게 우물과 같이 맑은 성격을 띤 호수는 보지 못했다. 아마 수많은 부족들이 대대로 이 호숫물을 마시고, 감탄하고, 그 깊이를 재보고, 그리고 시간의 뒤안길로 사라졌으리라. 그러나 호숫물은 여전히 그 전처럼 맑고 푸르다. 이 호수는 간헐천(間歇泉)이 아니다! 아마 아담과 이브가 에덴 동산에서 쫓겨난 그 봄날 아침에도 월든 호수는 이미 존재해 있었으며, 그때엔 벌써 안개와 남풍과 더불어 가만히 내리는 봄비에 얼음이 녹고 있었으며, 수면에는 인간 타락의 소식을 아직 듣지 못한 수억 마리의 오리·기러기들이 이렇게 맑은 호수에 만족하고 있었으리라.

그때에도 호숫물은 불었다 줄었다 하면서 자신의 물을 계속 정화시켜 지금과 같은 물빛을 지니게 되었고, 세상에서 하나밖에 없는 월든 호수, 즉 하늘의 이슬 증발기(蒸發器)라는 하늘의 특허를 얻어 놓고 있었다. 얼마나 많은 잊혀지고 만 민족들의 문학에서 이 호수가 카스탈리아의 샘[2]의 역할을 해온 것인지? 또는 황금시대에는 어떠한 수령(水靈)들이 이 호수를 지배하였는지 누가 아는가? 이 호수는 최초의 물의 보석이며, 이 보석은 콩코드 시라는 작은 왕관에 달려 있는 최고급 보석인 것이다.

그러나 이 우물가에 처음 온 사람은 그들의 발자국을 남겨 놓은 것 같다. 나는 호숫가의 우거진 숲의 일부가 최근에 막 잘라내어진 곳마저 가파른 산허리에 선반 모양의 좁은 길이 올라갔다 내려갔다 하며, 물가에 가까워졌다 멀어졌다 하는 것을 보고 놀란 적이 있다. 이 길은 아마도 인간이 이곳에 살아온 만큼이나 오래된 길로서, 원시시대의 사냥꾼들의 발길에 닦이기 시작했을 것이며, 또 이곳에 살고 있는 현 주민들도 그 사실을 모르고 이따금 밟고 다니는 길이다. 이것은 겨울에 눈이 좀 내린 뒤, 호수 한가운데에서 보면 특히 똑똑하게 보인다. 즉, 하나의 뚜렷한 기복이 있는 백선(白線)으로 나타나는데, 풀이나 나뭇가지로 가려지지 않았기 때문일 것이다. 여름이면 바로 가까이에서도 거의 분간할 수 없는 여러 군데는 4분의 1마일 가량 떨어진 곳에서 보면 아주 명백하게 보인다. 말하자면 눈〔雪〕이 이 길을 백색의 부조(浮彫)로 똑똑히 전사(轉寫)한 것이다. 훗날 이곳에 지어질 별장의 장식된 정원에 이 길의 흔적이 다소나마 남게 되는지 모를 일이다.

이 호수에는 물이 불었다 줄었다 한다. 그러나 그것이 주기적인지 아닌지, 그리고 얼마만한 기간을 두고 일어나는지는 아무도 모른다. 그래도 사람들은 언제나처럼 아는 체를 하는데, 대개 겨울에는 수위(水位)가 높아지고 여름에는 낮아진다. 일반적인 강우(降雨)와 한발에는 상관이 없다. 내가 이 호숫가에서 거주할 때보다 수위가 1,2피트 낮아진 때와, 그리고 적어도 5피트 가량 높아진 때를 기억하고 있다.

이 호수에는 호수 속으로 달리고 있는 좁은 모래톱이 있는데, 그 한쪽은 물이 아주 깊다. 나는 1824년경, 호수의 원둑에서 약 6로드 가량 떨어져 나온 그 모래톱 위에서 어른들이 생선찌개를 끓이는 것을 도와주었다. 그러나 그 후 25년 동안 그런 일은 불가능했다.

한편 내 친구들은 내가 이런 말을 할 때엔 믿을 수 없다는 듯이 귀를 기울이곤 했다. 즉, 몇 해 후에 친구들이 알고 있는 그 원둑에서 15로드 가량 떨어진 숲속의 외딴 작은 만(灣)에서 내가 보트를 타고 낚시질을 했다는 것을. 왜냐하면 그 작은 만은 오래 전에 풀밭으로 변했기 때문이다. —그러나 호수는 최근 2년 동안 물이 점점 불어 이제 1852년의 여름인 지금은 내가 그곳에 거주했을 때보다 꼭 5피트나 수위가 높아졌다. 즉 30년 전과 똑같은 높이의 수위가 되어, 내가 앞서 말한 풀밭에서도 다시 낚시질을 하게 되었다. 이것으로 보면 월든 호수의 수위의 폭은 그 최대 수치가 6 내지 7피트인 셈이다. 그러나 주위를 둘러싼 산에서 흘러들어오는 수량은 별로 많지 않았으므로 이와 같은 증수(增水)는 지하 깊숙이에 있는 수원에 끼치는 영향에 그 원인이 있다고 말할 수밖에 없다.

이번 여름에도 호수의 물은 다시 줄기 시작하였다. 이와 같은 수위의 변동은 주기적이건 아니건 이처럼 그 완성을 위해서 오랜 세월을 요구하고 있는 것 같다는 것은 주목할 만한 일이다. 나는 한 차례의 상승과 두 차례의 하강 일부분을 관찰하였쭉데, 앞으로 12년 내지 15년이면 수위는 다시 내가 알고 있는 것만큼 낮아지리라고 예상된다. 1마일 동쪽에 있는 플린트 호수—이 호수는 유입구와 유출구를 가지고 있으므로 그것에 따른 변동을 고려하더라도—와 그 중간에 있는 작은 호수들은 월든 호수와 보조를 맞추고 있으며, 최근에 월든 호수와 때를 같이하여 최고의 수위에 도달했다. 내가 관찰한 바에 의하면 화이트 호수 역시 그러했다.

월든 호수가 장기간에 걸쳐 그렇게 물이 불었다 줄었다 하는 것은 적어도 다음과 같은 용도를 가지고 있다. 즉, 최고의 수위가 1년 이상 계속되면, 호수 주위를 걸어다닐 수 없게 만들지만, 지난번 수위가 최고조에 달했을 때 이후 물가에 자라난 관목과 수목들, 이를테면 소나무니 벚나무니 오리나무니 버드나무 등을 죽게 한다. 그래서 다시 물이 줄면 말끔하게 정리된 호수 기슭이 나타나는 것이다. 왜냐하면 매일같이 조수의 간만(干滿)에 복종하고 있는 여러 호수나 강들과는 달리 이 호수의 기슭은 수위가 최저일 때 가장 깨끗하기 때문이다.

나의 집 옆 호숫가에 있는 15피트 높이 되는 몇 그루의 소나무들이 마치 지렛대를 써서 눕혀놓은 것처럼 죽어넘어졌는데, 거기서 그 나무들이 더 성장해 가는 것을 막은 것이다. 그리고 그 나무들의 크기를 보면 지난번 이 높이로 물이 불어난 이래 몇 해가 지나갔는지를 알 수 있다.

이와 같은 수위의 변동으로 호수는 기슭의 소유권을 주장하며, 그렇게 함으로써 기슭은 가위질로 깎인 것처럼 되며, 나무들은 점유권(占有權)에 의해서 기슭을 보유할 수 없게 된다. 이 기슭은 호수의 수염이 자라지 않는 입술에 해당된다고 할 수 있다. 호수는 간간이 입술을 핥아서 그곳을 깨끗하게 한다. 수위가 최고조에 달하면, 오리나무니 단풍나무들은 자신들을 유지하려고 노력하는데, 물 속에 있는 나무줄기는 사방에서 섬유질의 빨간 뿌리를 굉장히 많이 수(數) 피트 길이로 내밀어 지상에서 3,4피트 높이에까지 내뻗는다. 그리고 물가에서 자라는 키큰 청딸기나무들은 대개 열매를 맺지 않는데, 이러한 사정 아래서는 많은 열매를 맺는 것을 나는 분명히 보았다.

이 호숫가에 어떻게 해서 그처럼 돌이 잘 깔려 있는지에 대해서 궁금해 하는 사람들이 많다. 마을 사람들은 모두 하나의 전설을 들은 적이 있다―제일 나이 많은 사람들이 그 얘기를 젊었을 때 들었노라고 내게 얘기한 것인데―옛날 인디언들이 현재 이 호수가 지하로 깊이 내려앉은 그것만큼 하늘로 높이 솟아 있었던 이곳 산 위에서 신을 모독하는 회의를 열었는데, 물론 그런 악덕은 인디언들이 절대로 범하지 않았던 악덕 중의 하나이지만, 그들이 그렇게 회의를 하고 있을 때 산이 흔들리면서 갑자기 가라앉았다는 것이다. 그런데 월든이라는 이름을 가진 노파 한 사람만이 도망을 쳤다는 것이며, 그 노파의 이름에서 이 호수의 이름을 땄다는 것이다. 그리고 산이 흔들릴 때 돌들이 산허리를 굴러내려와 현재의 기슭을 이루게 되었노라고 추측해 왔다.

여하튼 한때 그곳에는 호수가 없었는데 지금은 있다는 것은 명백한 사실이다. 그리고 인디언의 우화(寓話)는 내가 말한 바 있는 그 옛날의 설명과 조금도 모순되지 않는다. 내가 전에 말한 원시의 개척자는 탐지봉(探知棒)을 들고 이곳에 처음 왔을 때 풀밭에서 수증기가 올라오는 것을 보았고, 개암나무 탐지봉이 틀림없이 아래쪽을 가리켰던 것이다. 그래서 그는 여기에다 우물을 파기로 결론을 내렸다는 것이다.

돌에 관해서는 물결이 산에 미치는 작용으로는 설명이 될 수 없다고 생각하는 사람들이 많다. 그러나 내가 관찰해 보니, 주위를 둘러싼 산에는 놀랄 만큼 같은 종류들의 돌로 가득 차 있었다. 그래서 호수 근처를 지나는 철도를 건설할 때 그와 똑같은 돌들이 많이 나와, 그런 돌로 철도 양 옆에 돌담을 쌓아 올려야 했던 것이다. 그리고 호수 기슭의 가장 가파른 곳에 가장 많은 돌들이 있었다. 그러므로 유감스럽게도 이것은 나에게 더 이상 신비로운 일이 아니다. 나는 돌을 깐 사람을 알아낸 것이다. 만일 그 호수 이름이 어느 영국의 지명(地名)—예를 들면 새프론 월든과 같은 지명에서 따온 것이 아니라면, 그것은 원래 담으로 둘러싸인 호수라고 불린 데서 유래한 것으로 상상해도 좋을 것이다.

호수는 내게 누군가 미리 파놓은 우물이었다. 일 년 중 4개월 동안 호수의 물은 언제나 맑고 차다. 이 기간 중 호숫물은 이 마을에서 제일 좋은 물은 아니더라도 어떤 우물에도 뒤지지 않을 만큼 훌륭하다. 겨울에 대기 중에 드러난 물은 대기로부터 보호된 샘물이나 우물물보다 차갑다. 내가 앉아 있는 방 안에서 1846년 3월 6일 저녁 다섯 시부터 다음날 정오까지 한란계(寒暖計)는, 지붕 위에 내리쬐는 햇볕의 탓도 있고 해서 한때 화씨 65도에서 70도까지 올라갔지만 방안에 둔 호숫물은 화씨 42도였다. 즉, 갓 길어온 마을의 가장 차가운 우물물보다 1도가 더 차가웠다. '보일링' 천수(泉水)의 온도는 같은 날 화씨 45도였는데 내가 시험해 본 어느 샘물보다 더 온도가 높았다. 그러나 그 물은 표면에 얕게 고여 있는 물이 섞이지 않으면 내가 아는 물 중에서 여름엔 가장 차갑다. 더욱이 여름에는 월든 호수는 그 깊이 때문에 햇볕에 드러난 대개의 물처럼 따뜻해지는 일이 없다.

아주 더운 날씨엔 나는 보통 한 통의 물을 길어 지하실에 넣어 두는데, 밤 사이에 식어서 다음 날 낮 동안에도 그대로 차가웠다. 나는 그 근처에 있는 샘에 가서 물을 길어 오기도 했는데, 호숫물은 일 주일이 지나서도 길어 온 그날과 다름없이 좋았으며, 펌프 냄새도 나지 않았다. 호숫가에서 여름 한 주일을 캠프하는 사람은 누구나 한 통의 물을 천막 그늘 옆 몇 피트 깊이에 묻어만 두면 사치스런 얼음의 신세는 지지 않아도 된다.

나는 월든 호수에서 무게가 7파운드나 되는 강꼬치고기

를 잡은 일이 있다. 무서운 속력으로 낚시의 릴을 채어간 또 다른 한 마리의 강꼬치고기에 대해선 말하지 않기로 하겠다. 그 고기를 낚시꾼은 눈으로 보지 않았기 때문에 8파운드나 된다고 우겼던 것이다. 또 2파운드가 넘는 송어와 메기, 그리고 피라미와 붕어와 몇 마리의 잉어, 또 장어 두 마리를 잡았다. 그 중 한 마리의 장어는 4파운드나 됐는데, 내가 이렇게 자세히 적는 이유는, 고기는 대개 그 무게가 유일한 자랑거리가 되기 때문이다. 또 내가 잡은 것이 호수에서 잡혔다는 유일한 장어들이었기 때문이다

그리고 또 은빛의 배와 파란 등을 하고, 그 성질이 약간 버들개와 비슷한 5인치 길이쯤 되는 잔고기들이 희미하게 생각나는데, 내가 이 이야기를 여기서 하는 것은 우화와 연결시키려는 의도에서이다. 그러나 사실 이 호수에는 물고기가 그다지 흔한 편이 아니다. 저 강꼬치고기는 많지는 않으나 이 호수의 제일 큰 자랑이다. 나는 얼음 위에 엎드려서 적어도 세 가지 종류의 가물치를 동시에 목격한 일이 있다. 그 중 한 가지는 강에서 잡히는 강꼬치고기와 아주 닮은 쇠빛깔의 길고 납짝한 강꼬치고기며, 다른 하나는 이 호수에서 가장 흔한 것인데 푸르스름한 반점에다 아주 폭이 넓고 밝은 황색 빛을 한 강꼬치고기고 또 하나는 역시 황색 빛이며 두 번째 것과 같은 형태를 하고 있으나, 배에 짙은 갈색이나 검은 반점이 박혀 있고 그 사이에 몇 개의 희미한 빨간 점들이 섞여 있으며 꼭 송어같이 생긴 것이다. 종명(種

名)인 reticulatus(그물무늬 같다는 뜻)도 여기에는 맞지 않을 것이니 차라리 guttatus(점박이)라고 하는 것이 낫겠다.

이 호수의 물고기들은 죄다 아주 단단하며, 그 크기는 겉보기보다 무게가 더 나간다. 피라미나 메기, 퍼치, 그리고 사실 이 호수에 사는 그 밖의 모든 고기들은 이곳 물이 맑기 때문에 하천이나 다른 호수의 고기들보다 훨씬 깨끗하고 맵시가 있으며 살도 토실토실 올랐다. 그래서 이 호수의 고기라는 것을 쉽게 알아볼 수 있다.

아마 어류학자들 중에는 이 호수의 어떤 어족에서 새로운 종명을 지을 수 있을 것이다. 이 호수에는 또 깨끗한 느낌을 주는 개구리·거북이 등의 종족이 있으며, 더러 섭조개도 있다. 사향쥐와 족제비들이 호숫가에 자국을 남겨 놓으며, 간혹 가다 떠돌아다니는 자라가 찾아오기도 한다.

나는 아침에 보트를 밀어내다, 밤 사이 보트 밑에 숨어 있던 커다란 자라를 깜짝 놀라게 한 적도 간혹 있었다. 오리와 기러기들은 여름 내내 돌이 많은 물가에서 앞뒤로 움직이고 있다. 나는 호수 위로 뻗은 백송(白松) 위에 앉아 있는 물오리를 놀라게 해주는 일도 가끔 있었다. 그러나 이곳이 페어헤이븐같이 갈매기의 날개로 더럽혀지는 일이 있는지 의심스럽다. 기껏해야 한 마리의 농병아리만이 찾아오는 것을 묵인할 뿐이다. 이러한 것들이 이 호수에 자주 드나드는 주요한 생물들이다.

고요한 날씨엔 모래사장인 동쪽 기슭 가까이 호수 깊이가 8피트 내지 10피트가 되는 곳과, 그리고 호수의 다른 이곳저곳을 보트에서 내려다보면 달걀보다 작은 잔돌들로 된 직경이 약 6피트, 높이가 1피트 되는 둥그런 더미를 볼 수 있는데, 그 주위에는 순전히 모래뿐이다. 처음에는 인디언들이 무슨 목적으로 얼음판 위에다 만들어 놓은 것이, 얼음이 녹자 호수 바닥에 가라앉는 것이 아닌가 하고 생각하였다. 그러나 그 더미들이 너무도 규칙적인데다 그 중 어떤 것은 쌓은 지가 그리 오래되지 않은 것이 분명했다. 그것들은 하천에서 볼 수 있는 그런 더미와도 비슷한데, 이 호수에는 흡반(吸盤)이 있는 어류나 칠성장어도 없으니, 어떤 어류들이 이와 같은 더미를 만들어 놓았는지 알 도리가 없다. 아마 그 더미들은 붕어의 집인지도 모르겠다. 이런 더미들이 호수 바닥에 대한 즐거운 신비스러움을 느끼게 한다.

호숫가는 꽤 불규칙하므로 단조롭지가 않다. 나는 나의 심안(心眼)으로 서쪽으로 굽은 깊은 만(灣), 그보다 더 험한 북쪽 만, 그리고 조개 모양으로 아름다운 남쪽 호숫가를 그려 본다. 그리고 남쪽 호숫가에는 연달은 곶〔串〕이 서로 겹치고, 그 사이사이엔 인적미답의 작은 만들이 있음을 암시해 준다. 호숫가에 솟은 산들에 둘러싸인 호수 한가운데서 볼 때만큼 숲이 좋은 배경이 되어 아름답고 똑똑히 보이는 일은 없다. 왜냐하면 숲의 모습이 고스란히 담겨 있는 호숫물은 그런 경우 제일 좋은 전경(前景)이 되며, 꾸불꾸불한 기슭과 더불어 가장 자연스럽고 보기 좋은 경계를 이루기 때문이다.

그런 호숫가에는 도끼로 일부분을 쳐놓은 곳이라든지 경작지가 숲의 경계를 침범해서 생긴 상처나 결함이 숲의 가장자리에 나타나지 않는다. 나무들은 물가로 뻗어갈 여유가 얼마든지 있어, 나무마다 가장 힘찬 가지를 그쪽으로 내뻗고 있다. 이곳에선 자연은 자연스런 수를 짜놓았으며 사람의 눈은 호숫가의 낮은 덤불에서 점차적으로 제일 높은 나무로 올라간다. 인간의 손이 미친 자국은 거의 볼 수 없다. 호숫물은 천 년 전이나 마찬가지로 호숫가에 철렁거린다.

호수는 모든 경치 중에서도 가장 아름다우며 표현이 풍부한 형상이다. 그것은 대지의 눈이다. 그러므로 호수를 들여다보는 사람은 자기 인간성의 깊이를 잰다. 기슭 옆 물가에서 자란 나무들은 호수에 수술을 단 가냘픈 속눈썹이며, 그 주위의 우거진 언덕과 낭떠러지들은 그 위에 불쑥 내민 이마라고나 할까.

어느 잔잔한 9월의 오후, 뿌연 안개가 맞은편 호숫가를 어렴풋이 드러내고 있을 때, 호수 끝 동쪽의 맨들맨들한 모래사장에 서서 보니 '유리 같은 호수의 표면'이라는 표현이 어디서 나왔는지를 알 것 같았다. 머리를 거꾸로 하고 보면 호수는 계곡에 걸쳐 놓은 섬세한 거미줄같이 보이며, 먼 소나무숲을 배경으로 하여 빛을 발하며, 하나의 대기층(大氣層)을 다른 대기층과 갈라 놓은 듯이 보인다. 건너편 산에까지 물에 젖지 않고 걸어갈 수 있을 것 같은 생각이 드는 것이다.

게다가 호수를 스치는 제비들은 물 위에 앉을 수도 있을 것 같다고 생각하리라. 사실 제비들은, 때때로 착각이라도 한 듯 가끔 물 속으로 미끄러져 들어갔다가는 깜짝 놀라 날아오르는 것이다. 서쪽을 향해 호수 위를 바라보면 진짜 태양과 그 반사되는 빛이 다같이 밝기 때문에 그 빛에서 눈을 보호하기 위해 두 손으로 가리지 않으면 안 된다. 그리고 그 두 가지 빛 사이에서 수면을 살펴보면 글자 그대로 유리알같이 맨들맨들하다. 다만 수면에 똑같은 사이를 두고 흩어져 있는 물거미들이 있는 곳을 제외하고. 이것들은 움직일 때마다 햇빛에 반사되어 수면 위에 아주 작은 섬세한 파문을 일으킨다. 혹은 어쩌다가 물오리 한 마리가 날개를 가다듬거나, 앞서 말한 바와 같이 제비가 물 위에 닿을 만큼 낮게 스쳐 지나가는 곳은 제외하고 말이다.

멀리서 물고기가 공중에 3, 4피트의 아치를 그리는 일도 있다. 그러면 그 물고기가 물 속에서 뛰어나오는 곳에 밝은 섬광이 하나, 그리고 그것이 물 속에 떨어지는 곳에 또 하나의 섬광이 생긴다. 때로는 은빛의 아치가 온통 그대로 나타나는 일도 있다. 혹은 여기저기 엉겅퀴의 관모(冠毛)가 물 위에 떠돌아다니면 고기들이 그것을 향해 돌진하는 바람에 다시 파문이 일어나기도 한다. 수면은 마치 유리가 녹아서 식기는 했으나 굳어지지 않은 것처럼 보이나, 그 속에 떠 있는 티끌은 유리의 불순분자와 같이 맑고 아름답다.

그러나 더 맨들하고 더 짙은 물이 마치 눈에는 보이지 않는 거미줄에 의해서처럼 수령(水靈)들의 안식처로서, 다른 부분과 갈라지고 있는 곳도 간혹 볼 수 있다. 언덕 위에서 호수를 바라다보면 거의 어느 부분에서건 물고기가 뛰어 들어가는 것을 볼 수 있다. 그것도 강꼬치고기나 피라미가 이 맨들맨들한 수면으로부터 벌레를 낚아챌 때는 호수 전체의 균형이 분명하게 깨뜨려진다. 그리고 이 단순한 사실이 아주 교묘하게 선전되고 있는 것은 놀라운 일이다— 이와 같은 어족이 범하는 살해(殺害)는 노출되게 마련이니까—그리고 원을 그리고 있는 파문이 직경 6로드에 달할 때는 멀리 내가 있는 언덕에서도 알아볼 수 있다.

심지어는 물각시(수생곤충)가 4분의 1마일 떨어진 데서 맨들한 수면을 끊임없이 나아가고 있는 것까지도 알아볼 수 있다. 왜냐하면 물각시는 물 위에다 희미한 고랑을 내며, 양분기선(兩分岐線) 사이에 잔물결을 똑똑하게 내기 때문이다. 그러나 물거미는 눈에 띌 만큼 잔물결을 일으키지 않고 수면을 미끄러져 간다. 수면에 물결이 상당히 일 때에는 물거미도 물각시도 물 위에 나타나지 않는다. 그러나 수면이 잔잔한 날이면 숨어 있던 데서 나와, 한쪽 호숫가에서부터 충동적인 몸짓으로 물 위를 미끄러져 가다가 마침내는 호수를 완전히 횡단하고 만다.

태양의 따스함이 정말 고맙게 여겨지는 가을의 어느 맑

은 날에, 언덕 위의 나무 그루터기에 앉아 호수를 내려다보면서 반사된 하늘과 수목들 사이의, 그렇지 않으면 눈에 보이지 않는 수면에 끊임 없이 그려지는 잔물결의 파문을 관찰하고 있노라면 마음이 무척이나 차분해진다. 이 넓은 수면 위에 생기는 동요는 그것이 아무리 크더라도 이처럼 금시 잔잔해지며 가라앉게 된다. 그것은 마치 물이 가득 찬 항아리를 흔들어 놓아도, 그 가장자리에 닿으면서 수면이 다시 잔잔해지는 것과 같다. 호수에 고기 한 마리가 뛰어도, 벌레 한 마리가 떨어져도 그것은 아름다운 파문이 되어 사방에 알려지고 만다.

그것은 마치 원천수(源泉水)가 끊임 없이 치솟고 있듯이, 그 생명이 가만히 고동치고 있듯이, 그 가슴이 호흡을 하느라 부풀고 있는 것과 같다. 기쁨의 전율과 고통의 전율은 분간할 수 없다. 이 호수의 현상은 얼마나 평화로운가! 다시 인간의 작업은 봄날의 그것처럼 빛난다. 그렇다. 모든 나뭇잎과 가지와 돌과 거미줄이 봄날 아침에 이슬에 젖어 빛나듯이, 지금 이 오후에 인간의 작업은 빛나고 있다. 노(櫓)가 움직일 때마다, 아니 한 마리 벌레가 움직일 때마다 섬광이 생긴다. 그리고 노가 물에 닿을 때 그 반향(反響)은 얼마나 감미로운가!

9월이나 10월의 이러한 날, 월든 호수는 숲의 온전한 거울이며, 나의 눈에는 귀하고 드문 보석 같은 돌들로 그 주위를 둘러싸고 있다. 호수보다 아름답고 순수하고, 동시에 거대한 것이 이 지구의 표면에는 없으리라. 하늘의 물, 그것에는 울타리가 필요없다. 수많은 민족이 오고갔으나 그것을 더럽히지 못했다. 이것은 돌로 깰 수 없는 거울이며, 그 거울의 수은(水銀)은 닳아 없어지지 않을 것이며, 그 도금(鍍金)은 자연이 언제나 수리하리라. 어떤 폭풍도, 먼지도 언제나 깨끗한 표면을 흐리게 할 수는 없다—이 거울에 나타난 온갖 부정(不淨)은 그 속에서 가라앉으며, 태양의 아지랑이 같은 솔로 쓸어지고 털린다—그것은 빛이라는 걸레다—그리고 호수라는 이 거울 위에는 입김 자국 남기지 않고, 그 자체의 입김은 그 표면 위 높이 뜬 구름처럼 떠올라 그 고요한 가슴 속에서 다시 비쳐진다.

들판과도 같은 널따란 수면은 공중에 있는 정령(精靈)을 무심코 드러낸다. 그것은 계속해서 새로운 생명과 움직임을 공중에서 받고 있다. 그것은 그 성질상 땅과 하늘 사이에 끼여 있다. 육지에선 풀과 나무들이 흔들릴 뿐인데, 물은 그 자체가 바람으로 잔물결을 일군다. 나는 미풍이 물 위를 스쳐가는 것을 빛줄기와 섬광으로 알아본다. 우리가 수면을 내려다볼 수 있는 것은 놀랄 만한 일이다. 언젠가 우리는 공기의 표면까지도 내려다보고, 한층 더 섬세한 정령이 어디를 스쳐가는가도 보게 될 것이다.

10월 하순경, 심한 서리가 내리면 드디어 물거미와 물각시는 자취를 감춘다. 그때부터 11월말까지는 아무리 청명한 날씨라도 수면에 파문을 일으키는 것은 하나도 없다. 어느 11월 오후, 며칠 동안의 폭풍우가 지나간 후 하늘은 아직도 온통 구름으로 뒤덮이고 공기에는 안개가 가득히 끼어 있었다. 그런데 호수가 너무 잔잔했기 때문에 수면을 알아보기가 어려웠다. 그러나 수면은 그 반사하는 빛깔이 이미 10월의 빛나는 그런 빛깔이 아니고, 주위를 둘러싼 산들의 칙칙한 11월의 색깔이었다. 나는 될 수 있는 대로 가만가만 수면 위로 노를 저었으나 나의 보트가 일으킨 사소한 파동은 나의 눈이 닿는 곳까지 멀리 퍼져, 그 반영에 갈비뼈 같은 모양을 던져 주었다.

그러나 내가 수면을 바라보았을 때, 여기저기 먼 곳에서 희미한 빛이 시야에 들어왔는데, 그것은 마치 서리를 면한 물거미들이 그곳에 모여 있는 것 같았다. 혹은 수면이 너무도 잔잔하기 때문에 바닥에서 천수가 솟고 있는 곳을 나타내는 것 같았다. 가만히 노를 저어 그곳으로 갔던 나는 길이 5인치 가량 되는 엄청나게 많은 작은 퍼치 떼에 둘러싸인 나 자신을 발견하고 놀랐다. 퍼치들은 푸른 물 속에서 진한 구리빛을 띠고 쉴 사이 없이 물 위로 올라와 파문을 일으키며, 어떤 때는 수면에다 거품을 남겨 놓기도 했다. 이처럼 투명하고 바닥이 없을 것 같은 호수는 구름을 비추기도 하여, 마치 나는 기구(氣球)를 타고 공중에 떠 있는 듯했으며, 헤엄치는 퍼치들은 하늘을 날고 재주넘기를 하고 있는 것 같은 인상을 주었다. 그들이 마치 나보다 좀 낮은 곳을 좌우로 지나가는 운집한 새의 무리인 양, 그리고 그들의 지느러미는 그들의 주위에 펼쳐 놓은 돛과 같았다.

호수에는 그런 무리들이 많았으며, 겨울이 그들의 넓은 하늘 창문에다 얼음의 덧문을 치기 전에 이 짧은 계절을 즐기려는 듯이, 어떤 때는 마치 미풍이 수면을 스친 것처럼 혹은 빗방울이 몇 개 그곳에 떨어진 것처럼, 물 위로 솟구쳐 나오기도 했다. 내가 가까이 가서 그들을 놀라게 하면, 마치 누가 까슬까슬한 나뭇가지로 수면을 친 것처럼 그들은 갑자기 물을 튀기며 꼬리로 파문을 일으키며 금세 깊은 곳으로 몸을 감췄다. 드디어 바람이 일고 안개가 더 심해지고 물결이 일기 시작하자, 퍼치들은 전보다 더 높이 물 위로 뛰어올라, 3인치 길이의 백여 개의 검은 점이 단번에 수면에 나타나는 것 같았다.

어느 핸가 11월 5일에도 나는 수면에 일어난 약간의 파문을 보았으며, 공중은 안개로 가득 차 있었기에 곧 큰 비가 내릴 거라고 생각하여, 급히 노를 잡아 집을 향해 저었다. 나는 내 볼에 빗방울이 떨어지는 것을 전연 느끼지 못했으나 비는 급작스레 더 심해 가는 것 같았다. 그래서 나는 비에 흠뻑 젖을 거라고 미리 겁을 먹었다. 그러나 갑자기 파문이 잦아들었다. 그 파문은 퍼치들이 일으켜 놓은 것이었는데, 나의 노 소리에 놀라 물 속 깊이 달아났기 때문이었다. 나는 고기 떼가 어렴풋이 사라져 가는 것을 볼 수 있었다. 이리하여 나는 결국 맑은 오후를 맞았다.

약 60년 전, 주위를 둘러싼 숲 때문에 호수가 어두웠던 무렵에 이 호수에 자주 드나들던 어느 노인이 나에게 말하기를, 그 당시엔 이 호수에 오리니 그 밖의 물새들이 무척이나 많았다고 한다. 또, 그 근처에는 많은 독수리들이 있었다는 것이다. 그 노인은 낚시를 하기 위해 이곳에 왔었으며, 호숫가에서 발견한 묵은 통나무배를 사용했다고 한다. 그것은 두 개의 백송 통나무를 파서 이은 것인데 양쪽을 네모나게 잘라 놓은 것이었다. 그것은 매우 투박하여 아름답지는 않았으나 오랜 세월 사용되었으며, 결국에는 물에 잠겨 아마 호수 바닥에 가라앉았을 거라고 한다. 노인은 그것이 누구의 것인지는 몰랐다. 노인은 그것의 주인은 호수였을 거라고 말했다. 그는 호두나무 껍질로 엮은 줄을 닻줄로 사용했다.

미국이 독립하기 전에 이 호숫가에서 살았던 옹기장이 한 노인이 어느 날 그 노인에게, 이 호수 바닥에 쇠로 만든 궤짝이 있는 것을 본 일이 있다는 이야기를 하였다. 그 쇠 궤짝이 가끔 물가로 떠밀려 오기도 했으나, 사람이 그쪽으로 가면 깊은 물 속으로 되돌아가선 사라져 버리고 만다는 것이었다.

나는 그 오래된 통나무배가, 재료는 같으나 더 아름답게 만들어진 인디언의 통나무 배를 대신했다는 말을 듣고 기분이 좋았다. 어쩌면 처음에는 호숫가에서 자라고 있던 어떤 나무가, 어쩌다가 호수 속에 쓰러져서 이 호수의 가장 알맞은 선박으로서, 한 세대 동안 그곳에 떠 있었으리라.

내가 처음 호수의 깊은 곳을 들여다보았을 때, 바닥에 큰 통나무들이 많이 깔려 있는 것을 어렴풋이 본 기억이 난다. 그것들은 바람에 의해서 쓰러졌거나 아니면 나무값이 쌀 때, 마지막으로 잘린 채 얼음 위에 방치된 것일 수도 있다. 그러나 지금은 대부분 사라져 버리고 없다.

내가 맨 처음 월든 호수에서 보트를 저었을 때, 호수는 울창한 키 큰 소나무와 우거진 떡갈나무의 숲으로 완전히 둘러싸여 있었다. 그리고 몇몇 작은 만에는 포도덩굴이 물가의 수목 위에 뻗어 정자(亭子)를 만들고 있었으며 그 밑으로는 보트가 지나갈 수도 있었다. 호숫가를 이루고 있는 언덕들은 퍽 험하고, 그 언덕에 있는 숲은 아주 높았으므로 호수의 서쪽 끝에서 내려다보면 호수는 마치 숲속의 멋진 광경을 보기 위한 원형극장과도 같았다. 나는 젊었을 때, 여름날 오후는 호수 한가운데로 보트를 저어가서는 보트에 반듯이 누워, 눈뜨고 꿈꾸는 듯이, 서풍이 부는 대로 호수 위를 미끄러져가면서 몇 시간을 보냈었다. 그러다가 보트가 기슭에 다다르면 일어나서 나의 운명의 여신(女神)이 나를 어느 물가로 밀고 나갔는지 알아보았다.

그 시절이야말로 게으름이 가장 매력적이며 생산적인 산업이었다. 나는 여러 번 오전 중에 몰래 빠져나와, 하루의 가장 중요한 부분을 그렇게 보내기를 좋아했다. 그 당시 나는 정말로 부자였다. 돈이 많아서가 아니라 햇볕을 쬐는 시간과 여름 날을 풍부하게 가졌기 때문이다. 나는 그것들을 아낌없이 사용했다. 그리고 나는 내가 많은 시간을 공장이나 학교의 책상에서 보내지 않았던 것을 후회하지 않는다. 내가 호숫가를 떠난 이후, 나무꾼들은 호숫가를 더 멀리까지 황폐시켜 놓았으며, 이제 앞으로 몇 해가 지나면 숲속의 통로를 거닐며 호수를 바라볼 가망도 없으리라. 나의 시신(詩神)이 이제부터 침묵을 지키더라도 용서하겠다. 새들의 숲이 잘리고 있는데, 어떻게 새들이 노래하기를 기대할 수 있겠는가?

이제는 호수 바닥의 통나무들과 오래된 통나무배도, 그리고 울창하게 둘러싸인 숲들도 사라져 버렸다. 그리고 이 호수가 어디 있는지도 거의 모르고 있는 마을 사람들은 호수에 와서 수영을 하고 물을 마시는 대신에 적어도 갠지즈 강처럼 신성해야 할 호숫물을 수도관으로 마을로 끌어와서는 그들의 접시를 씻으려고 궁리하고 있다. 즉, 수도꼭지를 비틀거나 혹은 마개를 열어서 월든 호수를 손에 넣으려고 궁리하고 있다. 귀를 찢을 듯한 울음소리로 온 마을을 뒤흔드는 저 마귀 같은 철마(鐵馬)는 그 발굽으로 보일링 천수(泉水)를 흐려 놓았다. 그리고 월든 호숫가의 숲들을 죄다 잘라먹은 것도 그 철마이다. 돈만 바라는 그리스인들이 도입한 저 트로이의 말[馬][3]은 그의 뱃속에 천 명을 넣고 있다. 그 철마를 디프컷에서 맞아, 그 뽐내는 이질(痢疾) 같은 철마의 갈비뼈 사이에 복수의 창을 찌르는 무어홀의 무어[4]와 같은 이 나라의 용사는 어디에 있는가?

아마도 내가 알고 있는 모든 월든의 성격 중에서 가장 잘 보존된 것은 그 순수성일 것이다. 많은 사람들이 이 호수에 비유되었지만 그 영예를 받을 만한 사람은 거의 없었다. 나무꾼들이 제일 먼저 이 둑 저 둑을 발가숭이로 만들어 놓았고, 그 다음엔 아일랜드인들이 그 옆에다 오두막집을 지었으며, 철도가 그 경계선에 침입했으며, 그리고 얼음 장수들이 호수의 얼음을 걷어갔지만 호수 자체는 아무런 변함도 없으며, 내가 젊었을 때 보았던 물이나 하등 다름이 없다. 다만 모든 변화는 나에게 있을 뿐이다.

이 호수는 그 모든 잔물결에도 불구하고 영원한 주름살은 하나도 남아 있지 않다. 그것은 영원히 젊다. 그리고 옛날과 다름없이 제비도 물 위에서 벌레를 잡으려고 물 속에 살짝 잠기는 것을 서서 바라볼 수 있으리라. 나는 이 밤에도, 마치 내가 20년 이상이나 매일같이 이 호수를 보아 오지 않았던 것처럼 새로운 감동을 받았다. 아, 여기에 월든 호수가 있구나. 내가 오래 전에 발견한 똑같은 숲속의 호수가!

지난 겨울 벌채된 물가에는 또 하나의 어린 숲이 기운차게 자라나고 있다. 그때와 똑같은 사색이 그 수면에 치솟아 있다. 그것은 호수 자신과 그 창조주에게, 그리고 나에게도 똑같은 유동(流動)의 기쁨과 행복이다. 이 호수는 확실히 마음속에 아무런 음흉함이 없는 용자(勇者)의 창조물이다! 그 용자는 호숫물을 자기 손으로 둥글게 만들어 자기 사상 안에 깊이 파고 맑게 하여, 유물로 콩코드 시에 이 호수를 남겨 준 것이다. 호수의 얼굴을 보니 호수 역시 나와 똑같은 회상에 잠긴 것을 알 수 있다. 그래서 나는 이렇게 말하지 않을 수 없다. 오 그대, 월든인가? 하고.

나의 꿈은
선 하나를 장식하는 것이 아니다.
내가 월든 호숫가에 사는 것보다
신과 천국에 더 가까이 갈 수는 없다.
나는 그 호수의 돌 깔린 기슭이며
그 위를 스쳐 지나가는 미풍이다.
나의 손바닥의 옴폭 들어간 곳에
이 호수의 물과 모래가 담아지며
호수의 가장 깊은 곳은
나의 생각 속에 드높이 박혀 있다.

기차가 이 호수를 보기 위해 멈추는 일은 절대로 없다. 그래도 나는 기관사와 화부와 제동수(制動手)들, 그리고 정기권(定期券)을 가지고 자주 이 호수를 보는 여객들은 그 광경 때문에 더 나은 여행을 했을 거라고 상상한다. 기관사는 적어도 낮 동안 한 번은 이 평온하고도 청명한 광경을 보았다는 것을(적어도 그의 영혼은) 밤에도 잊지 않을 것이다. 아니 그가 존재하는 한 잊지 않을 것이다. 비록 단 한 번밖에 보지 않았지만 그것은 혼잡한 보스턴의 거리들과 기관차의 검정을 씻어내는 데 도움이 될 것이다. 그러니 이 호수를 '신의 물방울'이라고 부르면 어떻겠는가?

월든 호수에는 눈에 보이는 유출구나 유입구가 없다고 앞서 말한 바 있다. 그러나 이 호수는 한편으로는 더 높은 지대에 있는 플린트 호수와, 그쪽에서 내려오는 일련의 작은 호수들에 의해서 멀리 그리고 간접적으로 관련되어 있다. 그리고 다른 한편으로는 좀 낮은 지대에 있는 콩코드 강과도 역시 일련의 작은 호수들에 의해서 직접적으로, 그리고 명백히 연결되고 있다. 어느 지질학적(地質學的) 시대에는 이들 호수를 통하여 월든 호수가 콩코드 강쪽으로 흘렀을지도 모르며, 조금만 호수바닥을 파면—그러나 그런 일은 하느님이 금하고 있다.— 다시 그쪽으로 흘러가게 할 수 있을 것이다. 만일 이 호수가 마치 숲속의 은자(隱者)처럼, 그렇게 오랫동안 이렇게 깊숙한 곳에서 엄숙하게 삶으로써 그런 놀라운 순결성을 얻은 것이라고 한다면, 비교적 불순한 플린트 호숫물이 이 호수에 섞이게 되거나 혹은 이 호숫물이 바다의 물결 속에서 그 향기를 잃게 된다면 섭섭하게 여기지 않을 사람이 누가 있겠는가?

링컨 마을 근처에 있는 플린트 호수, 일명 샌디 호수는 가장 큰 호수 또는 내해(內海)이며, 이것은 월든 호수의 동쪽으로 1마일 가량 떨어진 곳에 위치해 있다. 이 호수는 매우 크며 그 넓이는 197에이커에 달한다고 하는데, 물고기들도 매우 많다. 그러나 비교적 얕으며 물도 그다지 맑지 않다.

숲을 지나 그곳으로 산책하는 것은 나의 즐거움이기도 했는데, 바람이 마음대로 볼에 불어오는 것을 느끼거나, 물결이 치는 것을 보거나, 선원들의 생활을 회상하는 것만으로도 그곳에 갈 가치는 충분했다. 바람 부는 가을 날 나는 밤을 주우며 그곳에 갔었는데, 그때 밤이 물 속으로 떨어졌다가는 내 발 밑으로 떠밀려 오는 것이었다. 어느 날, 나는 얼굴에 물보라를 맞으며 사초(莎草)가 무성한 물가를 따라 살금살금 걸어가다가 우연히도 썩어 무너지고 있는 보트의 잔해에 부딪쳤다. 뱃전은 다 없어지고 겨우 밑바닥인 듯한 조각만이 왕골초 사이에 남아 있었다. 그래도 마치 썩은 커다란 수초 잎에 잎맥이 남아 있는 것처럼 그 원형(原形)은 아주 분명했다. 그것은 바닷가에서 상상할 수 있는 난파선과 같이 인상적이며, 그때와 같이 교훈적이었다. 이제는 단지 옥토(沃土)가 되고 식별할 수 없는 호수의 흙이 되어, 그 사이에서 왕골초와 창포가 자라고 있었다.

나는 늘 이 호수의 북쪽 끝 모래사장에 생긴 파문을 보고 감탄했었다. 이 모래사장은 물의 압력으로 인해서 단단하게 되어 그 위를 걷는 사람의 발에는 딱딱하게 느껴졌다. 그리고 이 파문에 응하여, 마치 물결이 그곳에다 심어 놓은 듯이 일렬로 자란 왕골초에 감탄했던 것이다. 나는 거기서 또 상당한 양의 공 모양의 신기한 것을 발견했다. 이것들은 아마 떠풀의 섬세한 잎이나 뿌리로 된 것이 분명했는데, 직경이 0.5인치 내지 4인치 되는 완전한 구형(球形)이었다.

이것들은 얕은 물 속 모래바닥 위에서 앞뒤로 흔들리고 있는데, 간혹 물 가로 밀려나오기도 한다.

이것들은 속이 풀로 꽉 차 있거나 아니면 그 속에 모래가 좀 들어 있다. 처음 보면 그것들은 조약돌처럼, 물결의 작용으로 만들어진 것이라고 생각하기 쉽다. 그러나 그 중 가장 작은 직경이 0.5인치의 공도 그 구성재료는 똑같으며, 그것은 일 년 중의 한 계절에만 만들어지고 있다. 더구나 물결은 이미 굳어진 물질을 견고하게 해주기보다는 닳게 하는 것이 아닌가. 이것들이 마르면, 그 기한은 명확치 않으나 한동안은 그 형태를 그대로 유지한다.

플린트 호수라니! 우리의 작명법(作名法)은 그처럼 빈약하다. 불결하고 우둔한 농부가―그의 농장을 하늘이 만들어 놓은 물 옆에 세우고 호숫가를 무참하게 헐벗겨 놓았는데도―무슨 권리로 자기 이름을 이 호수에다 붙였단 말인가? 자기의 철면피 같은 얼굴을 비춰 주는 은전(銀錢)이나 빛나는 동전을 더 좋아하는 어떤 구두쇠, 그자는 이 호숫가에 정주하는 기러기들을 침입자라고까지 보며, 얼굴과 몸은 여자이고 매의 날개와 발톱을 가진 욕심꾸러기 괴물처럼 물건을 탐내어 긁어모으는 오랜 습성으로 손가락과 손톱이 구부러진 뿔같이 되어 있다.―그러니 플린트 호수란 이름을 나는 받아들이기가 힘들다.

나는 그자를 보기 위해, 혹은 그자의 얘기를 듣기 위해 그곳에 가는 게 아니다. 그자는 이 호수를 보지 않았으며 거기서 헤엄치지도 않았으며, 이 호수를 사랑하지도, 보호하지도 않았으며, 이 호수를 칭찬하지도 않았으며, 신이 이 호수를 만들어 놓은 데 대해 감사도 하지 않았다. 차라리 이 호수의 이름을 이 속에서 헤엄치는 물고기나 이곳에 자주 나타나는 새나 네발 짐승이나, 이 물가에서 자란 야생의 꽃이나 혹은 그 생애의 올이 이 호수의 역사와 함께 짜여진 어느 야인(野人)이나 아이의 이름을 따서 짓는 게 나았지 않았을까?—자기와 비슷한 마음씨를 가진 이웃 사람이나 법률이 그에게 준 토지증서(土地證書)밖에는 이 호수에 대해서 아무 권리도 주장할 수 없는 자, 이 호수의 가격만을 생각했던 자의 이름을 붙여서는 안 되었다.

그의 존재는 이 호수의 온 기슭에 저주를 불러일으켰으리라. 그리고 이 주위의 땅을 혹사한데다 호수의 물까지 죄다 써버리고 싶었던 자. 이 호수가 영국의 건초나 황새딸기 등이 자라는 목장이 아닌 것을 유감으로 느끼는 자—그자의 눈엔 그것을 보상할 것이라고는 전혀 아무것도 없다—그리고 물을 모두 빼내어, 바닥의 진흙이라도 팔아 버리고 싶었을 자, 그런 자의 이름을 따서도 안 된다. 그것은 그의 물방아를 돌려 주지 않았으며, 그에게는 이 호수를 보는 것이 아무런 특권도 아니었다. 나는 그의 노동도, 낱낱이 가격이 붙어 있는 그의 농장도 존경하지 않는다.

그는 팔 수만 있다면 풍경을, 신(神)을 시장으로 끌고 갔으리라. 사실 그의 신은 시장에 있다. 그의 농장에서 자유로이 자라는 것은 아무것도 없으며, 그의 들에선 아무 곡식도 열지 않으며, 그의 목장에선 아무 꽃도 피지 않으며, 그의 과수원에선 아무 열매도 맺지 않는다. 오로지 달러밖에는 열리지 않는 것이다. 그는 과일의 아름다움을 사랑하지 않으며, 그의 과일이 달러로 바꾸어질 때까지는 완전히 익는 것으로 보지 않는다.

나에게 참다운 부(富)를 누릴 수 있는 가난을 다오! 농민이 가난할수록―즉 나에겐 빈자일수록 그것에 비례하여 존경할 만하게 보이며 더 흥미가 있다. 시범(示範) 농장이라고? 그 곳에는 집이 퇴비(堆肥) 속에 자라난 버섯처럼 서 있으며 사람·소·말·돼지 등을 위한 방들이 소제된 것, 안 된 것 할 것 없이 죄다 다닥다닥 붙어 있다. 인간과 더불어 가축을 기르다니! 가축들의 똥오줌 냄새와 향기로운 버터밀크의 냄새가 뒤섞이고, 인간의 심장과 뇌수가 시비되어 고도의 경작 상태 하에 놓여 있다니! 마치 묘지에서 감자를 재배하듯! 그래. 그것이 시범적인 농장이다.

아니, 아니다. 만일 가장 아름다운 형태를 지닌 풍경에다 사람의 이름을 따서 이름을 붙여야 한다면 가장 고귀하고 가장 훌륭한 사람들의 이름에만 한정하도록 하자. 적어도 우리의 호수는 아직도 그 호숫가에 '용감한 의도가 울리고 있는 아카로스의 바다[5]처럼 참다운 이름이 주어지도록 하자.'

넓이가 작은 구스 호수는 플린트 호수로 가는 도중에 있다. 콩코드 강의 옆이며 약 70에이커의 넓이가 된다는 페어헤이븐 호수는 이곳에서 남서쪽으로 1마일 지점에 있다. 이것이 나의 호반지대이다. 이 호수들은 콩코드 강과 더불어 내가 특권을 가진 수역(水域)이다. 그리고 밤낮을 가리지 않고 해마다 내가 가지고 오는 곡식을 빻는다.

나무꾼과 철도와 그리고 내 자신이 월든 호수를 더럽힌 이래, 우리의 모든 호수 중에서 가장 아름답지는 않을지언정 아마 가장 매력적인 호수는 숲의 보석인 화이트 호수일 것이다—이 평범한 이름은 호숫물이 아주 맑은 데서 유래한 것이건, 혹은 그 모래 빛깔에서 유래한 것이건 간에 빈약한 이름이다. 그러나 이런 점에 있어 이 호수는 다른 점에 있어서와 같이, 월든의 더 작은 쌍생아(雙生兒)이다.

이 두 호수는 너무나도 닮아 있어서, 그들은 지하에서 연결되고 있음에 틀림없으리라는 생각이 든다. 똑같이 돌이 많은 기슭도 똑같고 그 물빛 역시 같은 빛깔이다. 월든 호수에서와 같이 무더운 복중에 바닥에서의 반사가 착색(着色)하리만큼 깊지 않은 작은 만을 숲 사이로 내려다보면 호숫물은 안개가 낀 것 같은 청록색이나 회록색을 띤다. 몇 해 전에 나는 사지(砂紙)를 만들 모래를 채취하기 위해 짐수레를 끌고 그곳으로 가곤 했다. 그리고 그후에도 계속하여 그곳을 찾아갔다. 그곳에 자주 드나드는 어떤 사람이 이 호수를 비리드 호수, 즉 녹색호수라고 부르기를 제안하고 있다. 그러나 나는 이 호수를 다음과 같은 이유에서 옐로우 파인 호수[黃松湖]라 부르는 게 좋을 것 같다.

약 15년 전에 무슨 뚜렷한 종(種)은 아니지만, 물가에서 몇 로드 떨어진 깊은 수면 위에, 이 근처에서 황송이라고 부르는 종류의 소나무 꼭대기가 뾰죽 내밀고 있는 것을 볼 수 있었다. 어떤 사람들은 육지가 가라앉아 이 호수가 생겨났고 이 황송은 예전 그곳에 서 있었던 원시림의 하나라고 상상하기도 했다. 상당히 오래 전인 1792년에 매사추세츠 역사학회에 수록된 '콩코드 시의 지형지(地形誌)'란 글에서 이 글을 쓴 저자는 월든 호수와 화이트 호수를 논한 다음, 다음과 같이 덧붙이고 있는 것을 나는 발견한 바 있다. 즉, '화이트 호수의 수위가 내려가면 지금 서 있는 그 자리에서 자란 것같이 보이는 수목이 보인다. 그러나 그 나무의 뿌리는 물 표면에서 물 밑 50피트 깊이에 박혀 있다. 이 나무 꼭대기는 부러져 있으며 그곳의 직경은 14인치나 된다.'

이 호수에서 가장 가까운, 서드베리에 살고 있는 사람과 나는 1845년 봄에 이야기를 하였는데 그가 말하기를, 10년인가 15년 전에 이 나무를 그가 건져냈다는 것이다. 그의 기억이 확실하다면, 그 나무는 물가에서 12로드 내지 15로드 가량 떨어져 있었으며, 그곳의 물 깊이는 30피트 내지 40피트였다는 것이다. 그때는 겨울이었는데 그는 오전 중에 얼음을 잘라내다가 오후에 이웃 사람들의 도움을 받아 그 늙은 황송을 건져내기로 마음먹었던 것이다. 그는 물가 쪽으로 얼음을 썰어서 골을 만든 다음, 그 황송을 소의 도움을 받아 얼음 위로 끌어올렸다. 그러나 그가 일을 착수한 지 얼마 안 되어 그는 놀랍게도 황송이 거꾸로 박혀서 가지가 아래쪽을 향하고 있으며, 그 가는 끝이 모래 바닥에 꼭 박혀 있는 것을 발견하였다. 그 나무는 굵은 쪽 끝의 직경이 1피트쯤 되었다. 그래서 그는 훌륭한 판자용 목재가 되리라고 기대했으나, 너무도 심하게 썩어 있어서 장작으로밖에 쓸 수 없었다. 그는 그 일부를 자기 집 헛간에 두고 있었다.

나무의 밑둥에는 도끼로 찍은 자국과 딱다구리가 쪼은 자국이 있었다. 그는, 이 나무는 호숫가에서 이미 고목이 되어 있었으며 마침내 바람에 의해 호수 쪽으로 넘어졌을 것이라고 생각했다. 그래서 꼭대기엔 물이 배고 밑둥은 아직 말라서 가벼울 때 호수로 떠밀려가다 거꾸로 박히게 된 것 같다고 했다. 그의 부친은 80세였는데, 그 나무가 그곳에 없었던 때를 기억할 수 없다고 한다. 이 호수 바닥에는 여전히 몇 개의 꽤 큰 통나무들이 깔려 있는데, 물결이 움직일 때마다 거대한 물뱀이 꾸물거리고 있는 것같이 보인다.

이 호수는 보트의 모욕을 받는 일이 거의 없었다. 어부를 유혹하는 고기들이 이 호수에는 거의 없기 때문이다. 진흙을 요구하는 백수련(白睡蓮)이나 보통의 창포 대신 붓꽃이 호숫가 일대의 돌바닥에서 솟아나 맑은 물 속에서 가늘게 자라고 있으며, 6월이면 벌새들이 이곳을 찾아온다. 그 푸르스름한 잎과 꽃의 색깔은 청록색 물과 이상야릇한 조화를 이룬다.

화이트 호수와 월든 호수는 지상의 커다란 수정이며 광명의 호수이다. 만약 이들이 영원히 응결되고 훔쳐갈 수 있을 만큼 작은 것이었다면, 아마 보석처럼 제왕(帝王)들의 머리를 장식하기 위해 노예들이 캐가고 말았으리라. 그러나 이들은 유동하며 광대하며 우리와 우리 후손들에게 영원히 보장되어 있으므로 우리는 그들을 무시하고 코히누르의 다이아몬드[6]를 뒤쫓는 것이다. 이들은 너무도 순결하므로 시장의 시세(時勢)에 비할 수가 없다. 이들에게는 더러운 것이라고는 전혀 없다.

이들은 우리들의 인생보다 얼마나 더 아름다운가! 우리의 인격보다 얼마나 더 투명한가! 우리는 이들에게서 비굴함을 배울 수 없다. 농부의 집 앞, 집오리들이 헤엄치는 연못보다 얼마나 더 아름다운가! 이곳에는 깨끗한 들오리들이 찾아온다. 자연에게는 자연을 높이 평가하는 인간의 주민이 없다. 새들에게는 유머가 있고 노래가 있으니 꽃과 조화를 이룬다. 그러나 어떤 청년이, 어떤 처녀가 자연의 풍요한 야생미(野生美)와 합작하는가? 자연은 그들 남녀가 사는 도시에서 멀리 떨어져 홀로 번영한다. 자연을 놓아 두고 천국을 말하다니! 그대들은 그럼으로써 대지를 더럽히는 것이다.

주

1) 밀턴의 Lycidus 193행의 인용.

2) 그리스의 파르나소스 산기슭에 있는 예술의 여신의 천수로, 시적인 영

감을 준다는 샘물.

3) 그리스인들이 목마 속에 군사를 넣어 트로이를 친 고사에 비유하여, 여기서는 기차를 그렇게 저주한 것임.

4) 고대 영국의 시가(詩歌)에 나오는 전설적인 영웅. 동굴 속에서 용을 퇴치하였음.

5) 그리스 신화에서 이카로스는 위대한 발명가였던 디탈로스의 아들이었다. 크레타 섬의 폭군에게 붙들려 있던 중 아버지가 만든 인조 날개를 달고 탈출했으나, 이카로스는 태양에 너무 가까이 갔다가 태양열에 초가 녹아 바다에 떨어져 죽었는데, 그 이름을 따서 해역 이름을 만들었다.

6) 영국 왕실이 소장하는 다이아몬드. 1850년 빅토리아 여왕이 입수한 것임.

봄

채빙부(採氷夫)들이 넓은 면적의 얼음을 잘라내면 대개 호수는 비교적 빨리 해빙기를 맞는다. 왜냐하면 물은 추운 날씨에도 바람에 움직이며 주위의 얼음을 녹이기 때문이다. 그러나 그 해 월든 호수는 그렇지 않았다. 낡은 옷 대신 새 옷을 입듯 호수에는 두터운 얼음이 금방 새롭게 얼었던 것이다. 이 호수는 깊은데다 얼음을 녹이거나 닳게 하는 물 흐름이 없기 때문에 근처의 다른 호수들처럼 빨리 해빙되는 일이 없었다. 여러 호수에 격심한 시련을 준 1852년에서 53년의 겨울도 예외는 아니었다. 이 호수가 겨울 동안에 해빙이 된 것을 나는 들어보지 못했다.

이 호수는 대개 플린트 호수와 페어헤이븐 호수보다 일주일, 혹은 열흘 늦은 4월 1일경에, 처음 얼기 시작한 북쪽과 얕은 곳에서 녹기 시작한다. 이 호수는 기온의 일시적 변화에 영향을 가장 적게 받기 때문에 이 근처의 어느 물보다도 계절의 절대적인 운행(運行)을 잘 나타낸다. 3월에 심한 추위가 2, 3일만 계속되어도 다른 호수들의 해빙은 심히 늦어지게 마련인데, 월든 호수의 온도는 별 지장을 받지 않고 상승한다.

1847년 3월 6일에 월든 호수의 한가운데에 집어넣은 온

도계는 화씨 32도, 즉 빙점(氷點)을 가리켰다. 기슭 가까이서는 33도였다. 같은 날 플린트 호수의 중앙은 32도 반이었으며 기슭에서 12로드 가량 떨어진 1피트 두께의 얼음 밑 얕은 물 속은 36도였다. 후자의 깊은 곳과 얕은 곳의 온도에 이처럼 3도 반이라는 차이가 있다는 것, 그리고 그 호수의 대부분이 비교적 얕다는 사실이 월든 호수보다 훨씬 빨리 해빙하는 원인을 제시한다. 이 무렵 가장 얕은 곳의 얼음은 호수 중앙의 얼음보다 몇 인치가 얇다.

그러나 겨울에는 중앙이 가장 따뜻하며 그곳의 얼음이 가장 얇다. 그러므로 여름에 호숫가 근처의 물 속에 들어가 본 사람이면 누구나 알다시피 3, 4인치 깊이밖에 안 되는 기슭 가까이의 물의 온도는 좀 떨어진 곳보다 훨씬 더우며, 깊은 곳에서는 수면이 바닥보다 훨씬 더 덥다. 봄에는 태양이 공기와 대지의 온도를 높여 영향을 끼칠 뿐만 아니라, 태양열은 1피트 혹은 그 이상의 두께의 얼음을 뚫고 들어가며, 얕은 물에서는 바닥에서 반사되어 역시 물을 데우고 얼음 밑쪽을 녹인다. 이와 동시에 태양열은 얼음을 울퉁불퉁하게 만들며, 또 얼음이 내포한 공기를 위아래로 팽창시켜 마침내는 완전히 '벌집화'시키고, 드디어는 단 한 번의 봄비에도 갑자기 사라지고 만다.

얼음에도 나무처럼 결이 있는데 얼음덩어리가 허물어지거나 벌집화되기 시작하면, 다시 말하면 벌집의 꼴을 취하게 되면 그 위치가 어떤 위치이건 공기층은 수면이었던 부분과 직각이 된다. 암석이나 통나무가 수면 가까이 솟아 있는 곳에서는 그 위의 얼음은 훨씬 얇으며 반사된 열에 의하여 거의 녹아 버리다시피 하는 경우도 자주 있다.

들은 이야기인데, 케임브리지에서 나무로 된 얕은 연못에서 물을 얼리려는 실험을 했는데, 찬공기가 물 밑으로 들어가 상하에 찬공기가 접근했으나, 바닥에서부터의 태양열의 반사는 그 이점을 제하고도 남았다는 것이다. 한겨울의 따뜻한 비가 월든 호수의 눈·얼음을 녹이고 호수 한가운데다 단단하고 검은, 혹은 투명한 얼음을 남겨 놓을 때, 기슭 근처의 1로드 또는 그 이상의 넓이의 비교적 두꺼운 흰색의 얼음은 이 반사열에 의해서 쉽게 부서지는 상태가 된다. 또 내가 말한 바와 같이 얼음 속의 기공(氣孔) 자체는 집열렌즈처럼 작용하여 그 밑의 얼음을 녹이는 것이다.

그 해의 현상은 매일 호수 안에서 소규모로 발생한다. 대체로 말해서 아침부터 얕은 곳의 물은 별로 더워지지 않아도 깊은 곳보다 더 빨리 더워지며, 저녁부터 다음날 아침까지는 더 빨리 식는다. 하루는 한 해의 축도이다. 밤은 겨울이며 대낮은 여름이다. 얼음이 튀고 쪼개지는 소리는 온도의 변화를 표시한다. 1850년 2월 4일, 추운 밤을 보내고 맞이한 상쾌한 아침에 나는 플린트 호수에서 하루를 보내기 위해 그곳으로 갔다. 그런데 내가 도끼머리로 얼음을 치자, 얼음은 마치 징처럼 혹은 팽팽한 북머리나 친 것처럼 사방 여러 로드로까지 울려퍼져 나를 깜짝 놀라게 했었다.

호수는 해가 뜬 지 한 시간 후, 태양광선이 언덕 너머로 비스듬히 비치자 그 영향권 안으로 들어가 소리를 내기 시작했다. 호수는 마치 잠을 깨는 사람처럼 기지개를 켜고 하품을 하며 차츰 더 소란해져 갔다. 이런 상태가 서너 시간 계속되었다. 호수는 정오에 잠깐 낮잠을 자며, 태양이 그 영향력을 거둬들이는 무렵에 다시 한 번 소리를 냈다. 기후가 알맞는 때는 호수는 아주 규칙적으로 저녁 예포를 발사한다. 그러나 대낮에는 툭툭 튀기는 소리로 가득 차 있으며, 공기 또한 탄력이 적기 때문에 호수는 그 반향(反響)을 아주 잃고 있다. 그러므로 아마 얼음 위를 치더라도 물고기와 사향쥐들은 놀라지 않을 것이다.

'호수의 천둥'은 고기들을 놀라게 하여 미끼를 물지 않게 한다고 낚시꾼들은 말한다. 호수가 저녁마다 천둥을 치는 것은 아니다. 그리고 언제 천둥이 칠는지 확실히 알 수 없다. 그러나 날씨에는 아무 변동이 없는데도 호수는 천둥을 치는 것이다. 그처럼 크고 차가우며 두꺼운 껍질을 가진 것이 그토록 민감하리라고 누가 상상이나 했을 것인가. 그러나 호수는 마치 봄이 되면 새싹이 싹트는 것만큼 확실하게, 천둥이 쳐야 할 때에는 그 법칙에 따라 천둥을 친다. 대지는 온통 살아 있으며 작은 젖꼭지 모양의 솔기에 덮여 있다. 아무리 넓은 호수일지라도 대기(大氣)의 변화에 대해서는 시험관 속의 수은(水銀) 방울처럼 민감하다.

숲에 들어와 살면서 내가 큰 매력으로 느끼는 것은 봄이

오는 것을 볼 여가와 기회를 가졌다는 점이다. 호수의 얼음은 마침내 벌집 모양으로 되기 시작했으며. 그래서 내가 그 위를 걷노라면 내 구두굽 자국이 그 속에 나 있었다. 안개와 비와 점점 따뜻해지는 태양이 계속해서 눈을 녹이고, 해는 알아볼 수 있을 만큼 길어졌다. 그래서 나는 장작더미를 높이지 않아도 겨울을 넘길 수 있을 것 같았다. 불을 많이 피울 필요가 없으니까 말이다. 나는 맨 처음 봄이 오는 징후(徵候)에 주의한다. 즉 이곳에 온 어떤 새의 노래라든지, 줄무늬다람쥐—그의 겨울 식량은 이젠 거의 다 없어졌음에 틀림없을 테니까—의 소리를 우연히 듣거나 혹은 들쥐가 겨울의 피신처에서 대담하게 기어나오는 것을 본다.

3월 13일, 나는 벌써 유리울새와 노래 참새와 티티새의 소리를 들었는데도 얼음은 아직도 거의 1피트의 두께를 유지하고 있다. 날씨는 더웠어도 얼음은 하천에서와 같이, 눈에 보이게 물에 녹거나 쪼개져서 떠내려 가거나 하지 않았다. 기슭에서 반 로드 가량의 폭으로 얼음은 완전히 녹아 있었지만, 중간은 단지 벌집 모양이 되어 물을 머금고 있다. 6인치 두께인데도 발로 그것을 뚫을 수 있었다. 그러나 다음날 저녁까지 안개가 끼고 비가 내리면 얼음은 안개와 더불어 귀신에 홀려 간 듯이 다 녹아서 완전히 사라지고 말 것이다.

어느 해인가 나는 얼음이 완전히 사라지기 겨우 5일 전에 호수 중앙을 건너간 적이 있었다. 1845년 월든 호수는

4월 1일에 완전히 해빙됐다. 46년에는 3월 25일에, 47년에는 4월 8일에, 51년은 3월 28일에, 52년은 4월 18일에, 53년은 3월 23일에, 54년은 4월 7일경에 각각 완전히 해빙됐다.

하천 및 호수의 해빙과 기후의 변화에 관련되는 모든 사건은 극단적인 기후 속에 살고 있는 우리들에겐 특히 흥미가 있다. 날씨가 점점 따뜻해지자 강가에 사는 사람들은 얼음이 밤중에 대포소리 같은 큰 소리를 내며 무섭게 깨어지는 소리를 듣는다. 마치 얼음의 족쇄(足鎖)가 양쪽 끝에서 찢어진 것처럼, 그리고 며칠 안으로 얼음은 재빨리 녹아 버린다. 그리하여 악어는 대지를 뒤흔들면서 진흙 속에서 기어나온다.

나는 평생 동안 자연을 면밀히 관찰한 어느 노인을 알고 있었는데, 그는 마치 소년 시절에 자연이라는 배가 건조될 때 그 용골(龍骨) 놓는 것을 도와준 것처럼 자연의 모든 활동에 관하여 잘 알고 있었다. 그는 이미 나이가 지긋했으므로 그가 설혹 므두셀라만큼 장수하더라도 자연에 관한 지식을 그 이상 가질 수는 없을 것 같았다.—그리고 나는 그가 어느 자연활동에 대해서도 경의를 나타내는 것을 듣고 놀랐었다. 그와 자연 사이에는 아무런 비밀도 없겠다고 생각했기 때문이다. 그는 다음과 같은 이야기를 나에게 들려준 적이 있다.

어느 봄날 그는 엽총과 보트를 갖고, 오리나 좀 사냥해

보려고 생각했다. 강 옆의 저습지에는 아직 얼음이 남아 있었으나 강은 다 녹아 있어서, 그는 자기가 사는 서드베리에서 페어헤이븐 호수까지 아무 방해도 받지 않고 강물을 타고 내려갔는데, 그곳에 가보니 뜻밖에도 호수 대부분이 단단한 얼음판으로 덮여져 있었다는 것이다. 그날은 따뜻한 날씨였기 때문에 그처럼 큰 얼음덩어리가 아직도 남아 있는 것을 보고 놀랐다는 것이다. 그런데 오리가 보이지 않았으므로 그는 보트를 호수의 섬 북쪽, 즉 뒤쪽에 감추어 놓고 남쪽 덤불 속에 몸을 숨기고는 오리가 나타나기를 기다렸다. 얼음은 기슭에서 3, 4로드 가량 녹아서 잔잔하고 따뜻한 물바다를 이루고 있었으며, 바닥은 오리들이 좋아하는 진흙이었다. 그러므로 조금만 있으면 오리들이 올 거라고 생각했다.

그곳에서 한 시간 가량 가만히 누워 있던 그는 멀리서 들리는 것 같은 나지막한 소리를 들었다. 그 소리는 그가 여태껏 들어 본 적이 없는 것 같은 특이하고도 장엄하고 인상적이었는데, 마치 우주적인 기억할 만한 결과라도 가져올 것처럼 점점 부풀고 커졌다. 그 쏴하는 음침한 소리는 단번에 큰 새 떼가 그곳에 앉으러 올 때의 소리처럼 들렸다. 그래서 그는 엽총을 들고 흥분하여 급히 일어섰다. 그러나 놀랍게도 그가 그곳에 누워 있는 동안 얼음 전체가 움직여 섬의 기슭 쪽으로 떠밀려 왔으며, 그가 들은 소리는 얼음 끝이 기슭에 부딪쳐 삐걱거리는 소리라는 걸 알았다. 즉, 처음에는 가만히 부서져 떨어졌으나 드디어는 잔해를 섬의 상당한 높이까지 끌어올려 흩뜨리고 멎었다는 것이다.

드디어 일광(日光)은 직각에 달했으며 따뜻한 바람은 안개와 비를 몰고 와 논둑을 녹인다. 안개를 흩어 버리는 태양은, 향이 피어오르듯 김이 모락모락나는 적색과 백색이 교차된 풍경 위에 미소를 던지고, 그 풍경 속을 나그네는 수많은 개울과 개천의—그 개울들의 혈관에는 겨울의 피가 가득 차 있다—소리에 기운을 얻고 이 섬에서 저 섬으로 제 길을 찾고 있다.

내가 마을로 가노라면 철둑을 놓기 위해 산허리를 깊이 깎아낸 곳을 지나게 된다. 그런데 봄이 되면 얼었던 모래와 진흙이 녹으면서 그 깎아내린 곳의 양쪽으로 흘러내리는데, 그때 나타나는 여러 가지 형태보다 내가 관찰하기에 더 흥미 있는 현상은 별로 없다. 적당한 재료로 된, 생생하게 노출된 둑의 수효는 철도가 발명된 이래 매우 증가했지만, 이런 대규모적인 현상은 그리 흔하지 않다. 둑의 재료는 온갖 정도의 잔모래와 진한 각종 색깔의 모래이며 대개 진흙이 좀 섞여 있다. 봄에 서리가 올 때나 심지어 겨울에도 눈이 녹는 날에는 모래가 용암(熔岩)처럼 사면을 흘러내리기 시작하며, 때로는 갑자기 눈을 뚫고 쏟아져 나와 전에는 모래가 보이지 않았던 곳에 넘쳐 흐르게 한다. 무수한 작은 흐름이 서로 겹치고 짜여져서 반은 흐름의 법칙에 따르고 반은 식물의 법칙에 따른 일종의 잡종적(雜種的) 생산물의 양상을 띤다.

홀러감에 따라 그것은 수분이 많은 잎과 덩굴의 형태를 취하며 1피트 내지 그 이상의 깊이의 펄프 같은 걸죽한 가지의 더미를 형성한다. 그리하여 위에서 내려다보면, 무슨 이끼의 톱날 모양이나 잎의 비닐 모양으로 겹쳐진 엽상체(葉狀體)처럼 보이기도 한다. 혹은 산호나 표범의 발톱이나 새의 발목, 뇌나 폐나 내장 그리고 온갖 종류의 배설물을 연상시킨다. 그것은 참으로 기괴한 식물이며, 그 형태와 색채가 청동(靑銅)의 주조물 속에 모방된 것을 우리는 알아볼 수 있다. 그것은 건축상의 장식에 흔히 이용되는 아칸더스 잎이나 꽃상추, 담쟁이덩굴 혹은 어떤 식물의 잎보다 더 고대적(古代的)이며 전형적인 일종의 건축용 잎사귀인 것이다. 또 어떤 조건 하에서는 장래의 지질학자에게 수수께끼가 될 수 있는 운명을 지니고 있다고나 할까. 그 절단면은 종유석(鐘乳石)의 동굴을 통째로 햇빛에 드러낸 것 같은 인상을 나에게 주었다.

여러 가지 농담(濃淡)을 지닌 모래는 특이하게도 풍부하고 상쾌하며 갈색·회색·황색·적색 등 각각 다른 빛을 띠고 있다. 흘러 내려오는 덩어리가 둑 기슭의 고랑에 닿으면 그것은 더 편편하게 퍼져 사구(砂丘)를 이루며, 각기 그 흐름은 반원주형(半圓柱形)을 잃고 점점 더 납작하고 넓어지며, 수분이 많아짐에 따라 함께 흘러내려서 마침내는 여전히 농담이 가지각색인데다 아름다운, 거의 평범한 모래사장을 이룬다. 그러나 여전히 그 안의 식물은 원형을 알아볼 수 있다. 그러나 드디어 도랑의 물 속에 들어가게 되면 마치 강어구에 형성되는 것과 같은 모래톱이 되며, 식물의 형상은 바닥에 일어나는 물결무늬 속에 없어지고 만다.

20피트 내지 40피트 높이의 둑 전체는 단 하루의 봄날의 생산물인 이런 잎무늬의 뭉치나 모래의 분출로 4분의 1 마일의 한쪽 혹은 양쪽이 다 덮이는 수가 종종 있다. 이 모래 잎을 특이한 것으로 만들고 있는 것은 그것이 이처럼 갑작스레 솟아나는 데 있다. 한쪽 둑은 아무렇지도 않은데—태양은 한쪽에 먼저 작용하니까—맞은편 둑은 단 한 시간만에 그처럼 잎들이 무성한 것을 보면 나는 마치 어떤 특수한 의미에서 세계와 나를 만든 예술가의 연구실에 서 있는 것 같은 느낌이 든다—즉 그가 아직도 일을 계속하고 있으며, 이 둑에서 장난을 하며, 남은 정력으로 그의 싱싱한 도안을 사방에 흩뜨려 놓은 곳에 내가 서 있는 것 같은 기분이 들었다.

나는 또 지구의 내장(內臟)에 더 가까이 가 있는 듯이 느낀다. 왜냐하면 이 모래의 흐름은 동물의 내장과도 같은 엽상(葉狀)의 뭉치와도 같은 것이기 때문이다. 이리하여 모래 속에서도 우리는 식물의 잎에 대하여 우리가 느끼는 것과 같은 기대감을 발견한다. 대지가 그 자체를 잎으로 하여 외부적으로 나타내는 것은 당연한 일이다. 왜냐하면 내부적으로 그러한 관념을 품고 몸부림치고 있기 때문이다. 원자

(原子)는 이미 이 법칙을 배우고 있으며 이 법칙에 의해 잉태되었다.

우리의 머리 위에 늘어져 있는 잎은 바로 여기에 그 원형이 있다. 지구의 경우에도, 동물체의 경우에도 그것은 수분이 많은 두터운 잎이며 이 말은 특히 간·폐, 그리고 지방엽(脂肪葉)에 적용될 수 있다. 'leibo, labor, lapsus'는 아래로 흘러가거나 미끄러지는 것을 말하며, 여기에서 파생된 말인 'lobos, globus'는 잎과 지구이다. 또 겹치다, 늘어지다 등 많은 말이 나왔다. leaves는 외부적으로는 마르고 엷은 leaf를 말하는 것인데 f와 v는 b가 압축하여 마른 것과 같다. lobe(잎)의 어원은 lb이며, b의 부드러운 풍치를 (b는 단엽(單葉), B는 복엽(複葉)인데) 유음(流音)의 l이 뒤에서 앞으로 밀어낸 격이다. globe(지구)의 경우 어근(語根)은 glb인데 후음(喉音)인 g가 그 의미에 목구멍의 능력을 보태고 있다. 새의 날개와 깃털은 더 마르고 엷은 잎이다. 이렇게 하여 땅 속에 있는 통통한 유충은 공중을 훨훨 나는 나비로 변한다. 지구 자체도 계속 그 자체를 초월하며 변모시켜 그 궤도를 날게 된다. 얼음조차 섬세한 수정과 같은 잎으로 시작된다. 마치 수중식물(水中植物)의 잎이 물거울 위에 눌린 형(形) 속으로 흘러들어간 것처럼 나무 전체도 하나의 잎에 지나지 않으며, 하천 역시 보다 더 큰 잎이며, 그 엽육(葉肉)은 사이에 끼여 든 육지며 도시는 엽근(葉根)에 붙은 곤충의 알이다.

태양이 물러서면 모래도 흐름을 멈추고 아침이 되면 다시 흐르기 시작하며, 가지와 가지는 다시 무수한 다른 가지로 뻗는다. 우리는 여기서 혈관이 어떻게 형성되는가를 볼 것이다. 만일 우리가 자세히 본다면, 녹아나는 거대한 모래더미에서 우선 물방울과 같은 끝을 가진 부드러운 모래의 흐름이 손가락 끝으로 밀어내듯 앞을 밀어내며 서서히, 맹목적으로 아래로 길을 더듬어 내려오는 것을 볼 수 있다. 마침내 해가 더 높이 떠오름에 따라 열과 수분이 많아져서, 가장 유동적인 부분은 가장 자연의 법칙에 복종하듯 그 둔한 부분과 분리하여 혼자 그 내부에서 꾸불꾸불한 수로(水路) 혹은 동맥을 형성하고, 그 안에서 작은 은빛 흐름이 한 단계의 육질이 많은 잎이나 가지에서 다른 단계로 번개처럼 번쩍이면서 모래 속으로 삼켜지는 것을 볼 수 있다.

모래가 그 뾰족한 수로를 형성하기 위해서 모래더미가 내미는 가장 좋은 재료를 이용하면서 얼마나 빨리, 그리고 완벽하게 자신의 흐름을 정비하는가 하는 것은 놀라운 일이다. 하천의 원천도 이러하다. 물이 침전시키는 석영질(石英質)의 물질 속에는 아마 골격 조직이 있을 것이며, 또 보다 섬세한 토양과 유기물질 속에는 육질 섬유와 세포 조직이 있을 것이다. 인간 역시 얼었다가 녹고 있는 진흙 외에 무엇이겠느냐? 사람의 손가락은 물방울이 응결된 것에 지나지 않는다. 손가락과 발가락은 육체의 녹아 가는 덩어리에서 그 한계점까지 흘러 내려간 것이다. 보다 더 온화한 하늘 아래선 인간의 육체가 어디까지 확장되어 흘러 내려 갈지 누가 아는가? 손은 잎과 엽맥(葉脈)을 가진 종려잎이 아닌가? 귀 역시 머리 옆에 잎이나 물방울이 달린 이끼라고 보아도 좋겠다―입술은 labor에서 labium으로 유래된 것인지도 모르겠는데―그 입술은 동굴 같은 입의 아래위로 겹쳐지고 있거나 늘어지고 있다. 코는 분명히 응결된 물방울이나 종유석이다. 턱은 더 큰 물방울이며 얼굴의 각 부분에서 합류된 물방울이다. 뺨은 이마에서 얼굴의 골짜기로 미끄러져 내려오다 광대뼈에 부딪쳐 펴진 것이다. 식물의 둥근 잎 역시 두껍고 엉거주춤한 크고 작은 물방울이다. 이 열편들은 잎의 손가락이다. 잎은 그 열편의 수효만큼 여러 방향으로 흘러가려는 경향이 있다. 더 많은 열이 있거나 더 좋은 영향이 작용하면 잎은 더 멀리 뻗어나갔으리라.

이리하여 이 언덕의 비탈 하나가 대자연의 모든 활동의 원칙을 예증하고 있는 것같이 보였다. 이 지구의 창조자는 오직 한 장의 잎의 특허권을 가졌을 뿐이다. 또다시 샹폴리옹[2] 같은 사람이 나와 이 상형문자를 해독하여 우리들로 하여금 드디어 새로운 잎, 새로운 장(章)을 열게 할 것인가? 이 현상은 포도원의 풍요보다 더 나를 즐겁게 해준다.

사실 그것은 약간 배설물 같은 성격이었으며, 간·폐·내장 등의 더미가 무진장하며, 마치 지구를 거꾸로 뒤집어 놓은 것 같았다. 그러나 이것은 적어도 자연에 어떤 창자가 있다는 것을 암시하는 것이며, 자연 속에는 인류의 어머니가 있는 것이다. 이것이 땅 속에서 스며나오는 서리이며 이 것이 바로 봄이다. 이것은 초록의, 그리고 꽃피는 봄에 앞 선다.

신화(神話)가 순수한 시를 앞서듯, 겨울의 독기(毒氣)와 소화불량을 청산하기에 이것보다 더 좋은 것을 나는 알지 못한다. 이것은 대지가 아직도 기저귀를 차고 있으며, 갓난 아이의 손가락을 사방으로 내밀고 있다는 것을 내게 확신 시킨다. 신선한 고수머리는 가장 대담한 이마에서 자라난 다. 거기에는 무기물(無機物)이라고는 전혀 없다. 이 잎의 더미는 용광로의 녹은 쇠똥처럼 둑 위에 누워 있으며, 자연 이 그 내부에서 '한창 불을 때' 있음을 보여 준다. 지구는 책장같이 층층이 쌓여져, 주로 지질학자와 고고학자들이 연 구할 단순한 죽은 역사의 단편이 아니라, 꽃과 열매에 앞서 는 나뭇잎 같은 산 시이다. 즉, 화석(化石)의 대지가 아니 라 산 대지이다.

지구 내부의 그 위대한 생명에 비하면 온갖 동물과 식물 의 생명은 단지 기생적(寄生的)일 뿐이다. 대지가 진통을 하면 우리의 벗은 껍질들은 그 무덤으로부터 내팽개쳐질 것이다. 우리는 금속을 녹여서 우리가 할 수 있는 가장 아 름다운 틀에 부어 아름답기 그지없는 물건을 만들어 낼 수 도 있을 것이다. 그러나 그것은 대지가 녹아서 흘러들어 만 든 이 형태처럼 나를 흥분시킬 수는 없을 것이다. 대지뿐만 아니라 이 지상의 모든 제도는 마치 도공의 손에 들려진 진흙처럼 마음대로 형태를 만들 수 있다.

오래지 않아 이 둑뿐만 아니라 모든 언덕과 들판, 그리고 움푹한 곳에 웅크리고 있던 얼음은 동면(冬眠)하는 네 발 짐승처럼 땅 속에서 기어나와 바다를 찾으며, 혹은 구름을 타고 다른 곳으로 이주할 것이다. 점잖은 설득력을 지닌 해동(解凍)이 망치를 든 뇌신(雷神)보다 더 힘이 세다. 전자는 살살 녹이지만 후자는 산산조각으로 만들 뿐이다.

봄이 가까워지자, 내가 앉아서 읽거나 또는 글을 쓰고 있을 때 빨간 다람쥐가 한꺼번에 두 마리나 내 집 마루 밑으로 들어와, 바로 내 발 밑에서, 처음 들어 보는 이상한 쿡쿡 소리와 짝짝 소리와 혀를 갑자기 놀리는 소리와 꾸르르하고 목을 울리는 소리를 내고 있었다. 내가 발을 구르면 그들은 더 큰 소리를 내며 짝짝거렸다. 마치 미친 듯한 장난에 빠져 인간에 대한 공포니 존경이니 하는 것은 완전히 잃어버리고, 그들을 막는 인간을 얕보는 것처럼 짹짹, 짹짹, 나의 말이 들리지 않는다는 듯, 혹은 그 힘을 인정하지 않는 듯 욕설을 퍼부어댔다.

봄의 첫 참새! 전보다 더 젊은 희망으로 시작한 일 년! 부분적으로 눈이 녹은 축축한 들판에 들리는 유리울새와 노래참새와 티티새 등의 은방울 같은 노래는 마치 겨울의 마지막 눈송이가 떨어지면서 짤랑거리는 소리처럼 들렸다. 그러한 때에 역사니 연대기니 그리고 모든 기록된 계시란 무엇이냐? 개울은 봄에게 축가와 기쁨을 노래한다. 목장

바로 위를 낮게 날아다니는 늦매는 겨울잠에서 일어나는 첫 개구리들을 찾고 있다. 눈이 녹아 흘러내리는 소리가 모든 골짜기에서 들리며, 호수의 얼음도 바삐 녹아 간다.

풀은 산허리에서 봄의 불처럼 타오른다—'아침비의 부름에 풀들은 처음으로 싹튼다'—마치 대지가 돌아오는 태양을 맞기 위해 내부의 열을 발산하듯 그 불꽃의 빛은 노랗지 않고 푸르다—영원한 청춘의 상징인 풀잎은 기다란 푸른 리본처럼 잔디에서 여름 속으로 흘러들어, 서리에 움츠려 들어도 곧 다시 밀고나와, 뿌리 속에 간직한 생생한 생명과 더불어 지난해의 건초 끝을 치켜든다. 풀잎은 땅에서 시냇물이 스며나오듯 착실히 자란다. 그것은 시냇물과 거의 동일한 것이다. 왜냐하면 6월의 한창 때 시냇물이 마르면 풀잎이 그 수요(需要)가 되어, 해마다 가축들은 이 영원히 푸른 개울에서 물을 마시며 풀 베는 사람들은 여기서 일찌감치 그들의 겨울 준비를 하기 때문이다. 사람의 생명도 그 풀잎과 같이, 목숨 자체는 시들어 버리지만 뿌리는 살아남아, 그 푸른 잎을 영원으로 내뻗고 있다.

한 주일 동안 나는 안개 짙은 아침에 어떤 고독한 기러기가 빙빙 돌면서 헤매는 울음소리를 들었다. 그는 짝을 찾으며 숲이 지탱할 수 없을 만큼 큰 생명의 소리로 숲을 가득 채우고 있었다. 또 4월에는 작은 무리를 이루어 급히 날아가는 산비둘기들을 볼 수 있었으며, 그 사이에 제비들이 나의 개척지 위에서 지저귀는 소리가 들렸다. 그러나 제비

가 내 집에 날아들 만큼 마을에 많이 사는 것 같지는 않았
다. 그들은 백인이 오기 전에는 나무구멍 속에서 산 특수한
고대종(古代種)이라고 상상되었다. 거의 모든 지방에서 거
북이와 개구리는 이 계절의 선구자이며 전령(傳令)이다. 그
리고 새들은 노래를 하면서 날개를 번득이고 날고, 초목은
싹이 트고 꽃이 피며, 바람은 불어서 지구 양극의 미동(微
動)을 바로잡아 자연의 균형을 유지한다.

　사철이 그때마다 우리에겐 가장 좋은 것으로 보이듯이,
봄이 도래하는 것은 혼돈에서의 우주의 창조와 같으며, 황
금시대의 실현과 같은 것이다.

　　동풍은 물러섰다, 오로라와 나바대 왕국과
　　페르시아로, 그리고 아침 빛을 받는 산등성이로
　　인간이 탄생했다. 보다 나은 세계의 근원인
　　창조주가 그를 신의 종자로 만들었는지
　　혹은 높은 정기(精氣)에서, 최근에 분리된 대지가
　　동족인 하늘의 종자를 간직했는가.[3]

　'날마다 고요하고 자비로운 아침 공기 속에서 자아내는
선(善)으로의 복귀는 인간으로 하여금 덕을 사랑하고 악을
미워하는 점에 있어, 갈라진 숲의 새싹과 같이 인간의 본성
에 좀 가까워진다. 그와 같이 인간이 하룻동안에 행한 악은
다시 싹트기 시작한 덕의 배아(胚芽)를 발육하지 못하게
하며 이를 망친다.'

'덕의 배아가 이처럼 자꾸 발육하지 못하게 하면 저녁의 자비로운 공기도 그 배아를 보존할 수가 없다. 저녁의 공기가 이젠 그것을 보존할 수 없게 되자 인간의 본성은 짐승의 본성과 별 차이가 없게 된다. 사람들은 이 인간의 본성이 짐승의 그것과 같은 것을 보고, 인간은 고유한 이성(理性)의 기능을 가져 본 일이 없으리라고 생각한다. 그런 것이 인간의 진실하고도 자연스런 감정일까?'

황금시대가 처음 창조되었으니, 이 시대는 복수하는 자가 없고
법이 없어도 자발적으로 성실과 청렴을 발육시켰다.
형벌과 공포는 없었고 협박적인 말이
매달린 놋쇠 위에 읽혀지지도 않았으며
애걸하는 군상(群像)이 법관의 말을
두려워하지도 않았으며, 복수자 없이도 태평하였다.
산에서 벌채된 소나무가 바다 물결에 굴러내려서
낯선 세계를 보는 일도 없었으며
인간은 제 나라의 해안밖에 몰랐다.
거기에는 영원한 봄이 있었고
고요한 서풍은 따스하게 불어서
씨 없이 자란 꽃들을 달래었다.[4]

5월 초, 호수 주위의 소나무들 사이에 끼어 있던 떡갈나무·호두나무·단풍나무와 그밖의 나무들이 새싹을 틔웠다. 이 새싹들은 주위의 경치에 햇볕처럼 빛을 주었으며, 특히 구름긴 날에는 마치 태양이 안개를 뚫고 여기저기 산

허리를 어렴풋이 비추는 듯 보였다. 5월 3일인지 4일에 나는 호수에서 농병아리를 보았으며, 이 달 첫 주일 동안에 쏙독새·갈색지빠귀·개똥지빠귀·딱새·되새와 그 밖의 여러 새들의 울음소리를 들었다.

나는 훨씬 전에 숲개똥지빠귀 소리를 들었다. 피비새도 어느새 찾아와서는 살 만한 데가 있는지 보려는 듯 창문을 통해 집안을 들여다보았다. 피비새는 발톱을 웅크리고 날개를 쳐서 몸무게를 지탱하면서 내 집 일대를 조사하는 것이었다. 머지않아 소나무의 유황(硫黃)과 같은 화분이 호수와 호숫가의 돌과 고목들 위에 누렇게 덮었다. 금세 쓸어 모으면 한 통 가득될 것 같았다. 이것이 흔히 말하는 '유황 소나기'이다. 우리가 점점 커지는 풀 속을 거닐 듯, 이렇게 계절은 여름으로 접어 들어가고 있었다.

이렇게 해서 숲속에서의 나의 첫번째 생활은 끝났다. 그 다음해도 첫해와 큰 차이는 없었다. 그리고 나는 마침내 1847년 9월 6일, 월든을 떠났다.

㈜
1) 〈창세기〉 5장 27절에 나오는, 969세까지 장수한 사람.
2) 프랑스의 이집트학 학자(1790~1832). 상형문자의 개조(開祖).
3) 고대 로마의 시인인 오비디우스의 《변신(變身) 이야기들》에서 인용.
4) 고대 로마의 시인인 오비디우스의 《변신(變身) 이야기들》에서 인용.

결 론

의사는 환자에게 현명하게도 공기와 장소의 변화를 권고한다. 여기 이곳만이 세계의 전부가 아니니 고마운 일이다. 칠엽수(七葉樹)는 뉴잉글랜드에서는 자라지 않고 앵무새의 울음소리는 좀체 들을 수 없다. 기러기는 우리보다 세계인이어서 그는 캐나다에서 아침식사를 하고, 오하이오 강에서 점심을 먹고, 남부의 큰 강에서 날개를 가다듬고 잠자리에 든다. 들소조차도 어느 정도 계절과 보조를 맞추고 있으니 콜로라도 강의 초원의 풀을 뜯어먹는 것은, 옐로우 스톤 강변의 풀이 초록색으로 짙어지고 풀맛이 더 나게 되어서 그를 기다릴 때까지이다. 그러나 우리는 농장의 나무 울타리가 헐리고 돌담이 쌓여지면, 그후로는 우리의 생활의 한계가 세워지고 운명이 결정된 것으로 생각한다. 만일 그대가 동리의 서기로 뽑힌다면 그대는 이번 여름에 띠에라 델 후에고 섬[1]도 갈 수가 없다. 그러나 그럼에도 불구하고 그대는 지옥의 불의 나라엔 가게 될지 모른다. 우주는 우리가 보기보다는 훨씬 더 광대하다.

그러나 우리는 호기심에 찬 선객들처럼 우리가 탄 배의 난간에서 좀더 자주 밖을 보아야 할 것이며, 뱃밥만을 만들고 있는 어리석은 선원처럼 항해할 일은 아니다. 지구의 건

너편 반쪽은 우리의 통신원(通信員)의 고향에 지나지 않는
다. 우리의 항해란 다만 커다란 원을 그리는 항해에 지나지
않으며, 의사는 그저 피로할 때 먹는 약병만을 내줄 뿐이
다. 어떤 사람은 기린을 사냥하러 남아프리카로 달려가지만
그것은 분명 그가 마음으로부터 쫓고 싶은 동물은 아니다.
정말이지 그렇게 할 수 있다고 하더라도 얼마 동안 기린을
쫓고 싶어할 것인가? 도요새나 멧도요새도 좋은 사냥감이
긴 하지만 자기 자신을 쏘아서 맞춘다는 것이 보다 고상한
놀이일 거라고 나도 믿는다.

> 그대의 눈을 안으로 돌려라. 그러면 그대의 마음속에
> 이제껏 발견 못했던 수많은 지역을 찾아낼 것이다.
> 그것을 여행하라. 그리고
> 자기 자신이라는 우주(宇宙)의 전문가가 되라.

아프리카는—또 서부는 대체 무엇을 의미하는가? 우리
자신의 내부는 해도(海圖) 위에 흰 빛으로 남아 있지 않은
가? 물론 발견되면 해안처럼 까맣다는 것이 드러날지도 모
르지만. 우리들이 발견하고자 하는 것은 나일 강의, 니제르
강의, 미시시피 강의 수원(水源)이나 또는 이 대륙의 북서
항로란 말인가? 이런 것이 인류에게 가장 중대한 문제란
말인가? 행방불명이 되어 그의 아내가 그렇게 애를 써서
찾아야만 하는 사람이 프랭클린[2] 한 사람이란 말인가? 그
리넬[3] 씨는 자기 자신이 어디 있는지 알고 있는 것인가?

차라리 그대 자신의 흐름과 대양을 위해서 멍고 파크, 루이스와 클라크 혹은 프로비셔가 되도록 하라.[4] 그대 자신의 위도(緯度)가 보다 높은 지대를 탐험하도록 하라.

만일 필요하다면 먹고 견디어 나가기 위해서 통조림을 배에 가득 싣고, 그리고 표시용으로 빈 깡통을 하늘 높이 쌓아 올리도록 하라. 통조림은 단지 고기를 보존하기 위해 발명된 것일까? 아니다. 그대의 내부에 있는 모든 신대륙과 신세계에 대한 콜럼버스가 되어, 무역을 위해서가 아니고 사상을 위해서 새로운 항로를 개척하라. 모든 사람은 각자의 왕국의 주인이며, 그에 비하면 러시아 황제의 지상 제국은 얼음으로 남게 될 작은 언덕에 불과하다. 그러나 자존심을 갖지 않으며 작은 것을 위해 큰 것을 희생하는 애국자도 얼마간은 있을 수 있다. 그들은 자기들의 무덤이 되는 땅을 사랑하지만 그들의 육체에 활력을 줄 수 있는 정신에 대해선 아무런 공감을 느끼지 못한다.

애국심은 그들 머릿속에 있는 구더기이다. 그처럼 어마어마한 행사와 비용을 들여서 떠나 보낸 저 남극 탐험선이 의미하는 것은 무엇인가? 그것은 결국 정신 세계에도 대륙들과 바다가 있으며 각 개인은 아직 탐험되지 않는 지협(地峽)이자 작은 만(灣)이지만 아직 자신에 의해 탐험되지 않았다는 것과, 5백 명의 대원과 정부가 제공한 배를 타고 한기(寒氣)와 폭풍우와 식인종 사이를 몇천 마일이고 항해하는 편이 쉽다는 사실을 간접적으로나마 시인한 것에 지나지 않는다.

> 그들로 하여금 방랑의 길을 떠나 먼 끝인
> 오스트레일리아 사람을 관찰하게 하라.
> 나는 보다 많은 신(神)을 가지고 있고
> 그들은 보다 많은 길을 가지고 있다.

아프리카의 잔지바르 지방의 고양이가 몇 마리나 되는지 세기 위해 세계를 일주한다는 것은 보람없는 일이다. 그러나 달리 더 좋은 일을 할 수 있을 때까지는 그것이라도 하는 편이 나으며, 그대는 아마 마침내는 지구의 내부로 내려갈 수 있는 '심스의 구멍[5)]'을 발견할는지도 모른다. 영국과 프랑스, 스페인과 포르투갈, 황금 해안과 노예 해안—이 모든 것은 각 개인의 바다와 잇닿아 있다. 그러나 거기서부터는 어떠한 배도 육지가 보이지 않는 곳까지는 출항을 하지 않는다. 그것이 의심할 바 없이 인도로 직통하는 길인데도 말이다. 만일 그대가 모든 나라 말을 하고 모든 나라의 습관을 배우고자 한다면, 만일에 모든 여행가들보다 더 멀리 여행하고 모든 풍토에 익숙해지고 스핑크스의 수수께끼를 풀어서 그 머리를 바위에 부딪치게 하기를 원한다면, 바로 옛 철학자의 가르침을 받들어 '그대 자신을 탐험하라'. 여기엔 밝은 눈과 굳센 용기가 필요하다. 패한 자, 도망간 자만이 전쟁터에 간다. 그들은 도망쳐서 몸을 던지는 겁쟁이들이다. 지금 당장 가장 먼 서쪽길을 떠나라. 그 길은 미

시시피 강이나 태평양 해안에서 머무는 일이 없으며, 또는
케케묵은 중국이나 일본에 가는 길도 아니며, 이 지구와 직
접적인 접선(接線)을 이루어 끝없이 계속된다. 여름에도 겨
울에도, 낮에도 밤에도, 해가 지고 달이 지고 마침내는 지
구가 떨어질 때까지 계속되는 것이다.

미라보도 '사회의 가장 신성한 규칙을 공공연하게 어기는
것은—스스로의 몸을 던지기 위해서—어느 만큼의 결의가
필요한가를 확인하기 위해서' 대로에서 강도질을 했다고 한
다. 그는 '대열 속에서 싸우는 병사는 강도의 반만큼의 용
기도 필요없다'고 확실하게 말했다. 그는 또 충분히 생각한
끝에 어떤 확고한 결심을 한다면 명예나 종교의 구애를 받
지 않고 그 일을 해낼 수 있다고도 공언했다. 이것은 세속
적인 견지에서 본다면 남자다운 말이다. 그러나 그것은, 자
포자기는 아니더라도 쓸모없이 뽐내는 말이다.

보다 건전하고 정상적인 사람은 신성한 법칙을 좇음으로
써, '가장 신성한 사회의 법칙'에 '공공연히 반항'하는 위치
에 놓인 자기 자신을 발견할 것이다. 그리고 그와 같이 함
으로써 스스로의 길에서 이탈하지 않고 자기의 결의를 시
험할 기회를 얻게 되는 것이다. 그것은 사회에 대해서 그와
같은 태도를 가지는 것이 아니라, 그의 본연의 법칙에 복종
함으로써 찾아내지는 태도를, 그것이 어떠한 것이건 견지하
는 일이다. 그것은 올바른 정부—만일 그가 마침내 그런
정부를 맞게 된다고 하면—에 대해서는 결코 반항하는 태

도가 되지는 않을 것이다.

나는 숲속으로 들어갔던 것과 똑같은 이유로 그곳을 떠났다. 그것도 내게는 살아갈 몇 가지의 딴 생활이 있고 그 생활을 위해서 그 이상의 시간을 딴 데다 쓸 수 없다고 생각했기 때문이리라. 우리들이 어느 특수한 길을 얼마나 자기도 모르게 쉽게 밟게 되고 스스로를 위해 다져진 길을 만들고 있는가 하는 것은 놀라운 일이다. 내가 거기서 살게 된 지 일주일이 못 돼서 나의 발은, 문에서 호수까지 작은 길을 만들었다. 그리고 내가 그것을 밟고 걷던 시절부터 5, 6년이 지났는데도 아직 그 길을 분명히 식별한다.

아마 다른 사람들도 그 길을 밟고 다녀, 아직까지 길의 성질을 유지하게 된 것이 아닌가 생각된다. 땅의 표면은 부드러워서 사람의 발도 표가 나게 마련이다. 마음이 여행하는 것도 마찬가지다. 그렇다면 세계의 공포는 얼마나 밟혀서 닳고 또 티끌에 때묻은 것일까—전통과 타협과의 바퀴 자국은 깊음에 틀림없으리라. 나는 선실(船室)에 틀어박힌 채 항해하기를 좋아하지 않으며, 차라리 인생의 돛대 앞, 갑판 위에 있기를 바란다. 거기서는 산과 산 사이의 월광(月光)을 잘 내다볼 수 있기 때문이다. 나는 지금 배 밑으로 내려갈 것을 바라지 않는다.

나는 나의 실험으로 적어도 이런 것을 배웠다. 만일 사람이 자기의 꿈의 방향으로 자신만만하게 나아가고 그리고 자기가 상상한 바와 같은 생활을 하려고 노력한다면 그는 보통때엔 예상도 못했던 성공을 맞게 될 것이다. 그가 생활을 단순화함에 따라 우주의 법칙은 보다 덜 복잡하게 보이고, 고독은 고독이 아니고, 가난은 가난이 아니고, 약함은 약한 것이 아닌 게 될 것이다. 만일 그대가 공중누각(空中樓閣)을 쌓았다 하더라도 그대의 일은 실패로 돌아가는 것이라고 볼 필요는 없다. 누각은 원래 공중에 있어야만 하는 것이니까. 이제 그 밑에 튼튼한 토대만 쌓으면 된다.

왜 우리는 언제나 자신의 수준을 우리의 가장 둔한 지각(知覺)에 내려 맞추고는 그것을 상식이라고 찬양하는가? 가장 비근한 상식은 잠들고 있는 인간의 의식이며, 그들은 그것을 코를 곪으로써 표현한다. 우리는 한배 반이나 되는 지식을 가지고 있는 사람을 반의 지식밖에 없는 자로 돌리기가 쉬운데, 그것은 우리가 그런 사람의 지혜의 3분의 1밖엔 이해하지 못하기 때문이다. 어떤 사람들은 아침에 일찍 일어나게 되면 빨간 아침 노을에서 힘을 찾을지도 모른다.

인도의 신비주의자인 카비르의 운문(韻文)은 네 가지의 서로 다른 의미, 즉 환상(幻想)·정신·지성 및 바라문교의 심오한 교리를 지니고 있다는 말을 들은 적이 있다. 그런데 세계의 일부분인 이곳에서는 사람의 쓴 글이 하나 이상의 해석을 허용하게 된다면 그것은 비판할 근거가 된다고 생각하고 있다. 영국에서는 지금 감자가 썩는 것을 막으려고 애쓰고 있지만 그보다도 훨씬 더 널리, 그리고 치명적으로 퍼지고 있는 머리 썩는 병을 고치려고 궁리를 하는 사람은 없는 것인가?

나는 나의 글이 애매한 지경에 도달했다고 생각하지는 않는다. 그리고 내가 쓴 글 가운데서 월든의 얼음에서 발견된 결함 이상으로 많은 결함이 발견되지 않는다면 나는 그것을 자랑으로 알 것이다. 남부의 고객들은 얼음이 순수하다는 증거인 청색을 흐린 것으로 알고 꺼려해서, 희긴 희지만 풀맛이 도는 케임브리지의 얼음을 택했다. 인간이 좋아하는 순수성이란 마치 지상을 싸고 도는 안개 같은 것이며, 그 위 창공의 정기(精氣) 같은 것은 아니다.

어떤 사람들은 우리 미국인이나 또는 일반적으로 현대인들은 고대인이나, 아니 엘리자베스 시대의 사람들과 비교해 봐도 지성적인 소인배(小人輩)들이라고 귀가 아프게 떠들어 댄다. 그러나 그게 어떻다는 말인가? 살아 있는 개는 죽은 사자보다 낫다. 자기가 소인배에 속해 있다고 해서 될 수 있는 한, 가장 큰 소인이 되려고 하지 않고 목을 매야 한단 말인가? 각자는 자기 자신의 일에 열중하며, 타고난 천성에 따라 고유한 인간이 되려고 노력해야겠다.

우리가 사물에 주는 어떠한 표현도 결국은 진실만큼 우리를 떠받쳐 주지는 않는다. 오직 이 진실만이 잘 견딜 수 있다. 대체로 우리는 우리가 있는 곳에 있지 않고 거짓된 입장에 있다. 우리는 본성의 어떤 약함 때문에 하나의 경우를 상상하고 우리를 그 속에 맞춰 넣어 버린다. 따라서 우리는 동시에 두 가지 경우에 속해 있다. 그렇기 때문에 거기에서 빠져나오기란 두 배나 더 어려운 것이다. 정신이 온전할 때 우리는 다만 사실만을, 있는 그대로의 경우만을 주목한다. 그대가 말해야 할 것을 말하되 그대가 말하도록 되어 있는 것은 말하지 말라. 어떤 진실도 거짓보다는 낫다. 땜장이 톰 하이드는 교수대에 섰을 때 무슨 하고 싶은 말이 없느냐는 질문을 받았다. 그는 말했다. "재봉사들에게 최초의 한 바늘을 꿰매기 전에 실 끝을 매듭짓는 것을 잊지 말라고 전해 주시오." 그 옆에서 기도를 드리던 그의 동료들의 말은 잊혀진 지 오래다.

그대의 생활이 아무리 비천하다 하더라도 그것을 똑바로 맞이해서 살아나가라. 그것을 피한다거나 욕을 하지는 말라. 그것은 그대 자신만큼 나쁘지 않다. 그것은 그대가 가장 부할 때 가장 천하게 보인다. 흠을 들추는 이는 천국에서도 흠을 들추어 낸다. 가난하더라도 그대의 생활을 사랑하라. 그대는 아마 구빈원(救貧院)에서도 즐겁고 마음이 설레이는 빛나는 시간을 가지리라. 지는 해는 부자의 저택에서와 마찬가지로 양육원의 창가에도 비친다. 봄이 오면 그 문턱 앞의 눈 역시 녹는다. 고요한 마음씨를 가진 사람은 거기에서도 궁전에서와 마찬가지로 만족하게 살 수 있고, 또 그만큼의 유쾌한 생각을 가질 수 있을 것이다.

때때로 나는 마을에서 가장 가난한 사람들이 가장 독립적인 생활을 하고 있는 것 같은 생각이 든다. 어쩌면 그들은 마음을 상하지 않고도 남의 도움을 받아들일 만큼 마음이 넓은 것인지도 모른다. 대부분의 사람들은 자신들이 동리에서 도움받는 것을 떳떳하지 못한 일로 생각한다. 그러나 그들 중 어떤 사람들은 부정한 수단에 의해 돈을 벌어 생활하고 있는데, 그것은 결코 명예스러운 일이 아니다. 현인답게 야채를 가꾸듯 그대의 빈곤을 가다듬어라. 의복이건 친구건 새것을 얻으려고 서두르지 말라. 헌옷을 뒤집어서 다시 짓고, 옛친구들에게로 돌아가라. 사물은 변치 않는다. 변하는 것은 우리들이다. 그대의 옷을 팔아라. 그리고 그대의 사상을 간직하라. 신은 그대가 교우(交友)에 부자유하지 않도록 보살펴 줄 것이다. 만일 그대가 거미처럼 온종일 다락방 한구석에 갇혀 있다 하더라도 자신의 사상만을 잃지 않는다면, 세계는 조금도 그 넓이가 줄어들지 않을 것이다.

철학자는 말했다. "삼군의 총수(總帥)를 빼앗아서 그것을 무너뜨릴 수는 있으나, 필부(匹夫)일지라도 그의 지조는 빼앗을 수 없다"고. 그처럼 뇌신(惱神)하여 진보 발전을 구함으로써 많은 세력에 조롱되는 신세가 되지 말라. 그것은 일종의 무절제이다. 겸손은 어둠과 같이 하늘의 여러 빛을 나타나게 한다. 빈곤과 빈천의 그림자는 우리 주위에 끼여들지만, '그런데도 보라! 창조는 우리의 시야에서 전개되어 간다!' 만일 부자로 유명했던 크로이소스 왕의 부(富)가 우리에게 주어진다 해도 우리의 목적은 역시 그 전대로이며, 수단 역시 본질적으로는 그 전대로라고 우리는 흔히 생각한다.

뿐만 아니라 그대가 가난함으로 해서 활동 범위가 제한된다고 한다면, 예를 들어 책이나 신문을 살 수 없다고 해도 그것은 그대에게 가장 귀중한 경험만을 갖도록 제안되는 것에 불과하다. 그대는 가장 많은 당분과 가장 많은 전분을 내는 재료를 다루지 않을 수 없는 입장에 놓이는 것이다. 그것은 가장 감미로운 뼈의 부분과 가까운 생활인 것이다.

그대는 빈둥빈둥 시간만을 낭비하는 사람이 되지 않도록 보호되어 있다. 아무도 낮은 수준의 생활을 하면서 높은 수준의 정신생활을 하는 것으로 해서 손해 보지는 않을 것이다. 남아 돌아가는 부(富)는 쓸데없는 것밖에 살 수 없다. 돈이란 영혼의 필수품을 사는 데는 쓸모가 없는 것이다.

사랑보다도 돈보다도 명예보다도 차라리 내게는 진실을 다오. 나는 맛있는 요리와 술이 넘치고 아첨하는 손이 앉아 있는, 그러나 성실과 진실은 찾을 수 없는 식탁에 앉아 있었다. 나는 냉랭한 식탁에서 배고픔을 안고 떠났다. 환대는 얼음처럼 차디찬 것이었다. 음식을 차갑게 식히기 위해선 얼음이 필요없다고 나는 생각했다.

그들은 술의 연대와 양조장의 명성에 대해서 내게 얘기했다. 그러나 나는 그들이 얻을 수 없고 살 수 없는 보다 영광된 양조장에서 나온, 보다 더 오래된, 보다 더 새롭고 순수한 술에 대해서 생각했다. 그 양식, 집과 뜰의 꾸밈새, 그 접대 따위는 내겐 아무것도 아니다. 나는 왕을 방문했는데 그는 나를 대청에서 기다리게 하고는 접대할 능력이 없는 사람 같은 행동을 취했다. 내 근처에는 나무에 파인 굴 속에서 살고 있는 사람이 있었다. 그의 태도에는 참으로 왕자다운 풍모가 감돌고 있었다. 차라리 그를 방문하는 편이 더 나았으리라.

언제까지 우리는 우리의 현관에 주저앉아서, 무엇이고 실제로 일을 해보면 그 자리에서 마각(馬脚)이 드러날 부질없고 곰팡이가 낀 미덕을 실천해야 한단 말인가? 그것은 마치 오랜 고통으로 하루를 시작해서 자기의 감자밭을 매기 위하여 일꾼을 사야 하는 것과 같다. 그리고 오후에는 미리 생각해 둔 선심으로 크리스찬의 유화(宥和)와 자선을 행사한다. 인류의 궁극적인 자만심과 침체된 자기 만족을 생각해 보라. 지금 세대는 스스로를 훌륭한 계보(系譜)의 후예라고 자축하는 경향이 꽤 있다.

그리고 보스턴이나 런던이나 파리나 로마 등지에 있어서 그 오랜 전통을 생각하곤 만족스럽게 예술과 과학과 문학의 진보를 말한다. 거기에는 철학협회의 기록이 있고 높은 분들의 사회적 치사(致辭)가 있다. 그것은 착한 아담이 스스로의 선에 넋을 잃고 있는 격이다. '그렇다. 우리는 위대한 일을 하고 거룩한 노래를 불렀다. 그것은 결코 죽지 않을 것이다.'—그러나 그것은 우리들이 기억하고 있는 한에서의 이야기다. 앗시리아의 각종 학술협회와 높은 분들— 그것들은 지금 어디에 있는가? 우리는 얼마나 젊고도 실험적인 철학가란 말인가! 독자 여러분 중에서 단 한 사람도 인간의 전 생애를 다 살고 난 사람은 없다. 지금은 인류생활에 있어 봄의 계절에 지나지 않을지도 모른다. 우리들은 7년이나 계속된 옴을 겪었을지는 모르나, 아직도 콩코드에서는 17년간 사는 매미를 본 적이 없다.

우리는 우리가 살고 있는 지구의 얇은 껍질만을 알고 있을 뿐이다. 대부분의 사람은 지면에서 6피트의 깊이를 파 본 적도 없고 또 그만큼의 높이를 뛰어올라 본 적도 없다. 우리는 어디에 있는 것인지 알 수가 없다. 더욱이 우리는 시간의 반을 깊이 잠들어 버린다. 그런데도 우리는 스스로를 현명하다고 생각하고 땅 위에 일정한 질서를 세우고 있다. 참으로 우리는 심오한 사상가이며 대망(大望)을 품은 넋이다. 숲의 지면에 깔린 송엽(松葉)에서 기어나와 나의 시야에서 숨으려고 애쓰는 벌레를 바라보며, 나는 어찌하여 그것이 그렇게 좁은 소견을 품어, 경우에 따라서는 그 은인도 될 수 있고 그 동족에게 무슨 기쁜 소식을 전할는지도 모르는 나로부터 머리를 숨기려고 하는가 하고 자문해 본다. 그리고 그와 동시에, 나는 인간이란 벌레인 내 위에 서 있는 보다 큰 은인과 지혜에 생각이 미치게 된다.

세상에는 신기한 일이 끊임없이 흘러들고 있는데도 우리는 믿을 수 없을 정도의 지루함을 참는다. 나는 다만 어떤 종류의 설교가 가장 개화된 나라에서 여전히 경청되고 있는가를 암시하기만 하면 된다. 거기에는 기쁨이니 슬픔이니 하는 말은 있으나, 그것은 콧소리로 노래하는 찬송가의 참기 힘든 구절에 불과하다. 실상인즉 우리는 흔해빠진 것, 비속한 것을 믿고 있는 것이다. 우리는 다만 의복만을 갈아 입을 수 있는 것으로 믿고 있다.

대영제국은 매우 크고 훌륭한 나라이며 미합중국은 강대 국이라고들 말한다. 그러나 각개인의 뒤에는 각자가 마음속 에 대영제국을 넣기만 한다면 대영제국을 나무조각처럼 뜨 게 할 수 있는 조류가 차고 지고 있다는 것을 믿지 않는다. 어떤 종류의 17년을 사는 매미가 땅 속에서 나올 것인지 누가 예측할 수 있겠는가? 내가 살고 있는 세계의 정부는 영국의 정부처럼 오찬회의 회담에서 술 한잔을 마시면서 꾸며진 것이 아니다.

우리의 생명은 하천의 물과 같다. 그것은 금년에는 과거 의 어느 때보다도 물이 불어서 고지(高地)를 적실는지 모 른다. 바로 올해가 특별한 해가 돼서 모든 사향쥐를 익사시 켜 버릴지도 모른다. 우리가 살고 있는 곳은 옛날부터 메마 른 육지는 아니었다. 나는 과학이 그 홍수를 기록하기 전에 물결이 씻었던 둑을 쑥 들어간 내륙(內陸)에서 본다. 뉴잉 글랜드에 퍼져 있는 다음과 같은 이야기는 누구나 들은 적 이 있을 것이다. 처음에는 코네티컷 주(州)의, 나중에는 매 사추세츠 주의 어떤 농가 부엌에 60년 동안이나 놓여져 온 나무로 만든 헌 탁자의 마른 판자에서 단단하고 아름다운 벌레가 나왔다는 이야기 말이다. 그 곤충이 자리잡고 있던 곳의 바깥쪽으로 겹쳐 있는 나이테의 수를 세어 본즉, 그것은 그보다도 여러 해 전에 그 나무가 살고 있었던 시절에 깐 알에서 나온 것이었다. 아마 커피 끓이는 그릇의 열로 부화된 것이겠지만, 그 벌레가 판자를 쪼며 밖으로 나오려는 소리는 수주일 전부터 들렸다고 한다.

이 이야기를 듣고 부활과 불사(不死)에 대한 자기의 신념이 굳어지는 것을 느끼지 않는 사람이 있을까? 어떤 아름다운 날개가 달린 생물이 처음엔 푸른 생나무의 백목질(白木質) 속에서 알로 태어났으나, 그 나무가 차츰 잘 마른 관 모양으로 변하는 바람에 여러 해 동안을 죽은 듯 건조한 생활 속에서 물질의 여러 집중적인 연륜층에 묻혀 있다가—아마 수년 동안 일가족이 즐겁게 식탁을 둘러싸고 앉아 있을 때 밖으로 나오려고 쪼는 소리를 내서 모두를 놀라게 한 적도 있었겠지만—어느 날 갑자기, 세상에서 가장 흔한 가구 속에서 마침내 그 완전한 생명을 즐기려고 뛰어나올는지 누가 알겠는가?

나는 영국사람이나 미국사람들이 이런 이야기를 다 이해하리라고는 생각하지 않는다. 그러나 단순한 시간의 경과만 가지고서는 결코 동트게 할 수 없는 저 아침의 성격이란 이러한 것이다. 우리의 시력을 잃어버리게 하는 빛은 우리에겐 어둠에 지나지 않는다. 우리가 깨어서 기다리는 그날에만 동이 트는 것이다. 동이 트는 날은 또 있다. 태양은 단지 아침에 떠오르는 별에 지나지 않는다.

㈜

1) 남미 남단의 섬.

2) 프랭클린경은 북서항로를 발견하기 위해 1845년 탐험에 나선 채 행방
  불명이 되었다.

3) 프랭클린을 수색한 사람.

4) 탐험대원들.

5) 지구의 양쪽에 구멍이 있다는 설(說)을 내놓았음(1780~1829).

옮긴이 약력

일본 동경고사(東京高師) 영문과 졸업
인디애나 대학에서 1년간 연구
경희대학교 교수

역　서
러셀 《인류의 장래》
해리슨 《셰익스피어 서설》(공역)
드라이저 《황혼》
스타인백 《진주》, 《도주》
로버트 E. 스필러 《미국문학사》
샐린저 《사랑의 미소》

숲속의 생활 〈서문문고 097〉

개정판 발행 / 1996년 5월 20일
개정판 2쇄 / 2010년 2월 15일
글쓴이 / H.D. 소로
옮긴이 / 양 병 탁
펴낸이 / 최 석 로
펴낸곳 / 서 문 당
주소 : 경기도 파주시 교하읍 문발리 파주출판산업단지 514-3
전화 : 031-955-8255~6 팩스 : 031-955-8254
창업일자 / 1968. 12. 24
등록일자 / 2001. 1. 10
SeoMoonDang Publishing Co. 1968
등록번호 / 제 406-313-2001-000005호

ISBN 89-7243-297-0　　　* 잘못된 책은 바꾸어 드립니다.

서문문고 목록

001~303
◆ 번호 1의 단위는 국학
◆ 번호 홀수는 명저
◆ 번호 짝수는 문학

225 민족주의와 국제체제 / 힌슬리	265 농업 문화의 기원 / C. 사우어
226 이상 단편집 / 김해경	266 젊은 처녀들 / 몽테를랑
227 삼략신강 / 강무학 역주	267 국가론 / 스피노자
228 굿바이 미스터 칩스 (외) / 힐튼	268 임진록 / 김기동 편
229 도연명 시전집 (상) /우현민 역주	269 근사록 (상) / 주희
230 도연명 시전집 (하) /우현민 역주	270 근사록 (하) / 주희
231 한국 현대 문학사 (상) / 전규태	271 (속)한국근대문학사상/ 김윤식
232 한국 현대 문학사 (하) / 전규태	272 로렌스 단편선 / 로렌스
233 말테의 수기 / R.H. 릴케	273 노천명 수필집 / 노천명
234 박경리 단편선 / 박경리	274 콜롱바 /. 메리메
235 대학과 학문 / 최호진	275 한국의 연정담 /박용구 편저
236 김유정 단편선 / 김유정	276 삼현학 / 황산덕
237 고려 인물 열전 / 이민수 역주	277 한국 명창 열전 / 박경수
238 에밀리 디킨슨 시선 / 디킨슨	278 메리메 단편집 / 메리메
239 역사와 문명 / 스트로스	279 예언자 /칼릴 지브란
240 인형의 집 / 입센	280 충무공 일화 / 성동호
241 한국 골동 입문 / 유병서	281 한국 사회풍속야사 / 임종국
242 토마스 울프 단편선/ 토마스 울프	282 행복한 죽음 / A. 까뮈
243 철학자들과의 대화 / 김준섭	283 소학 신강 (내편) / 김종권
244 파리시절의 릴케 / 버틀러	284 소학 신강 (외편) / 김종권
245 변증법이란 무엇인가 / 하이스	285 홍루몽 (1) / 우현민 역
246 한용운 시전집 / 한용운	286 홍루몽 (2) / 우현민 역
247 중론송 / 나아가르쥬나	287 홍루몽 (3) / 우현민 역
248 알퐁스도데 단편선 / 알퐁스 도데	288 홍루몽 (4) / 우현민 역
249 엘리트와 사회 / 보트모어	289 홍루몽 (5) / 우현민 역
250 O. 헨리 단편선 / O. 헨리	290 홍루몽 (6) / 우현민 역
251 한국 고전문학사 / 전규태	291 현대 한국시의 이해 / 김해성
252 정을병 단편집 / 정을병	292 이효석 단편집 / 이효석
253 악의 꽃들 / 보들레르	293 현진건 단편집 / 현진건
254 포우 걸작 단편선 / 포우	294 채만식 단편집 / 채만식
255 양명학이란 무엇인가 / 이민수	295 삼국사기 (1) / 김종권 역
256 이육사 시문집 / 이원록	296 삼국사기 (2) / 김종권 역
257 고시 십구수 연구 / 이계주	297 삼국사기 (3) / 김종권 역
258 안도라 / 막스프리시	298 삼국사기 (4) / 김종권 역
259 병자남한일기 / 나만갑	299 삼국사기 (5) / 김종권 역
260 행복을 찾아서 / 파울 하이제	300 삼국사기 (6) / 김종권 역
261 한국의 효사상 / 김익수	301 민화란 무엇인가 / 임두빈 저
262 갈매기 조나단 / 리처드 바크	302 건초더미 속의 사랑 / 로렌스
263 세계의 사진사 / 버먼트 뉴홀	303 야스퍼스의 철학 사상
264 환영(幻影) / 리처드 바크	/ C.F. 윌레프